John Updike
Der Sonntagsmonat

Roman

Deutsch von
Kurt Heinrich Hansen

Rowohlt

Die amerikanische Originalausgabe erschien 1975
unter dem Titel «A Month of Sundays»
bei Alfred A. Knopf, New York
Schutzumschlag- und Einbandentwurf
von Werner Rebhuhn

1. Auflage August 1976

Gesetzt aus der Aldus-Antiqua auf der Linotron 505 C
Gesamtherstellung Clausen & Bosse, Leck/Schleswig
Das Papier lieferte die
Papierfabrik Schleipen, Bad Dürkheim
Printed in Germany
ISBN 3 498 06858 X

Für Judith Jones

Meine Zunge ist der Griffel eines gewandten Schreibers.

(Psalm 45,2)

Das Prinzip der Seele ist – universell und individuell – das Prinzip der Ambiguität.

(Paul Tillich)

1

Erlasse es mir, meine Konfession und die Stadt, aus der ich komme, zu nennen; ich bin ein Diener der christlichen Kirche und Amerikaner. Ich schreibe diese Seiten irgendwann zu der Zeit der Entlarvung Richard Nixons. Doch ist es auch eine Hervorbringung von mir – das Verdienst der Versuchung gebührt anderen: meine Wächter haben einen Stoß leerer Blätter vor mich hingelegt – eine Monatsration, ihrer Schätzung nach. Sie zu besudeln, soll die einzige Therapie sein, der ich mich hier zu unterziehen habe.

Mein Bischof, gesegnet sei seine Mitra, hat verordnet (oder vielmehr als die einzige andere Möglichkeit neben dem belustigenden Ritual einer Amtsentkleidung vorgeschlagen), mich hier in die Wüste zu führen, fern von dem grünen, dichtbevölkerten Land, wo meine Gemeinde gelegen ist, wie die Franzosen so hübsch sagen. Es soll ein Monat der Erholung werden – der «Retraktion» wie ich annehme, ist doch meine «Krankheit» offiziell als Zustand der «Distraktion» diagnostiziert worden. Vielleicht aber ist das Gegenteil von «Dis-» nicht «Re-», sondern «Kon-», wodurch ich zum geistigen Bruder jener knochenbrüchigen Athleten werde, die wegen der Gefahr der Kontraktion einen untätigen Monat zwischen weißen Dünen und mitternächtlichen Verabreichungen im «Streckverband» verbringen müssen. Ich zweifle (tatsächlich heiße ich mit Vornamen Thomas), ob es wirken wird. Nach *meiner* Diagnose leide ich an nichts weniger Virulentem als am Zustand des Menschen, und deshalb möchte ich darüber predigen. Doch ist es auch eine gravierende Krankheit, sollte ich in aufrichtiger Bescheidenheit hinzufügen, daß sie in meinem Fall kaum fiebrig verläuft und pustulös nur, sofern wir das Bettlaken genau in Augenschein nehmen. Masturbation! Du rettender Triller über dem mißglückten Akkord unserer selbst! Lobgesänge auf Sankt Onan – später.

Ich fühle, wie ich mich dafür erwärme, was nicht meine Absicht ist. Möge sich meine Distraktion als widerspenstig erweisen. Kein alter Taschenspieler wird sich zwischen den geneigten Spiegeln wohlgemeinter Ratschläge plaudernd von diesem glänzenden, doppelbödigen Zylinder, seiner letzten Zuflucht, fortziehen lassen.

Einzelheiten! * Das Motel – ich weigere mich, es Sanatorium oder Zwischenstation oder Haftanstalt zu nennen – hat die Form eines O oder, genauer, eines Omega. Das Rund der das Bassin umgebenden Zimmer stößt vorn auf zwei geradlinige Flure, in denen sich links der Empfang, Büros, Toiletten – durch plumpe Silhouetten beiderlei Geschlechts bezeichnet – und ein winziger Verkaufsstand befinden, der voll von Plastikperlen-Stickereien und Postkarten mit Bildern von Dinosaurierknochen, aber bar jeglicher Magazine und Zeitschriften ist, die geeignet wären, die Patienten – pardon, die Gäste – mit entsprechenden Realien zu überreizen. Nach der anderen Seite hin, am anderen Fuß des Ω, liegen das Restaurant und die Bar. Die Glaswand der Bar ist mit einem chemischen Purpur getönt, das eine Wüstenansicht mit spärlicher werdendem Beifußgestrüpp und fernen, blassen, fossilienträchtigen Bergen filtert. Die Glaswand des Restaurants ist, zumindest beim Frühstück, mit schweren vanillefarbenen Gardinen verhängt, durch deren Lücken mit fast hörbar zersplitternder Helligkeit Lichtdolche auf die Grapefruits und das Glas der gedeckten Tische fallen. Das Haus wirkt, wenn nicht verlassen, so doch höchstens halb belegt. Allesamt Männer mittleren Alters, sitzen wir an unseren Tischen, reinigen hüstelnd unsere trockenen Keelen ** und unterdrücken nervöses Geschwätz zwischen den Silbersachen. Ich habe den Eindruck, wir sind ein Häuflein Leidensgenossen, alle mehr oder weniger kürzlich hier angekommen. Wir sind blaß. Wir sind apathisch. Wir sind benommen. Das Personal, das spähend umherschleicht, als plante es einen Überfall aus dem Hinterhalt, besteht teils aus näselnden ledergesichtigen Weißen, deren blaue Augen künstlich gebleicht wirken, abgestimmt auf den Alkalihimmel und die Sitzflächen ihrer Jeans, und im übrigen

* Wie Allen Ginsberg in einem der Gesänge der neuen Bibel psalmodierend ruft, in der Erwartung, daß die Winde sie aus allen Richtungen zusammenwehen.

** Wollte «Kehlen» tippen, dachte an «Seelen» – eine hübsche Freudsche Fehlleistung, mag sie stehenbleiben. Die Schreibmaschine, die man mir zur Verfügung stellte, nachdem ich versichert hatte, ich sei ein Mann unserer Zeit, kein Mann der Feder, ist neu und überholt oftmals meine tippenden Finger. Die Luft regt an.

aus mannbaren Eingeborenenmädchen, deren lautloser Gang und straffes schwarzes Haar nicht recht zu den gekräuselten pistaziengrünen Uniformen passen, die sie als Kellnerinnen tragen müssen. Ich hatte, als ich heute morgen von ihnen bedient wurde, das Gefühl, daß sie mich ehrerbietig behandelten oder angstvoll, als wollten sie es vermeiden, sich bei mir anzustecken. Ein trächtiges Thema: Heiligkeit und Berührung. Gott als das höchste Leiden. *Noli me tangere.* Keime und der Altar. Der geteilte Kelch gegen den Wegwerf-Pappbecher: wie viele Stunden meines Berufslebens sind über dieser liturgischen Debatte zu bitteren Krumen zerkaut worden (der apokalyptische Antiseptiker unter den Diakonen gegen die ganzheitlicher als du eingestellten Verteidiger des großen Grals). Schon gut! Ich bin frei davon, einen Monat lang oder für immer. Gottlos und Dank! *

Was kann ich dir erzählen? Ich kam um Mitternacht an, verwirrt. Der Flugplatz verteufelt sauber. Ein frisch wehender, trokkener Wind. Der kleine grüne, mit Pseudo-Cowboys bemannte Bus fuhr uns in eine riesig aufragende Stunde alles verschlingender Wüstenfinsternis. In Empfang genommen an der Glastür von einer großen, undeformierten Dame, die aber unattraktiv und zweifellos gerade deswegen für diese heikle Aufgabe ausgewählt worden ist. Schien die Leiterin zu sein. Sie hieß, wenn meine vom Dröhnen des Jets noch halb tauben Ohren mich nicht täuschten, Ms. Prynne. Ein Gesicht wie eine große weiße, aus unerfindlichen Gründen sich selbst beglückwünschende Schildkröte. Den weißen Hals gereckt, wie um vornehm zu tun oder um eine wunde Stelle zu schonen. Fauchte uns die Hausordnung zu. Uns: einem muskulösen irischen Priester und einem Geistlichen des dritten Weihegrades, einem scheu nuschelnden, leicht buckligen Mann aus Tennessee mit dem hoffnungsvoll schnellen Lächeln des Abtrünnigen, vermutlich ein ungetreuer Erweckungsprediger, der sich gleichzeitig als betrügerischer Versicherungsvertreter betätigte. Die Hausordnung (wie sie unserer Gastgeberin von den verantwortlichen Bistümern und Kirchenkonferenzausschüssen aufgegeben worden ist): Mahlzeiten um acht, zwölf Uhr dreißig und neunzehn Uhr. Bar von mittags an geöffnet. Verkaufsstand zwischen zwei und fünf Uhr nachmittags geschlossen. Vormittags: schrei-

* Absichtlich diesmal: Gottlob, auf gottlos angewandt.

ben, *ad libitum*. Nachmittags: Sport, vorzugsweise Golf, doch besteht auch die Möglichkeit, zu reiten, zu schwimmen und Tennis zu spielen. Abends: Karten- oder Brettspiele, vorzugsweise Poker. Viele Verbote. Keine ernsthaften dogmatischen oder persönlichen Gespräche. Keine Lektüre außer eskapistischer Literatur: eine Anzahl englischer Detektivromane und humoristischer Bücher aus der Zeit zwischen den beiden Weltkriegen sind in der Leihbibliothek am Verkaufsstand erhältlich. Verbannt ist vor allem die Bibel. Nichts Religiöses, keine Besucher, weder Empfang noch Schreiben von Briefen. Keine Ausflüge in die Stadt (die nächste, Sandstone, ist 40 Meilen entfernt), doch sollen in der zweiten Hälfte des Monats einige Exkursionen mit dem Bus unternommen werden.

Aber du weißt das alles. Wer bist du, freundlicher Leser?

Wer bin ich?

Ich gehe zum Spiegel. Das Zimmer verstört mich noch mit seinen vielen fremden Ecken, wenn auch eine durchschlafene Nacht hier einige Falten glattgebügelt hat. Ich weiß, wo das Badezimmer ist. Oh, diese makellose, unsichtbar erneuerte *sanitas* gemieteter Badezimmer, die uns auffordert, uns nicht nur unserer Kleider und Exkremente und der überwürzten Steakfasern zwischen unseren Zähnen zu entledigen, sondern auch unserer Haut mit allem Schmutz und unserer Umstände mit der Haut und dann alles hinunterzuspülen in der Toilette, deren laute Gefräßigkeit beim Spülen so vorwurfsvoll abstichte von der verstopften Trägheit der daheim zurückgelassenen Toiletten, die so voll von uns sind, daß sie kaum noch ebben können! Der Spiegel hält mir ein Gesicht entgegen. Ich erkenne es nicht als meines. Es faßt so wenig mein inneres Licht, wie der Schirm einer Brückenlampe ihre Glühbirne faßt.

Dieser Lampenschirm. Dieser schief hängende Lampenschirm. Dieser zur Seite gestoßene Lampenschirm. Dieser fahle Sack, dem die Zeit die Tönung rezyklisch aufbereiteten Papiers eingegerbt hat, untilgbar gefleckt und vergilbt, Papier, das dennoch die Schlaffheit schmelzenden Gummis hat und Erosionen zeigt wie eine Luftaufnahme, auf der jede der Myriaden von Falten einem Canyon entspricht, tief genug, um die Leichen der letzten vier Jahrzehnte zu fassen. Nicht meine. Aber es blinzelt, wenn ich will – blinzle; es nimmt, wie ich im Spiegel sehe, eben den Raum ein, in dem sich, gäbe es einen ätherischen Zeichner, die Perspektiven, in denen ich verschiedene vorspringende Ecken des Zimmers wahrnehme, schneiden würden. Das hier sind meine Zähne! Von jeder Füllung und Einlage könnte ich ein trauriges Lied singen. Und die Augen – Schlitze einer Maske. Durch die das Blau des Himmels sichtbar wird wie auf einem von Magrittes unheimlichen Freilichtbildern. Gottes Augen, meine Lider.

Reverend Mr. Thomas Marshfield, im April 41 Jahre alt geworden, 1,75 Meter, 142 Pfund, blaß und nervlich labil, doch hier und da mit unerwarteten Muskelwirbeln ausgestattet – die Knie, die Polster der Handfläche, etwas Bulliges und Stämmiges rings um den Halsansatz wie ein fester Kragen und die ausladenden Schultern. Einst Zwischenspieler in der Baseball-Mannschaft, einst ponyhaft tänzelnder Läufer. Jetzt kahl werdend. Rötlich die Platte, wenn ich mich zum Licht neige, sonst ein gibbonartiger Heiligenschein aus bronzefarbenem Flaum. Mausbüschel über totenblassen Ohren. Leicht rot getönt, die Büschel – Feldmäuse? Mit den Augenbrauen ist nicht viel los. Auch mit den Lippen nicht: mein Mund, zwei Schlangen mit wachsamem Ausdruck, als seien sie bereit, loszuschnellen und sich in einem Hagel von zweideutigen Reden zu entladen, hat mir nie gefallen, auch wenn er anderen angeblich durchaus gefiel. Das Kinn ist eine Spur zu lang. Desgleichen die Nase, die jedoch dünn genug und hinreichend ungleichmäßig gebogen ist, um jeden Anschein eines gewaltsamen Hebraismus zu vermeiden. Ein noch immer unruhig bewohntes Gesicht, bewohnt von einem Mieter, der auf die Überprüfung seiner Kreditwürdigkeit wartet. In diesem Interregnum weder hübsch noch herrisch, doch wenigstens ohne etwas Plumpes darin und – einer Lampe gleich – mit einer im verborgenen glühenden Bereitschaft, sich allem Gängigen zu widersetzen. Ich habe es nie wissentlich versäumt, das oberste, das geheime Gebot zu halten, das da lautet: Nimm die Welt der Natur, o du als Parodie meiner selbst geschaffene Kreatur, und verwandle ihre Materie wieder in Geist; nimm die Freude und mache Leid daraus; bestrafe die Unschuld, wohnt sie auch in den Lücken des Atoms; mißtraue dem Augenblick, denn er ist ein Dieb, der auf Zehenspitzen mit mehr, als er bringt, davonschleicht; stelle alle Fragen in Frage; ziehe alle Zweifel in Zweifel; verachte alle Regeln, deren Maß der Mensch ist; gedenke meiner.

Ich pflege mich konservativ zu kleiden. Schwarz, grau, braun rücken den Träger ins Licht. Zwar binde ich sorgfältig den Knoten meiner Krawatte, unterlasse es jedoch, meine Schuhe zu putzen.

Ich glaube, mein Penis ist von durchschnittlicher Größe. Zu diesem Glauben bin ich nicht ohne Mühe gelangt.

Meine Verdauung ist widernatürlich gut, und meine anderen inneren Organe funktionieren so reibungslos wie Untergrundzellen-Versammlungen in einem Land ohne Regierung. Eine halb durchsichtige Warze an meiner rechten Hinterbacke sollte ich mir eines Tages entfernen lassen, und in manchen Nächten plagen mich im linken Arm unmittelbar unter der Schulter neuralgische Schmerzen – ich führe sie auf eine leichte Knochenverletzung zurück, die ich mir bei einem Rugbygerangel in der High-School zuzog. Mein Blinddarm ist noch nicht entfernt worden. Ich empfinde ihn und mein Herz als Zeitbomben.

Ich liebe mich und hasse mich mehr als andere Menschen. Beides Exzesse, von denen einer Frauen anzieht, aber welcher?

Meine Stimme ist im Grunde eine halbe Oktave zu hoch für das geistliche Amt, doch habe ich beim Gebetsprechen eine Methode entwickelt, in das Mikrophon am Chorpult zu murmeln, die meinem stark ausgeprägten Sinn für das monologisierende Ich entgegenkommt. Mein leichtes Stottern, sagt man mir, halte die Gemeinde vom Einnicken ab.

Was noch? Ich habe Schmerzen in den Handgelenken.

Der Staat, in dem ich mich aufhalte, ist groß und viereckig, und pro Quadratmeile gibt es hier einen asthmatischen Flüchtling und drei betrunkene Indianer in einem Ford-Transporter. Der Staat, in dem ich bis vor kurzem lebte und wo ich in meiner Distraktion meine Pflichten versäumte und meine störrischen Anfälle erlitt, ist von sich dahinschlängelnden Flüssen zernagt und durch das Hin und Her einander widerstreitender Territorialansprüche verunstaltet, und seine undefinierbare Gestalt wird durch Seen und Inseln und die Verstädterung weiterer Landstriche noch amorpher. Ein Schlüssel, sagt Chesterton irgendwo, hat von der Form her keine Logik; seine einzige Logik besteht darin, daß er das Schloß öffnet.

O Herr, wie entleert diese Tätigkeit den inneren Menschen! Dem Himmel sei Dank für die Mittagszeit.

2

Ms. Prynne (ich fragte sie, wagte es, ihren hastigen Gang durch die dumpfe Stille eines verlassenen, einen leichten Bogen beschreibenden Flurs zu unterbrechen) empfiehlt mir, über das zu schreiben, was mich am meisten interessiere.

Was mich heute morgen am meisten interessiert, das ist das Bild, das überaus leuchtend und blau zwischen den bunten Blättern jenes fernen, gestaltlosen Staates hängt, wo ich einen Beruf, eine Gemeinde, eine Ehe und ein Pfarrhaus hatte, das Bild eines Mannes mit kalkweißen Beinen (ich selbst), der, mit nichts als dem Oberteil eines wie eine aufgedrehte Zuckerstange gestreiften Pyjamas bekleidet, nach Allerheiligen über einen frostigen Rasen geht. Er steigt über einen ihm bis zum Gürtel reichenden Lattenzaun, und vorsichtig wie ein Kudu, der von der Seite her sein Maul in ein von Tigern heimgesuchtes Wasserloch taucht, schiebt er sein Profil zwischen Büschen in den Lichtschein, der aus dem Fenster eines einstöckigen Häuschens, einer ehemaligen Pfarrhaus-Garage, dringt.

Ein Mann und eine Frau sind in dem Haus. Der Mann draußen, der gleichzeitig das kokette Kratzen der Eibennadeln an seinen bloßen Hinterbacken wahrnimmt (er geht aus mindestens einer Dreifaltigkeit von Gründen ohne Pyjamahose ins Bett: um sich den masturbatorischen Zugang zu sich selbst zu erleichtern, um jede Beengung des Bauches durch einen Gummizug oder durch Knöpfe zu vermeiden, und um dem weiblichen Wesen im Minirock ein ermunterndes Zeichen zu geben, das, seit es im Augenblick des zeugenden Orgasmus meines Vaters in einen vergifteten Apfel biß, schwebend in mir liegt), wußte das. Er kannte den Wagen der Frau, ein rundliches schwarzes Coupé amerikanischer Produktion. Er hatte ihren Wagen, als er aus dem Schlafzimmerfenster starrte, am nächsten Querweg parken sehen, deutlich sichtbar zwischen den nackten Zweigen der Bäume (Laubfall! schon erfüllst du mich mit Trauer), die im Sommer seinen schmerzenden Standort verborgen hätten. Der gekrümmte Glanz seines Skarabäusrückens, purpurn unter dem schwefligen Licht der Straßenbeleuchtung, das über dem Weg brütete, fuhr ihm wie Stahl ins Herz. Eine Stunde oder länger wand er sich, dieser sagenhafte, ferne Mann (der, ich schwöre es, nicht vergessen werden wird, auch wenn man mir mit allen Machtmitteln institutioneller Therapeutiker in diesem diabolischen klimatisierten Sandkasten zu Leibe rückt), und versuchte, die Harpune aus der Wunde in seiner silbrigen, verbogenen [*sic*] Unterseite herauszudrehen. Er masturbierte noch einmal und stellte sich dabei aus Trotz ein Mädchen längst vergangener Zeiten vor, eine Rothaarige aus der Dachkammer seiner Jugend, deren Schamhaar ihren Schatz so nett umrahmte wie die Devise *Excelsior* ein altes ererbtes Medaillon. Nachdem sein armer, gewürgter Gefährte seine mächtige Beute wieder von sich gegeben hatte, sackte das Bett unter ihm einen Augenblick in wohltuende Leere, und er dachte, er könnte zwischen den Stößen der Eifersucht hindurch in den Schlaf entschlüpfen. Doch dann stellte sich das Bild ihres Wagens unter der Straßenlaterne wieder ein und damit der Gedanke an ihre Schreie unter seinen Liebkosungen und an ihre Haut unter den Kleidern und an ihre Stimme unter dem Schweigen – denn es gab keinen Zweifel, dieses ihr Tun war an *seine* Adresse gerichtet. Schließlich war sie seine Geliebte und hatte noch in dieser Woche bei ihm gelegen.

Er erhob sich aus dem Bett. Seine Frau legte sich in dem großen grauen Ei ihrer Unbewußtheit zurecht. Er wagte nicht, die zum Knarren neigende Schranktür zu öffnen; halb bekleidet, wie er aus dem Bett gestiegen war, ging er die von Mondstrahlen gespänte Eichentreppe hinunter zur Haustür, deren fächerförmiges Fenster die matt schimmernden Tiffany-Farben der Scheiben in byzantinische Strenge faßte. Zitternd – sein ganzer Körper ein einziges Zittern, nur scheinbar fest, wie feste Materie – drückte er mit dem Daumen auf die nachgebende Klinke, zog die riesig vor ihm aufragende Pfarrhaustür an seine flatternde Brust, trat hinaus, auf Granit, und badete seine Beine in winterlicher Luft.

Was für ein Spaß! Erst schnitzt man sich die Puppen zurecht und dann läßt man sie tanzen.

Auf dem Rasen lag Rauhreif. Ringsum war alles dunkel. Der Mond spähte ihm schief über die Schulter, neugierig genug, um den Kopf zu neigen. Reverend Mr. Marshfield machte einen Bogen um die Überreste eines Wiffle-Balls, den seine Söhne wütend zerfetzt hatten, um eine Dose, die sein Hund zerkaut und ausgeschleckt hatte wie einen Knochen, um die glitzernde Kuchenplatte mit Wäscheklammern, die seine Frau, die liebe, anbetungswürdige Schlampe, nach herbstlichem Wäscheaufhängen hereinzuholen versäumt hatte – die weißen Laken klatschten, der letzte wirbelnde Staren-Exodus pfefferte den faden Himmel. Das war lange her. Dies hier war das Jetzt. Vor langer Zeit einmal blinzelten die heimlichen Sterne des Rauhreifs unter seinen Sohlen. Er sah voraus, daß der Zaun gezogen werden würde, erinnerte sich sogar an die (mit braunem Farbband getippte) Rechnung des Bauunternehmers (ein erbärmlicher, inzwischen längst bankrotter Gauner), der ihn auf Beschluß des Rats der Diakone (Vorsitzender: Gerald Harlow) dort errichtete, wählte als Standfläche eine Stelle auf der hart gefrorenen Blumenrabatte, wo keine gekappten alten Rosenranken ihn hätten stechen können («Mit Hilfe des Dornes in meinem Fuß», schrieb Kierkegaard, «springe ich höher als einer mit heilen Füßen»), und mit einem weichen, parabolischen Schritt schwang unser ehemals athletischer Geistlicher und Voyeur seine ungegürteten Lenden einen luftigen Zoll hoch über die spitzen, angemalten Latten hinweg und betrat mit kalten Zehen unbefugt den ungepflegten Rasen seines femininen bärtigen Hilfsgeistlichen Ned (für Thaddeus, irgendwie) Bork.

Falschheit, dein Name könnte auch Bork sein. Der Schreiber dieser Zeilen, dessen Nase und Augäpfel noch von seinem ersten Nachmittag in der Wüstensonne brennen, vermag kaum zu sagen, was als das Abscheulichste an diesem weit entfernten jungen Mann hervorsticht. Seine salbungsvoll-singende, tertianerhaft-schleppende Sprechweise? Seine rosigen Wangen? Die Andeutungen von Akne? Die kastanienbraunen Locken seines stolzen Bartes? Seine froschfarbenen Augen? Oder war es seine lasche Theologie, dieser makellose Eierpudding aus Jungschem und Reichschem Soma-Mystizismus, in einer Karamelsauce von Tillichschem, Jaspersschem und Bultmannschem Geschwätz schwimmend, und das Ganze in der billigen Schüssel der von seiner lahmarschigen Generation zur Schau getragenen, lässigen *Gemütlichkeit* serviert? Sein ansteckendes Gekicher? Oder die Tatsache, daß alle in der Gemeinde, vom plärrenden Täufling bis zur alten, im Sauerstoffzelt pfeifend ihr Leben aushauchenden Greisin, ihn liebten?

Tatsächlich mochte auch ich ihn gern.

Und wollte, daß er mich gern mochte.

Er war dort drinnen bei meiner fleischlichen Liebe. Ich kroch von Fenster zu Fenster und nahm die unterschiedlichen Berührungen der verschiedenartigen Sträucher hin, die von der Baumschule am Ort (wo man fromm die puertorikanischen Päonienpflücker im zweckmäßigen Sklavenstatus südamerikanischer Peones hielt) für unsere heilige Sache der Pfarrhausverschönerung gestiftet worden waren. Hier in der umgebauten und als Junggesellenwohnung eingerichteten Garage waren sie, meine Organistin und mein Kuratus, je eine Person beider Geschlechter, wie zwei ineinandergehakte Ohrringe in einem Kasten, der zu groß für derlei Inhalt ist. *Ein* trübes Licht war in Borks Wohnung immerhin zu sehen. Seine Zimmer, zwar nicht viele und alle zu ebener Erde, waren mit einer Raffinesse angelegt, die mich wahnsinnig machte: von welchem Fenster aus ich auch, meine Nacktheit umklammernd, hineinspähte, immer verstellten mir trickreich gezogene Trennwände den Blick auf das, was ich sehen wollte. Die Ausschnittfiguren in meinem hohlen Osterei waren alle auf die eine Seite gekippt und präsentierten nur undeutlich eindimensionale Ränder. Doch in den Pausen zwischen dem knisternden Donner meiner Füße und der schweren Brandung meines Atems hörte ich Stimmen – oder, wenn nicht Stimmen, so doch die sanft geriebenen Stellen an der Oberfläche des Schweigens, die zeigen, wo Stimmen gelöscht worden sind.

Vorsichtig, damit der hypothetische Streifenwagen mich, den idealen, bloßärschigen Einbrecher, nicht entdeckte, schlich ich zum Querweg und spähte durch das Fenster links neben der Vordertür hinein. Am anderen Ende des winzigen, innen riesigen Hauses, in dem anscheinend durch rosarote Decken gedämpften Lampenlicht sah ich ein weißes Dreisteck* schnell wie durch den Verschluß einer Nikon über der Kante eines Sofas aufblitzen und ebenso schnell wieder dem Blick entschwinden. Zu spitz für ein Knie – also mußte es ein Ellbogen gewesen sein. Zu schön, als daß er der seine hätte sein können – also mußte es ihrer gewesen sein. Sie auf ihm, in der Stellung von Hera und Zeus, von Schakti und Schiwa. Mehr Macht dem Schlüsselloch!

Der flüchtige Anblick brannte in mir wie ein Tropfen Brandy im

* Natürlich wollte ich «Dreieck» tippen.

Magen eines angeblich entwöhnten Alkoholikers. Ich kroch buchstäblich («auf deinem Bauche sollst du gehen») durch das eisige Gras unter den Simsen der Seitenfenster zu dem Fenster hin, das dem Sofa am nächsten war. Mit einer Vorsicht, die meine Gelenke gegen diesen Gradualismus protestieren ließ, richtete ich mich eben weit genug auf, um durch eine untere Scheibe spähen zu können. Denn obwohl ich draußen im Dunkel weilte, hätte ich durch ein aufflammendes Streichholz oder durch ein Sternschnauben* entdeckt werden können, und ich spürte ohnehin, daß mein Gesicht brannte wie das eines Banshee. Ich ließ ein hervorquellendes Auge für beide hineinblicken.

Da, keine Mannslänge entfernt, lag, im rosigen Schimmer badend, ein nackter Fuß. Ihrer. Alicia hatte häßliche, stark geäderte Füße, und einige Zehenknöchel waren wie glasiert, vorbereitet gleichsam für eine Hühneraugenapplikation. Ja, es war einer ihrer Füße. Unwiderleglich. Und er war unwiderleglich nackt. Ich war wie vor den Kopf geschlagen. Ich lauschte, um die wollüstigen Schreie zu hören, die sie beim Koitus auszustoßen pflegte. Aber Bork, wie so viele Angehörige seiner sorglos wirkenden Generation auf seine Behaglichkeit bedacht, hatte die Sturm-Doppelfenster angebracht. Dann bewegten sich vor meinen Augen, unmittelbar hinter der doppelten Glaswand, plötzlich Haare, ob ihre oder seine, konnte ich nicht sagen, so schnell duckte ich mich. Alsdann ließ ich mich abwärts und seitwärts in den Schutz eines freundschaftlichen Busches rollen, bei dem es sich dem geschmeidigen Sticheln seiner Blätter nach um ein Ilexgewächs gehandelt haben muß. Kretinös und verschlagen wie ein Gürteltier, lag ich in modrigem Laub gebadet da, bis mir die Stille sicher genug schien für einen tänzelnden Rückzug – meine Füße kritzelnd wie Kreide auf der Tafel – über Borks mondharten Rasen in das knarrende, muffige Vergeben meines vom Fächerfenster erleuchteten Hausflurs.

Keine Sirenen hatten sich in der Nacht erhoben, um mich zu verfolgen.

Keine Engel waren auf der Treppe erschienen.

Noch immer zerschnitten Mondstrahlen die Stufen wie Striemen den gebeugten braunen Rücken eines flehenden Sklaven.

* Kann bleiben. Vgl. William Blake.

Tief in mir, unter dem klumpigen heißen, krustigen Gefühl, das in uns aufsteigt, um uns vor athletischen Niederlagen und unmittelbaren Kränkungen abzuschirmen, empfand ich Entsetzen darüber, daß der Augenschein bestätigt hatte, was auf Grund der Indizien (als da waren der geparkte Wagen, das Haus, die Allgegenwart von Sex, die unfehlbare Vorsehung, die für mein Mißbehagen sorgt) bereits sicher gewesen war. Aber zusammen mit dem Entsetzen und kuschelig Seite an Seite mit ihm gebettet, lag entdeckbar in mir, einem warmen Körper gleich, Befriedigung. Es war ein zwar gemischtes, aber tiefes Vergnügen, tiefer als der Masochismus des Halbgläubigen, tiefer als meine Schnüffelgier nach Geheimnissen, von denen der bloße Fuß jetzt eines war. Ja, es war so tief, daß ich, als ich durch das warme, vom Ticken der mietfreien Heizkörper belebte Treppenhaus hinabblickte, die behaglichen Teppiche und den von Schatten gestreiften Fußboden in meines Vaters Haus sah, das auch nicht sein eigenes war.

Aber die Zeiger der Motel-Uhr sind bereits über die triumphierende Senkrechte von zwölf Uhr mittags hinausgerückt. Heute, denke ich, leiste ich mir einen Daiquiri-Cocktail mit Zuckerschaum auf dem besänftigenden Rum, und dann noch einen.

Doch vorher müssen wir unsere nacktbeinige Puppe die Treppe hinauf und ins Bett bringen. Der Mann öffnet die Schlafzimmertür mit einem kaum wahrnehmbaren Schnappen, das dennoch, wie er weiß, die Augen seiner Frau aufklappen lassen wird.

«Mein Gott, Tom! Wo bist du denn gewesen?»

«Nach den Kindern gesehen. Die Katze rausgelassen.»

Er kriecht in seine verlassene Betthälfte und schiebt die warmen Teile von ihr, denen sie gestattete, sich dort auszubreiten, zur Seite. Sie fragt: «Wieso sind denn deine Füße so kalt? Und dein Hintern? Du fühlst dich an wie ein Stück Eis!»

«Ich war draußen auf dem Rasen.»

«Ohne Hose?»

«Ich habe nach UFOs Ausschau gehalten.»

«Das glaube ich nicht.»

«Außerdem hat in der Zeitung gestanden, es sei ein Komet zu erwarten. Oder irgend so ein Himmelszeichen.»

«Das glaube ich nicht. Du hast bei Ned spioniert. Das ist doch krankhaft.»

«Er ist eine der Sachen, für die ich zu sorgen haben. *Curo, curate, curare.*»

«Das ist krankhaft, Tom. Was machen wir bloß mit dir?»

Und eine abgrundtiefe Sekunde lang dachte ich, ihre Hand, mit der sie prüfend über meine kalte Haut strich, tastete nach meinem Penis. Aber die Gefahr ging, wie so viele andere auch, vorüber.

3

Meines Vaters Haus Haus Haus Hau

Finger hängen schlaff über den Tasten, der billige Öldruck über diesem Schreibtisch (ein Bild im Stile Remingtons, auf dem ein Pferd, ein Busch und eine Schilfhütte dargestellt sind, alles in das übertrieben kirschrot getönte Licht eines Prärie-Sonnenuntergangs getaucht) läßt nach und nach faszinierende Details erkennen (ist das ein aus dem Fenster herausragender Ellbogen und das da links eine Spalte oder ein Fluß?), und einige Vorfälle, die sich beim gestrigen Golfwettspiel ereigneten, kommen mir wieder quälend ins Gedächtnis. Nachdem ich in der dünnen Luft, auf dem von Kakteen bestandenen Gelände, mit einem schönen klickenden Drive den Ball vom Abschlag zum Grün befördert hatte, verfehlte ich dreimal hintereinander Putts auf knapp einen Meter Entfernung, was entweder auf beginnende Kurzsichtigkeit oder auf einen gravierenden Charakterfehler schließen läßt. Das Gefühl, wie der Ball, den man so vorsichtig angestoßen hat, am oberen Rand entlangkullert und dann hängenbleibt, so hartnäckig wie das Faktum des Leids in der Welt – das zerrt an den Eingeweiden. Zweifel krümmen uns, so daß fast Tränen aus den Gängen unseres Körpers gepreßt werden. Wilde Flut überflutet uns. Verderben! Verderben dem Universum, dessen aus der Mitte gerutschte Mitte dieses Loch ist! Alle Menschen hassen Gott, sagt Melville.

Meines Vaters Haus waren mehrere Häuser, da er von einer Gemeinde zur anderen zog. Aber die Möbel blieben immer dieselben, und die gebogenen Füße, nicht Löwentatzen, sondern Pfoten ohne Klauen, ohne Zehen, einer mit Mahagoni furnierten hohen Kommode tauchen groß vor mir auf als etwas, das meine Phantasie erregt haben muß, als ich noch auf allen vieren kroch. Das Gewebe des Orientteppichs, mit den eckigen blauen Blumen am Rand, in den sich diese unmöglichen runden Füße bohrten, war ungewöhnlich flauschig an den Rändern und bedenklich fadenscheinig, wo er von den Füßen der Familie und der Besucher meines Vaters betreten wurde.

Sie murmelten hinter der Tür seines Studierzimmers, diese Besucher. Samstags pflegte er zu tippen – klappernde Ergüsse nach einem langen Vorspiel stummen Ringens. Diese Geräusche geistlicher Tätigkeit gruben sich tief in die sonst tödliche Stille ein. Mein Vater und meine Mutter sprachen wenig. Sie hatten nur wenige Freunde, für die er nicht der Abgesandte einer besseren Welt war. Ich war das jüngste von vier Kindern, aber mein nächstälterer Bruder, Stephen, war Lichtjahre älter als ich und ging schon zur Schule, als ich erst herumtapsen konnte. Ich war sozusagen ein Nachtrag, ein Versehen. Allein schon meine Existenz war eine Art Scherz. Ich entschuldigte mich dafür, so sehr ich konnte, indem ich brav war. Obwohl die Bibliothek voller Bücher stand, die den Himmel mit unserem irdisch-alltäglichen Staub vermischten, vermochte keines das Rätsel meiner Existenz zu erklären. Es lag in meiner Mutter beschlossen. Meine Mutter war einmal hübsch gewesen; hübsch und zunehmend sepiabraun mit den Jahren, blickte ihr Bild vom Kaminsims im Wohnzimmer – von der Folge von Wohnzimmerkaminsimsen. Es gehörte zu den Schätzen, auf die ich Anspruch erhoben hatte, als sie vor sieben Jahren an Lungenkrebs starb, und ich war bestürzt, wie klein es war, dieses Bild, und wie konventionell mit jenem vergeistigt-verträumten, leicht verschwommenen Ausdruck schöner Frauen vor dem Ersten Weltkrieg. Die Mode ist am Ende stärker als die Persönlichkeit: alle Mätressen Ludwigs XV. sehen gleich aus. Meine Mutter hatte einst eine schöne Stimme gehabt, aber zu der Zeit, als ich groß genug war, um mit ihr in die Kirche zu gehen, war ihre Stimme durch die Jahre und durch ihre chronische Bronchitis heiser geworden, und wie aus Protest pflegte sie beim Singen schweigend neben mir zu stehen und im Gesangbuch den Wortlaut der Choräle mitzulesen, wobei jedoch ihr Mund sanft geschlossen blieb und ihr Schweigen laut in meinem Herzen tönte. Auch im Schlafzimmer meiner Eltern herrschte Schweigen, wenn das Murmeln meines vom Tage berichtenden Vaters erstarb und mit ihm die leichtere, vor allem aus Pausen bestehende Musik der Antworten meiner Mutter, ihr improvisiertes Lied vom Haushalt und ein paar klar wie Glockenschläge klingende Fakten, die hauptsächlich, wie ich mir vorstellte, mich betrafen. Dann Stille. So mochte mein Vergnügen, als ich herausfand, daß Ned und Alicia vögelten, im Grunde Freude über die Entdeckung sein, daß meine Eltern in ihrem Schweigen nicht tot, sondern lebendig waren, daß nicht alle Liebe durch meine Geburt erstorben war, sondern daß die Laube ihres Einsseins nach wie vor über mir blühte.

Diese Sätze sind mir nicht in bestimmter Reihenfolge gekommen. Jeder von ihnen hat geschmerzt. Jeder von ihnen hätte – beim gleichen Endeffekt – anders lauten können. Alle Fakten sind gleichermaßen bedrückend. Jede Konstellation von äußeren Umständen kann eine Vielfalt von psychologischen Bedingungen verursachen. Wir erkennen das an, wenn wir in Romanen die Rückblenden überschlagen.

Beim nochmaligen Lesen wird mir klar, daß die singende Stimme meiner Mutter für mich das war, was ich an ihr als Sex empfand; daß ich ihre Heiserkeit in meiner kindlichen Unschuld auf ihren unteren Mund übertrug, der sich, wenn ich klein neben ihr in der Bankreihe stand, in der Höhe meines Mundes befand; daß ich Geräusch mit Vitalität gleichsetze; daß Schweigen, Keuschheit und Tod mich mit ein und demselben Gesicht faszinieren; daß Alicias Macht über die Orgeltasten Teil ihrer Macht über mich war.

Ich sehe, daß ich, obwohl ich doch über meinen Vater schreiben wollte, statt dessen über meine Mutter geschrieben habe. Und doch – sie war unbedeutend, ängstlich, mißvergnügt in ihrer mausgrauen Art und groß nur in zeitlicher Dimension, in ihrer Beständigkeit. Während mein Vater ein eindrucksvoller, gutaussehender Mann war und es sogar jetzt noch ist, mit seinen siebenundsiebzig Jahren, da er senil in einem Pflegeheim sitzt.

Und mir fällt auf, daß ich «indem ich brav war» schrieb, während ich hätte schreiben sollen, «indem ich im Staube lag» – denn eine merkwürdige Schlangenperspektive kennzeichnet nicht nur meine frühen Kindheitseindrücke, sondern auch jene, die ich empfing, als ich mich aufgerichtet hatte, ja sogar als ich zur Größe meiner Mutter aufgewachsen war. Ihr Gesangbuch befindet sich immer über der Höhe meiner Augen, ich spüre vor mir den Raum *unter* der Kirchenbank mit dem nie gefirnißten Holz und den ungesäumten Samträndern, die von altmodischen Polsterernägeln gehalten wurden, deren Messingknöpfe angelaufen waren und die Farbe getrockneter Blutflecken angenommen hatten. «Wer am Boden liegt», pflegten wir zu singen, «fürchtet nicht den Fall.» «Sie alle, die sie hinabsinken in den Staub», sprach der Psalmist, «sollen sich vor Ihm beugen.» Sexuell gesehen (und warum nicht? die Schulzeit ist vorbei), bevorzugte ich die untere Lage – oben ist die Frau so sehr viel geschmeidiger und schwellender und *interessierter* – und lechzte danach, «hinabzusinken», nach unten zu gleiten. Oh, wie Alicias Aufschreie, süßer als Honig in der Wabe, in meinen Ohren widerhallten, wenn sie in den feuchtwarmen lebendigen Schraubstock ihrer Oberschenkel gespannt waren! Und weiter unten, jenseits von unten, die gestern so trefflich beschriebenen Zehen – wie es mich entzückte, sie zu küssen, besonders wenn der Geruch von Schweiß und Capezio-Leder geheimnisvoll auf ihrer Haut lag, oder der Duft eines barfuß begangenen Sommertags, Sand und Salz und der Geschmack von den zahllosen betretenen Teilchen, von Teerkrumen bis hin zu verwesenden Laubstückchen, die den gesegneten Grund unseres Seins ausmachen!

Das Tillichsche Bild kommt gelegen. Denn ich muß noch sagen, was es die Tasten zu sagen jückt, daß nämlich meines Vaters Haus mir einen Glauben an Gott einpflanzte, der aus meinem Leben ein langes fröhliches Fest der Unbequemlichkeit und Unvernunft gemacht hat.

Wie hat es das bewerkstelligt?

Wie habe ich es fertiggebracht, einen so monströsen Eindruck zu gewinnen?

Daß mein Vater mir bei seinen pfuscherhaften Bemühungen, mit der widerborstigen, verfilzten Anhängerschaft seiner muffigen Gemeinde die Welt zu bewegen, schwachsinnig vorkam, habe ich schon angedeutet. Er war weder ein weiser noch, insofern als sein öffentliches Bestreben, Vorbild zu sein, für die Familie gedämpfte Tyrannei mit sich brachte, ein gütiger Mann. Von seiner besten Seite zeigte er sich (*unten*, wiederum) in seinem Keller, in den aufeinanderfolgenden Pfarrhauskellern, in denen er sich jedesmal eine ungewöhnlich ordentliche Werkstatt einrichtete, wo die Hämmer und Zangen und Zirkel allesamt über ihren auf eine Holzplatte gemalten Umrissen hingen, wo die gut geölte Tischkreissäge (ihre absolut waagerechte Metalloberfläche war für mich das erste Erlebnis von Geradheit) zur Rechten aufgestellt war und die Kanister mit Farbe und Kitt und Lösungsmitteln auf einem Bord zur Linken standen und die Blechdosen mit Nägeln und Schrauben zunehmender, auf einem Etikett angegebener Größe mit ihren Deckeln an ein Brett darüber angenagelt waren. Und dort verbrachte mein Vater Teile seiner meisten Nachmittage und verrichtete in der Wärme des nahen Heizkessels kleine Reparaturen und handwerkliche Arbeiten, die meinem kindlichen Gemüt sinnlos erschienen, oder deren Sinn doch nur in den Ausdünstungen der Hobelspäne und dem reinigenden Aroma des Terpentins und in dem inneren Frieden lag, der von meinem herumwerkelnden, seine Pfeife rauchenden, übertrieben geschäftigen, weltvergessenen Vater ausging. Ich saß dort oft auf einen Sägebock und genoß von unten her den Anblick seines gespaltenen Kinns, seiner gewaltigen Nüstern, seines welligen grauen Haars – dessen wohlgebürstete Pracht der einzige offenkundige Gegenstand seiner Eitelkeit war.

Ich verwechselte meinen Vater nicht mit Gott. Ich wußte, daß nicht Gott in jenem Keller war, sondern ein unterbezahlter, ziemlich lückenhaft instruierter Angestellter. Auch in den Kirchen war Gott nicht, oder doch nur selten, etwa wenn ein nach dem Amen weiterdröhnender tiefer Orgelton die Bleifassung der Heiligenscheine der Apostel in den bunten Fenstern zum Rasseln brachte und aus der dunkelsten, nicht einmal an Ostern besetzten Ecke der Empore zurückhallte wie das Knurren eines in seinem finsteren Bau lauernden Tieres. Ganz allgemein hatten die Kirchen für mich, der ich sie zu oft an Wochentagen besuchte – wenn der Küster den Abendmahlstisch wie eine Packkiste herumschob und die Kaugummi-Hüllen zusammenfegte, die in den hochheiligen Bezirken des Chores unverschämt glitzerten –, ebensoviel mit Gott zu tun wie Plakattafeln mit Coca-Cola: sie förderten den Durst, ohne ihn zu löschen.

Aber es hing irgendwie, und hier erlahmt mein deskriptiver Eifer, mit der Einrichtung zusammen: es waren die Möbel, zwischen denen ich erwachte und zwischen denen umherzugehen und einzuschlafen ich lernte, es waren die Verkleidungen der Türen und die Rahmen der Fenster und die Windungen der Geländerstützen, es waren die Teppiche, in denen jeder Faden an einem Muster teilhatte, und die Zimmerdecken, deren zufällige Risse und schwache Verfärbungen zu erreichen ich nie groß genug werden würde – all das überzeugte mich, *sagte* mir, daß es Gott gab und daß er hier war, gleichmäßig wie die Heizungswärme, und seinen warmen Atem auf meine nackten, in Knopfstiefeln steckenden Beine hauchte. Irgendein Unsichtbarer hatte sich darum gekümmert, alle diese Sachen zu erschaffen. Da war eine Kaminuhr mit einem von Silberschnörkeln gerahmten Zifferblatt, die tickte und die Stunden schlug, bis mit ihrem letzten Glockenschlag die Zeit enden würde, und dann würden die Toten erwachen, und es würde eine neue Zeit beginnen. Und oben hinter der Treppe, da war eine unsichtbare Treppe, die unvorstellbar hoch hinaufführte. Dann war da ein Sofa, auf dem ich, als ich schon etwas älter war, oft lag und Rosinen aß und O. Henry las und John Tunis und Admiral Byrd und träumte. Das Sofa selbst fühlte sich an, als ob es träumte – es war mit der Substanz der Phantasie gepolstert. Und obwohl wir, den Berufungen meines Vaters folgend, von einer Stadt im Innern Amerikas zur andern gezogen waren, blieb dieses Sofa doch eine beständige Insel, so wie die Möbel ein beständiger Beweis für eine den Dingen innewohnende teleologische Neigung waren, eine zeitweilige Schräge wie die eines Umschlags, der sich auf halbem Wege ins dunkle Innere eines Briefkastens befindet.

Nicht viel als *point de départ pour le croyant qui souffre*, wie? Nicht einmal der große Beweis aus der Zweckmäßigkeit, denn ich habe vierzig Jahre meines Lebens gebraucht, bis ich begann, meinen Sinn für das Göttliche nach draußen zu übertragen. Sonnenuntergänge, Berggipfel, Seen mit einer wie Seide im Wind gekräuselten Wasseroberfläche – all das hat für mich die leicht betrügerische laute Pracht von Kirchen – eine künstliche Immanenz. Sport- und Golfplätze ausgenommen, zeigt die freie Natur vielmehr einen üblen Aspekt, ist sie doch beherrscht von Insekten und dem hirnlosen Wachsen und Wuchern pflanzlicher Formen. Kleine Kiesel und kleine Mulden sind Klippen und Schluchten genug für meinen Pantheismus.

(Pascal fürchtete sich auch vor der Landschaft. Wie sehr mich nach den *Pensées* verlangt! Die Squaw am Verkaufsstand gab mir ein Buch von John Dickson Carr und eines von P. G. Wodehouse, und als ich mich vorsichtig erkundigte, ob sie irgend etwas von Dorothy Sayers hätte, errötete sie so schlimm, als hätte ich nach der *Summa Theologica* gefragt.)

Summa summarum und um meine heutige Selbstprüfung zu einem Ende zu bringen – mir blieb nichts anderes übrig, als in meines Vaters Fußstapfen zu treten und Geistlicher zu werden: die Möbel zwangen mich dazu. Ich wurde Barthianer, in Widerspruch zu seiner liberalen Theologie, einem lächelnd umhertappenden Abklatsch des deutschen Pietismus, von Hegels, Schleiermachers und Ritschels mit vielen Netzen abgesicherten Versuchen, alle Wege gleichzeitig zu beschreiten, und von jenen tatterigen anglikanischen Empirikern, welche die theologischen Artikel zur *Encyclopaedia Britannica* beisteuern. (Kein Wort über Kierkegaard! Über Baudelaire! Über den Großinquisitor! Wo ist der Sprung! der Abgrund! die schwarze Glaubwürdigkeit des *deus absconditus*! Statt dessen feinfingerige Pingeligkeit, die sich in nichts von der Art der Nachbarartikel über Lebensformen in stehenden Gewässern und Makromoleküle unterscheidet.) Es war eine Haltung, die er wiederum, dem Höllenfeuer zum Trotz, in Widerspruch zu *seinem* Vater eingenommen hatte, einem antidarwinschen Fundamentalisten, einem faßrollenden Erweckungsprediger, der bußfertig den Sümpfen von Pionier-Säufereien entstiegen war. Zweifellos spielen solche Nuancen eine geringere Rolle, als wir von der Branche uns vorstellen.

Und zweifellos wird ein Daiquiri weniger vor dem Lunch Wunder wirken, was meine sonnenstichigen kurzen Putts nach dem Essen angeht. Der Kleine aus Tennessee, ein heimlicher Homosexueller, wenn ich seine Körpersprache richtig lese, ist glänzend bei Putts aus zwei Meter Entfernung und weniger.

Nein. Zwei Dinge fielen mir ein, als ich das Bad nach dem Coppertone durchstöberte. Erstens bin ich Barthianer nicht aus purer Gegenwehr geworden, sondern aus bejahender Liebe zu Barths Sprache, zu seiner ganz und gar männlichen, ganz und gar sachkundigen, gänzlich unerschrockenen Sprache. In seiner Prosa werden Dornen eßbar wie für die Giraffen. Bei Barth vernahm ich mit achtzehn die Stimme, die mein Vater hätte haben sollen.

Zweitens ist meine Intuition Objekten gegenüber derjenigen Robbe-Grillets genau entgegengesetzt. Robbe-Grillet intuiert (Transkription eines Vogelrufs: in-tu-iert, in-tuuh-irrt) in Tischen, Zimmern, Messern etc. eine Leere, die von dem allumfassenden Nichts widerhallt. Er braucht nur einen Stuhl zu beschreiben, und schon wissen wir, daß Gott abwesend ist. Während in mir, wenn ich eine Fensterscheibe verkitte, das Gesicht nahe darübergebeugt, der klare Verdacht erwacht, daß irgend jemand in der unmittelbaren Nachbarschaft unermeßlich und verschwiegen Sorge trägt. Gott. Da ich, bevor die Sprache in mir dämmerte, wußte, was das Wort bedeutete, ist alles Feilschen, was das betrifft, sprachliche Sophisterei. «Das Gesicht nahe darübergebeugt» erinnert mich (falls dich, vermuteter Leser, derartige Zusammenhänge interessieren) an jene Rothaarige einige Seiten und noch mehr Jahre zuvor, «deren Schamhaar ihren Schatz so nett umrahmte wie die Devise *Excelsior* ein altes ererbtes Medaillon». Dachkammernähe. Ich frage mich wahrhaftig, ob «Liebe» (altes Hurenwort, lassen wir dich, durch Anführungsstriche desinfiziert, dieses eine Mal herein) nicht eher ein vergegenständlichender als ein entgegenständlichender Prozeß und «Sexobjekt» nicht der Gipfel einer Huldigung ist.

Weg mit der Personheit! Wischen wir die verschüttete Religion auf! Wir wollen sie in ihren ursprünglichen Steinkrügen oder gar nicht!

4

Ich erbte sie. Alicia war von meinem Vorgänger angestellt worden, einem trägen Gnostiker, der sich nur durch den mächtigen Gott der Kirchenfinanzen zu dynamischer Aktivität bewegen ließ. Da er unserer Herde und ihren Fellen in den üppigen Jahren gedient hatte, hinterließ er mir ein fettes Portefeuille und magere Besucherzahlen. Ja, man erzählte mir, Reverend Morse sei der Meinung gewesen, nichts könne das Leben eines Gemeindemitglieds schöner zieren, als wenn es selbiges mit einer Abschiedsspende für den Baufonds verlasse. Mehr, *mors*! Jedenfalls mieden fortan die nominellen Gemeindemitglieder die sonntäglichen Kirchenbänke wie einen internen Steuerprüfer, bis sich die Kunde im Lande verbreitete, daß, siehe da!, der neue Pastor kein Jäger sei, sondern ein Gejagter. Oh, Schande über mich, wenn ich zurückdenke an jene Sonntage in der Welt, als meine Predigten so reizend gequält, so modisch erhaben über die christlichen Sittengesetze waren. Ich litt darunter, auf diese unmöglichen Texte festgenagelt zu sein, ich weigerte mich unter Tränen, das Eschatologische in Betracht zu ziehen, und war doch glücklich in meinem Beruf, bleich in meiner Pantomime heiliger Erregung, selbstgefällig im Schweiße meiner Schlaflosigkeit – ein fiebernder Sündenbock, der die Sünden der Reichen auf sich nahm. Die Geschäftsleute in ihren blauen Anzügen betrachteten mich mit vorsichtigen, aber zustimmenden Mienen und sahen in mir einen sonderbaren Spezialisten, während Moschusduft, penetranter als Weihrauch, zwischen den Beinen ihrer sitzenden Frauen aufstieg. Doch genug dieser Fachsimpelei! Ich war ehrlich, wenn dieses Wort eine Bedeutung hat. Besser unser eigener als eines andern Akt. Der Herr lächelte; die Wolke von Zeugen unter mir wuchs, während Drähte im Innern der Kanzel herunterhingen wie Därme in einem Metzgerladen und sich die technische Qualität meiner Sammlung interner Pornographie verbesserte (die frühere Grobkörnigkeit war bei diesen jüngsten dänischen Importen durch elektronische Vergrößerung beseitigt worden) und die Orgel hinter mir mutwillig der beredten Qual meiner andächtigen Gebetspause ein vorzeitiges Ende setzte.

Sie war mutwillig, klein, kurzsichtig, blond im straff gestriegelten Stil, streitsüchtig und ziemlich taktfest. Der Organist meiner früheren Gemeinde war ein dicker Schwarzer gewesen, der wie ein Kurbelrad auf der Orgelbank hin und her rollte und die Gemeinde während der Kollekte dermaßen in Schwung brachte, daß die Teller von Hand zu Hand hüpften wie der springende Ball beim Rundsingen. Das Ausfegen der Kirche wurde bald ein begehrtes Privileg, so viel zu Boden gefallenes Kleingeld konnte man dabei finden. Alicia, warum versteckst du dich fortwährend hinter diesen Witzeleien? Wenn du dich an die Orgel setztest, fragte ich mich, ob die dicken Sohlen deiner modisch-schicken Schuhe dich nicht beim Treten der Pedaltasten behinderten. Chartreusegrüne Hosen mit Schlag lugten unter deinem Chorgewand hervor. Warst du mit deinen rotgeränderten Kaninchenaugen hinter der getönten oktogonalen Brille wirklich so raffiniert? Ich kam dahinter, nicht wahr?

«Mrs. Crick, finden Sie nicht, daß Sie ‹Ein feste Burg› eine Idee zu schnell genommen haben?» Sie ist geschieden, hat zwei kleine Kinder. Stellen Sie Behinderte ein! Sie geht hart auf die Dreißig zu, so wie ich auf die Vierzig zugehe. Diese zehn Jahre, die sie jünger ist als ich, und ihr nachdenklich gespitzter Mund, starr wie eine Zuckerrose, und der freche Monokelblitz eines ihrer Brillengläser, während sie an ihr glänzendes Haar tippt, stacheln mich an, hinzuzufügen: «‹Ein *flotte* Burg› sollten wir sagen. Ihr Tempo hat den Chor beim Einzug auf halbem Weg im Mittelgang ins Stocken gebracht.»

«Der Kinderchor trödelte beim Auszug aus der Kirche», lautet Mrs. Cricks Antwort. Und: «Man kann nicht jedes Kirchenlied langsam spielen, nur weil es religiöse Musik ist.»

Rückblickend, und sicherlich auch damals, unter meinen aufgerichteten Stacheln, genoß ich es, daß sie mir die Stirn bot. Leben, das ist es doch, was wir ineinander suchen, auch wenn das DNS-Molekül geknackt ist und unsere Lebenskraft angeklagt vor uns liegt wie ein kleines zusammengeflicktes Spielzeug.

«Es gibt so etwas wie ein Gefühl», sagte ich zu ihr.

«Und auch so etwas wie Getue», erwiderte sie.

Warum kann ich nicht weiter im Präsens berichten? Sie entfernt sich in den Gewölben der Vergangenheit, so wie sie an vielen

Abenden, wenn das Geschnatter der Chorsänger in einer Flut von Scheinwerferlichtern untergegangen war, die Orgel abstellte (ein 1920 gebautes dreimanualiges elektro-pneumatisches Instrument mit einem aufregend diskordanten *Mixtur*-Register), ihre Noten an die Brust nahm (*Sämtliche Orgelwerke von Dietrich Buxtehude* und *Œuvres complètes pour Orgue de J. S. Bach, annotées et doigtées par Marcel Duvré* und *99 Tabernacle Favorites for Choir & Organ*), seufzte und durch das dunkel und still gewordene Kirchenschiff davonging, auf die Spitzbogentür zu und den schwarzen Wagen auf dem schwarzen Parkplatz draußen.

«Gute Nacht, Mrs. Crick.»

«Gute Nacht, Reverend Marshfield.»

Der Luftzug von der geöffneten Tür her traf in dem Augenblick meine Knöchel, als das Geräusch der sich schließenden Tür an mein Ohr drang. Ich fühle, wie meine Soutane in diesem Windhauch weht. Es ist tiefster Winter. Reverend. Ein Frösteln. Ihr blonder Schimmer, der sich durch den Mittelgang entfernt, sich in düsteres Brünett verwandelt. Ihr Hinterteil in der hautengen Hose überraschend füllig und ausdrucksvoll. Eine Andeutung von Kummer um die Schultern herum. Ihr rundlicher alter Chevrolet. Von den Donnerstagabenden und den Sonntagvormittagen abgesehen, wußte ich wenig über das Leben, das sie führte. Sie gab im Nachbarort Klavierstunden. Sie hatte zwei Kinder, die nicht zur Sonntagsschule kamen. Sie mußte Freunde haben.

«Das ist eine Unterstellung», sagte ich weiter oben, nach ihrem «Getue». «Was wollen Sie damit sagen?» Meine Vorsicht war nicht nur die des Beobachters, sondern auch die des Beobachteten. Seit einiger Zeit schon war ihre Aufmerksamkeit auf mich gerichtet: meine Nackenhaare wußten es.

Sie saß auf der Armlehne einer Kirchenbank und zog das pastellfarbene Notenbündel noch fester an sich. In dieser angespannten Haltung traten ihre Knie, die knochiger waren als alles übrige an ihr, hervor und drückten weißliche Flecken in das gedehnte Gewebe ihrer enganliegenden Hose. War sie nahe daran zu weinen? Ihre Stimme klang kühl. «Es tut mir leid. Ich weiß nicht, was ich damit sagen wollte. Sie sind ein guter Mensch. Nein, das sind Sie nicht. Es tut mir leid, aber ich weiß nicht mehr, was ich sage. Es ist etwas anderes, was mich aufgeregt hat, nicht Sie.»

«Möchten Sie mir nicht sagen, was?» fragte ich, obwohl ich

eigentlich lieber mehr über mich, über ihr Bild von mir, hören wollte.

«Oh, ein Mann.»

«Der Sie nicht heiraten will?»

Sie blickte auf, ihre Augen hinter den getönten Gläsern waren rötlich und müde. «Das muß es wohl sein», sagte sie sarkastisch.

«Ich irre mich also», sagte ich mit fragendem Unterton.

«Sie kommen der Sache nahe genug.» Ihr Kopf senkte sich wieder. «Man wird es so leid», fügte sie, auf «man» ausweichend, in einem schwachen Versuch, sich zu entschuldigen, hinzu.

Ihr eigenes Leben, das gotische Schnitzwerk der Kirche, die Nacht und die Stadt draußen, die Gemeinde und das müde, gedrängte Gemeindeleben – alles lief wie auf einem Bild von Uccello in dieser Traurigkeit zusammen; ich befand mich in einem schwarzen Mittelpunkt, einem von Moder verdunkelten Fleck auf einem Wandgemälde; ich nahm meine weißen Hände wahr, ängstlich vor mich hingestreckt, als wollten sie ein Kartenhaus in der Luft errichten. In meinen Handflächen kribbelte es. Alicias gesenkter Kopf glühte. Bis zu diesem Augenblick, in den vier Jahrzehnte mündeten, war ich meiner Frau nie untreu gewesen. Es hatte nicht minder starke Versuchungen gegeben, aber mein Wille, mich versuchen zu lassen, war schwächer gewesen.

«Was wird man so leid? Erzählen Sie.»

Sie hob ihr Gesicht; ihr Gesicht war hinter Glas.

Was meine ich, wenn ich das schreibe? Will ich damit auf jenen Augenblick den späteren Augenblick verlegen, als sie tatsächlich hinter Glas war – ihr Fuß und ihr Haar, bei Ned? Oder sekretierte mein Wissen, daß sich eine Verführung anbahnte, daß dieses Gesicht, wenn nicht jetzt, so doch später berührt werden konnte, in Panik eine durchsichtige Barriere? Ihre Kinnlade wies eine merkwürdige, überhebliche, häßliche, verklemmte Haltung auf, so als sei sie drauf und dran, Kaugummi zu kauen. «Männer», sagte sie, fragend – «?» Die leichte Hebung der Stimme, durch die sie die Antwort offenließ, war ein Anerbieten. Sie klemmte es nach einer Pause weg. «Sie wären entsetzt, wenn ich Ihnen erzählte.»

Ich ließ es lieber nicht auf einen Disput ankommen. Immer sachte, wenn man einen Golfschläger schwingt oder die Attacken einer Frau pariert. Der Schläger schafft es von allein. Vielleicht habe ich auch in dieser Schutzzone meines Schweigens beschlossen, sie die kurze Abfertigung später büßen zu lassen. Doch mag dieser grausame Impuls wiederum rückschauend vorverlegt worden sein, eine spätere Schleife der Filmüberlappung.

«Dann sprechen Sie über *mich*», sagte ich kühn und unbekümmert, ein moderner Geistlicher, der auf der Lehne einer Bank gegenüber hockte. Das harte, kantige Holz schnitt in meine Hinterbacken. «Ich bin kein guter Mensch», fuhr ich fort, um mein Opfer einzustimmen. «Alles Getue.»

Wie ich gehofft hatte, erwachte ihre Streitlust. «Gut», sagte sie, den Ball aufnehmend. «Ich weiß nicht recht, was das eigentlich ist, ein guter Mensch. Der Ausdruck hat für mich nicht viel Sinn. Dies oder das geschieht, Menschen tun dies oder das, und damit hat es sich. Ich weiß, Sie sind da anderer Meinung. Ich finde allerdings, Sie übertreiben, wie Sie sich als gläubigen Ungläubigen darstellen, als einen Mann, der schwitzend am Rande der Ewigkeit oder wo auch immer ausharrt. Sie foppen die Gemeinde. Das sollten Sie nicht tun. Die Leute da draußen sind einfach ahnungslos; sie wissen nicht, warum sie einander verletzen oder warum sie Bankrott machen, warum sie fertig oder einsam sind, oder was weiß ich. Sie sollten ihnen nicht mit Ihren persönlichen Psychodrama kommen. Ich meine, das hier sollte eigentlich nicht Ihre Vorstellung sein, sondern es ist *ihre*.»

«Ich verstehe», sagte ich, was gelogen war.

Sie durchschaute mich. «Ich meine», sagte sie, und mir gefiel der erglühende Eifer, der die straßenerfahrene, gummikauende Kühle aus ihren Zügen vertrieb, «seien Sie doch nicht so zornig über Verhaltensmuster und Hindernisse, die alle in Ihrem Kopf existieren.»

«Zornig? Bin ich das wirklich?»

«Ich würde sagen», sagte Alicia, «Sie sind der zornigste *normale* Mann, den ich je kennengelernt habe.»

Also haben Sie auch krankhafte zornige Männer kennengelernt? Aber das fragte ich nicht; ich fragte wohlwollend: «Was meinen Sie denn, worüber ich so zornig bin?»

«Worüber wir alle zornig sind. Sie sind unglücklich.»

Noch immer lächelnd, noch immer mein Lächeln von innen her mit Racheschwüren schürend, stellte ich die unvermeidliche Frage: «Und was macht mich so unglücklich?»

Ihre Theologie, vermutete ich, würde sie antworten. Statt dessen sagte sie: «Ihre Ehe.»

«Ist sie nicht vollkommen?» fragte ich; die Worte, albern, doch fromm vorgebracht, flogen mir von irgendwoher zu, aus irgendeinem Wörterbuch, das die Seraphim auf den neuesten Stand bringen.

Meine liebe Organistin, sexy wie sie war, lachte. Ihr Lachen füllte die Kirche wie mit goldenem Schlamm – oder zitiere ich falsch? «Sie ist *furcht*bar», stieß sie kruzsichtig* und fröhlich hervor, und ihre von ihrer hockenden Stellung überanstrengten Kniescheiben zitterten und suchten begierig Erleichterung. «Sie ist noch schlimmer als meine, und die hat keine drei Jahre gedauert!»

Es gibt eine Formulierung in der Bibel, deren Wahrheit sich mir in diesem Moment offenbarte: wie Schuppen fiel es von meinen Augen. Sie hatte recht. Mit einem Helm aus streng in der Mitte gescheitelten Seidenfäden war dieser Engel gekommen und hatte mit einem flammenden Schwert die grauen (pappgrauen, gehirnzellengrauen) Mauern meines Gefängnisses zerschlagen.

Dieses Gespräch fand ganz zu Beginn der Fastenzeit statt; ich küßte sie am Karsamstagabend im Windfang zwischen der ins Kirchenschiff führenden Spitzbogentür und dem mit Wetterleisten versehenen Portal, das in die erwartungsvolle Nacht hinausführte – ich nahm sie in meine Arme über dem Drahtgestell mit Traktaten zur Fastenzeit und geeigneten Schriften für Alkoholiker, für die Einsamen, die Zweifelnden, die Entfremdeten, nahm in meine Arme ein erschreckendes, aufgewühltes, widersprüchliches, unausgeglichenes Gemisch aus Weichem und Hartem, aus warmen und kühlen Stellen – ihren Körper. Nach Ostern ließ sie sich eines Tages, als bei ihrem alten Chevrolet vorsehentlich ein Dichtungsring gerissen war, von mir nach Hause fahren und nahm mich mit die Treppe hinauf zu ihrem überraschend geräumigen Bett.

Vielleicht ist das Gespräch, so wie ich es hier aufgezeichnet habe, ein Konglomerat aus verschiedenen, über eine Anzahl von Vor- und Nachproben-Intermezzi verteilten Unterhaltungen in zugigen, von den üblen Gerüchen flüssigen Wachses oder ver-

* Soll die Crux bleiben.

schütteten Apfelweins heimgesuchten Kirchenwinkeln oder auf unangenehm eisigen Rasenflächen, während unsere behandschuhten Hände nach den Türgriffen unterschiedlicher Automobile tasteten (meines ein kaffeebrauner Dodge Dart 1971, ihres, falls die Erinnerung mich nicht trügt, ein Bel Air von 1963).

Vielleicht aber wurden diese Worte auch nie gesprochen, und ich erfand sie, um die Stille dieses so aufdringlich keuschen Zimmers zu beleben und zu tadeln.

5

Alicia im Bett war eine Offenbarung. Endlich sah ich mich wie in einem ekstatischen Spiegelbild meinem eigenen sexuellen Dämon gegenüber. In unserer Eile nahmen wir uns nicht immer die Zeit, Strümpfe, Halsketten und Untersachen abzulegen, die dann wie Eischalen oder Epauletten an uns hafteten. Wir tummelten uns auf ihrem niedrigen quadratischen Bett, dessen Kopfende ein Rechteck aus Teak und dessen Zierdecke ein gesteppter Sonnendurchbruch war, und dann stieß sie mich nieder, und die rechte Hand gespreizt auf ihrem Unterleib, zog sie das matt schimmernde Geschenk ihres wuscheligen Schampelzes nach oben, wie um die Anprobe zu erleichtern, und setzte sich dann auf meinen lustig* erhobenen Phallus, dessen Vorsatz sie mit Fingern und Lippen und Wimmern gefestigt hatte, und kam und krümmte sich und kam nochmals, und die Sekrete ihrer Vagina flossen so üppig, daß meine einst zu empfindliche Eichel ruhig wie ein Fisch durch ihr Element glitt und sich höflich weigerte zu ejakulieren, so daß sie abermals kam und ihre bezeugte nackte Freude meiner Brust ein Lachen entrang. Für ein solches Lachen gab es bei mir keinen Präzedenzfall: unter der Haushaltung meiner guten Frau war Sex ein feierliches, einmal wöchentlich absolviertes Geschäft gewesen, ein quälend stumm begangenes Ritual.

Die Brüste des Wildfangs waren klein, aber hübsch gespitzt, ihre Taille angenehm griffig. Ihre Füße waren, wie ich schon sagte, häßlich und sahen abgenutzt aus, ebenso ihre aktiven, nur aus Muskeln und Knochen bestehenden Hände. Ihr Schamhaarbüschel hatte die Nichtfarbe angelaufenen Metalls, matt gewordenen Goldes, dessen Farbe an Braun grenzte, während der helle Ton ihres blonden Kopfes in ein verführerisches Moll transponiert war.

Diese musikalische Metapher brachte mich – gerade eben – zu einem verräterischen Höhepunkt – siehe die frühere Stelle, wo von dem «rettenden Triller über dem mißglückten Akkord unserer

* Beim erstenmal tippte ich, ob du es glaubst oder nicht, «lästig erhobenen» – meine Klage als Ehemann in einem unerwünschten Vokal.

selbst» die Rede ist. Ich wichste mir einen ab – ich lag dabei auf dem gänsemist-grünen Auslegeteppich, um nicht meine Junggesellenpritsche zu beflecken, wo die Navajo-Indianerin, das Zimmermädchen, mit höhnischem Grinsen die Spur eines verwundeten Bleichgesichts bemerken könnte. Mein Same sickerte in den Polyester-Flor und den mikroskopischen Wüstensand von hundert Durchgangsschuhen. Ich hätte es nicht tun sollen, denn nun wird meine Hymne auf meine Geliebte lahm ausfallen und unvollkommen bleiben, zur Hälfte hingetappst von einer noch zitternden, nach Hochwürden-Schleim riechenden Hand.

An der Verbindungslinie zwischen Alicias Unterleib und ihren Oberschenkeln konnte man die rankenden Haare einzeln zählen; sie verdichteten sich in der Mitte zu einem regelrechten Bart, den sie mich, wenn wir zusammen duschten, ehe wir in die geschrubbte Welt zurückkehrten, mit Seife zu einem flotten Spitzbart formen ließ. Sie liebte ihre Fotze, umsorgte und umsäuselte sie, als wäre sie nicht das Mittel zum Kinderkriegen, sondern das Kind selbst, zart und zierlich und verwickelt und auf eine mutwillige Weise eigensinnig. «Das Schlimme ist», sagte sie zu mir, «daß ich mit meiner Fotze denke.» «Ich küsse meine eigene Fotze!» sagte sie einmal seufzend – ich werde es nie vergessen –, als ich meinen Mund frisch von unten heraufbrachte und ihn naß auf den ihren drückte. Der Liebhaber als Viadukt. Der Liebhaber als Himmelsgott, der für den Zyklus der Feuchtigkeit zwischen Erde und Wolken und Erde sorgt.

Obwohl sie selbst ein nur zu schöner Himmel war. Wir spielten ineinander wie Kinder in Pfützen. Planschten und gafften, planschten und gafften. Ihr Schlamm, weiß und rosa und golden, spiegelte blauen Zenit.

Spiel. So ging es lachend am lichten Tag nach einem Ehebett nächtlicher Feierlichkeit und verschütteter Frömmigkeit, verschüttet gewöhnlich im falschen Winkel, in dem Augenblick, wenn der Becher schon fortgezogen war. Zu wieviel Spaß mein alter vergessener Körper taugte – *ihn* hätte man mir als Spielzeug zu Weihnachten schenken sollen, statt des Sprungfedermännchens im Kasten oder des kleinen Trapezkünstlers zwischen seinen zusammendrückbaren Stäben oder der Lionel-Lokomotive, die wieder und wieder in den Pappmaché-Tunnel hineinfuhr. Ich danke dir, Gespielin, für solch einen schwindligen, schneeigen

Morgen, dein Körper glitzernder als ein Christbaum, mit mehr Perspektiven als in einem Kaleidoskop. In Ferien-Wahrheit schien mein Staunen fröhlich, fröhlich auf dich zurückzuspringen und dich zum Klingen zu bringen.

Spiel. Und Pein. Ihr Stöhnen, ihre Schreie erschreckten mich anfangs – ganz zu Anfang, weil ich in meiner Naivität meinte, ich verletzte sie in meiner neuentdeckten Macht («Du sprengst mich!» schrie sie einmal, rittlings auf mir sitzend), und dann, weil ich Sorge hatte, ein so tiefes Vergnügen sei nicht genügend meine Schöpfung, sondern allzusehr ihr eigenes Werk und lasse sich daher allzuleicht auf das Wirken eines andern übertragen. *Das* immerhin muß man kälteren Frauen zugute halten: sie sind wie Kletten. So hörte ich manchmal inmitten unserer Verzückung die reißende Seide der Untreue, und sie hörte das Ticken der Uhr, die mich auch aus höchsten Höhen der Selbstvergessenheit holen und zum nächsten Termin und heimwärts treiben würde, den unsichtbar über meine Abwesenheit genähten Flicken zu prüfen. Es fiel Alicia schwer, mich gehen zu lassen, ich weiß. Denn ich war ein seltenes Exemplar in dieser modernen Welt übererfahrener Männer. Und ihre Gaben waren, schätzte ich, schon seit Jahren nicht mehr mit solcher Dankbarkeit und Inbrunst entgegengenommen worden. So veranlaßte meine schnelle Wiederinbesitznahme meines schwarzen Anzugs bis hin zu den Gummi-Überschuhen in der nachösterlichen Zeit des Schneematschs, ihren ganzen, nackt und bloß auf unserem Bett liegenden Körper, mich bestürzt anzustarren. Einmal klammerte sie sich oben auf dem Treppenabsatz nackt an mich – es ist die einzige Umarmung, an die ich mich nicht gern erinnere. Obwohl der Anblick, den sie bot, als ich mich unten an der Treppe noch einmal umdrehte und zu ihr hinaufsah – die Beine am Knöchel abgeschnitten und die Halt suchend ausgebreiteten Arme von dem Rechteck, das ihre Silhouette umrahmte angeschnitten –, jener Anblick, meine ich, ehe ich mich umdrehte, und die bölkende Tür zur böigen Welt aufzog, bewegt noch jetzt dieses verzichtende Herz so sehr, daß ein weniger in Spannung verliebter Schreiber sich wieder auf den Teppichboden seiner Gummizelle getrieben sähe.

Spiel und Pein und Zurschaustellung. Ihr Haus, klein und pfirsichrosa, stand in einer Reihe verschiedenfarbiger, sonst aber gleicher Häuser an einer in einem Bogen verlaufenden Straße, die erst vor so kurzer Zeit ins Gelände geschabt worden war, daß sich bei Regen der Schlamm noch rot in den Rinnsteinen wälzte; die einzigen Bäume waren angepflockte Schößlinge. Die Fenster im oberen Stockwerk waren Dachfenster. Alicias Kinder hatten beide ein kleines Zimmer an der Straßenseite; für sich selbst hatte sie das lange Zimmer genommen, von dem man auf den Hinterhof mit seiner tapferen schmächtigen jungen Buche blickte, und auf eine angehende Buchsbaumhecke, auf Alicias Garage und auf einen schmalen Gang, wo oft ein offenbar im Leerlauf tuckernder Heizöltankwagen stand, und auf die kahlen Rückwände der Häuser der nächsten Straße in dem neuerschlossenen Wohngebiet. Jenseits eines Streifens von Kopaivabäumen, die auf ihre Nutzbarmachung warteten, lag etwas, das wie eine aufgegebene Kiesgrube aussah, und auf dem Hügel oberhalb davon, nicht recht dazu passend, erkannte man die kleinen Spitzen und Rundungen von Grabsteinen auf einem Friedhof, auf dem ich, wie ich glaubte, schon einige Male Seelen meiner Gemeinde beerdigt hatte. Mir gefiel diese karge, unkultivierte Umgebung, denn die ärmliche Atmosphäre ließ darauf schließen, daß Alicia nicht die Mittel hatte, mich zu verlassen, wie oft ich mich auch hastig anzog und sie meinerseits verließ, und der Mangel an Bäumen – im Gegensatz zu meiner eigenen, üppig mit Eichen und Ulmen bestandenen Umgebung, die typisch war für die imposanten Pfarrhausbauten der McKinley-Jahre – bewirkte, daß das Licht ungetrübt, nackt wie wir selbst und ewig jung wie wir, hereindrang. O Alicia, meine Geliebte, meine Genossin, meine Beraterin, meine Verräterin, was würde ich darum geben – eine Hand? nein, nicht einmal einen Finger, aber vielleicht den Ring von meinem Finger –, wenn ich dich wieder unten auf mir sitzen sähe, die Schultern von Sonnenlicht umhüllt, den Kopf zurückgeworfen, so daß dein Kinnbackenknochen sein eigenes Omega zeichnet, dein wie in Flammen stehendes Haar, die ungeschützt am zierlichen Käfig deiner Rippen hängenden Brüste, begierig, von irgendeinem Mund geneckt, von irgendeiner Hand berührt zu werden, doch auch unberührt, so schien es, Freude findend an ihrem ungehemmten Schwingen in einer Flut von Licht. Ich hob meinen Rücken, die Muskeln in meinen Oberschenkeln zogen, mein Gesicht war gesättigt, du stöhntest. Wir krümmten uns zu immer neuen Kurven über dem nassen Knäuel, in dem unsere Wurzeln verschmolzen.

Alicia war kurzsichtig und mußte genau hinsehen. Sonst war ich für sie, von meiner Stimme und meinem Geruch abgesehen, nur eine Wolke von Maskulinität. Und ich, ich schöpfte Mut aus ihrer Schamlosigkeit und sah mich satt an ihr und stellte unter den Liebkosungen meiner Augen ihre Poren, Furchen, Runzeln, Wülste, Schwielen und größer werdenden Makel – war sie auch jünger als ich: die Zeit machte sie mir vertraut – in den Dienst an der Liebe. Wieder dieses unbefriedigende Wort. Ich wollte das «Zurschaustellen» beschreiben. Genau gesagt, ich vergötterte sie, ich verehrte ihre Makel ebenso hitzig wie ihre Vollkommenheiten, denn sie waren ein Teil von ihr; und so gewann ich in der Spanne einiger Frühlingswochen, einiger unerlaubter Kohabitationen, die Haltung, die Heilige gegenüber Gott einnehmen und die zu erlangen ich mich so viele Jahre wie einst Christus auf Erden lebte (40 [gegenwärtiges Alter] minus 7 [Alter der Vernunft] gleich 33) vergeblich bemüht hatte, nämlich Ihm zu verzeihen: das Leid von Kindern, die Unerbittlichkeit vieler Krankheiten, die Willkür des Glücks, die Milliarden von vorsintflutlichen Todesfällen, die Hilflosigkeit der Jungen, die Verblödung der Alten, die Kunstfertigkeit der Folterer, die Machtfülle vieler Stümper, die Grausamkeit von Zufällen, die Unmöglichkeit, Wasser zu atmen, und all die anderen abstoßenden Flecken auf dem Antlitz der Schöpfung.

Wir putzten uns füreinander, posierten und tanzten voreinander und bedachten jede unentschiedene Verrenkung mit einem gierigen französischen Kuß der Zustimmung. Du hast es bereits gelesen (ich *fühle*, daß irgend jemand diese Seiten liest, obwohl sie, wenn ich vom Golf zurückkomme, immer genauso auf dem Schreibtisch liegen wie zuvor und meine listigen, mit Hilfe von Haaren und Büroklammern arrangierten Kontrollvorrichtungen bisher nicht ausgelöst worden sind), ich weiß. Haut ist ein angenehmes Gewebe. Das gilt ganz besonders für Penis und Vagina – Patent angemeldet. Das Entwöhnen war ein unvollendeter Prozeß. Sex kann Spaß machen.

Und doch, welch eine Erleichterung, daß *esse* aus *intelligere* wurde. Land in Sicht! Sie erschien mir während jener kopulierend verbrachten Nachmittage wie das Vorgebirge eines bis dahin versunkenen Kontinents aus Licht. Ich mußte von ihrer zu meiner Stadt auf einer Landstraße fahren, die sich einst, von Bäumen beschattet, durch Felder und Wiesen schlängelte, inzwischen aber gerade gezogen, verbreitert und am Rande vollgestopft worden war mit Einkaufspassagen, Parkplätzen, Tankstellen, «Hero Sandwich»-Buden, Auto-Ersatzteil-Paradiesen, Verzehr-Übungsplätzen, freudlosen Vergnügungsmöglichkeiten für den angeschlagenen Nachwuchs zerrütteter Einkaufsbummler, Go-go-Bars, fensterlos wie Mausoleen («Dienstags schwüle Nacht! Komm und mach mit!»), Drive-in-Versicherungsagenturen, dem ganzen glitzerig-gespenstischen benzin-getriebenen, wie Teer in hochsommerlicher Hitze blubbernden Konsumentenschmierkram. Doch wie sauber gewaschen und schön geordnet sah das alles für mich in den Nachwehen meiner Sünden aus! Wie funkelte die gefallene Welt, jetzt da mein Glaube endgültig verloren war!

Zurück vom Golf (nicht schlecht: 94, bei nur zwei mal drei Putts, und es gelingt mir allmählich auch, die Entfernungen besser zu schätzen; nimm einen um zwei Nummern längeren Schläger, als du meinst, unter diesem trügerischen Himmel superreiner Luft), habe ich das Gefühl, ich sollte jenen letzten, ziemlich großsprecherischen Satz etwas modifizieren. Ich bin – leider! – nach wie vor übervoll von Glauben. Aber Alicia löste eine Neuorientierung aus, eine Kursänderung um vielleicht 10°. Stelle dir mich als einen in der Mitte geteilten Kreis vor, die eine Hälfte weiß, die andere schwarz. In der weißen waren solche Dinge wie meines Vaters Möbel, Karl Barths Sprache, die feinkörnige Geschmeidigkeit und das fröhliche Vertrauen meiner Söhne*, als sie noch Babies waren, mein eigener klarer priesterlicher Platz im Bereich der Liturgie und der Sakramente, ein weltlicher Sinn für Ordnung in meinem bürgerlichen Leben (Termine, Versammlungen, Vaterschaft, Haushalt und der innere Antrieb, der mich aufrecht hielt, bis ich nach den Zehn-Uhr-Nachrichten neben meiner *uxor* in Schlaf sank), gelegentliche, sehr vereinzelte whiskeyselige Momente und sonntags die Beilagen mit den Comic-Strips. Das war «die gute Seite». Ich traute Gott zu, daß er auf dieser Seite war. Auf der anderen, der schwarzen Seite, die wohl eher als «die erbärmliche Seite» denn als «die böse Seite» zu bezeichnen war, befand sich die Menschheit (als biologische, den Erdball vernichtende Spezies wie

* «Siehe, der Geruch meines Sohns ist wie ein Geruch des Feldes, das der Herr gesegnet hat.» Genesis.

auch als jene Gattung, von der einige hundert Exemplare meiner geistlichen Betreuung unterlagen – und ein mich anwidernder, banaler, jämmerlich niedrig gesinnter, erdgebundener, sich ewig gleichbleibender Haufen waren sie), mein eigener ekelhafter Körper, die meisten institutionellen und politischen Tendenzen seit 1965, die allgemeinen Verfallserscheinungen in der Welt, die Zeit in allen ihren Manifestationen, Leid, Ernährung, Bücher und alles übrige, was in den Sonntagszeitungen steht. Nun ja (eine kribbelige Floskel, die meine immer heftiger drängende Lust auf ein erfrischendes Duschbad, einen Whiskey Sour, einen beruhigenden Blick in eine leicht getönte Wüstenlandschaft und ein harmloses Geplänkel männlicher Frotzeleien verrät), Alicia forderte ein kleines Stück vom Kuchen der Menschheit für das Gute und Schöne und verschob so die Achse der Trennlinie um (grob geschätzt) 10° und gab Anlaß zu einer neuen Beschriftung der jetzt seitwärts geneigten Hälften: die weiße war «Das Leben», die schwarze war «Der Tod». Die meisten Bestandteile blieben von dieser Neuausrichtung unberührt. Gott, der es mit den Gewinnern zu halten pflegt, wählte das Leben als Sein Element und fuhr fort, meine Gebete wie bisher zu prüfen und meine Verdauung zu überwachen. Der Umstand, daß alles, was nicht von Gott bewohnt wurde, tot war, gab ihm freiere Hand. Aber dabei ereignete sich ein Unglück: in dem Keil unmittelbar gegenüber von Alicia und ihren Pfirsichschreien und ihren schwebenden Brustwarzen befand sich ein harmloser, mit «*ux.*» beschrifteter Sektor, der von meiner Frau Jane, geb. Chillingworth, bewohnt war. Dieser Keil wurde dunkel wie ein Dachkammerfenster.

6

Heute ist Sonntag. Zwar versucht man, uns das zu verheimlichen, aber ich kann zählen: ich kam mit einem Montagsflug hierher, und heute ist mein sechster Morgen. Ich muß predigen. Allerdings ohne Bibel, ohne eine umfassende und langweilige Enzyklopädie mit Predigthilfen und etymologischen Erklärungen aramäischer Wörter, ohne Organistin, ohne Gemeinde. Sei's drum. Noch habe ich mein Gedächtnis und eine Seele (lasset uns darum beten, daß sich am Ende aller Tage nicht beide als synonym erweisen mögen).

Unser Predigttext steht im Evangelium nach Johannes, Kapitel 8, Vers 11: *So verdamme Ich dich auch nicht.*

Diese Worte spricht Jesus, wie ihr euch wohl erinnert, zu der im Ehebruch ergriffenen Frau – «auf frischer Tat» ergriffen, wie die Schar der Pharisäer es ziemlich pikant ausdrückt –, nachdem keiner ihrer Verkläger Seiner Aufforderung, den ersten Stein auf sie zu werfen, gefolgt ist. Was für eine herrliche, seltsame Episode! Erst spät, wie uns Gelehrte versichern, in den Bericht des Evangelisten eingefügt, und in einem deutlich unjohanneischen Stil; tatsächlich ist sie in einigen Handschriften an das zweite Kapitel des Lukas angehängt – ein Stück frühchristlicher Tradition, hierhin und dorthin flatternd, um seinen festen Platz im Kanon zu finden. So erscheint die Geschichte also nur mit freundlicher Genehmigung des Johannes, des jüngsten und am wenigsten praktischen der Evangelisten.

Und hier, in einer Geste, die in den Berichten über Sein Erdenleben nicht ihresgleichen hat, bedrängt von den frechen Zudringlichkeiten der Schriftgelehrten und Pharisäer, bückte Jesus sich nieder und «schrieb mit dem Finger auf die Erde» – als hätte Er sie nicht gehört. Nirgendwo wird uns berichtet, daß Er etwas geschrieben hätte. Welche Worte Er schrieb, wird uns nicht gesagt, was für mich eher auf die Authentizität der Geste hindeutet, als daß es einen Schatten des Zweifels darauf wirft; denn warum mehr in den Bericht aufnehmen als die Tatsache, daß es so geschah? Er schrieb, Seine rachsüchtigen Fragesteller irritierend, einfach nur vor sich hin, und wir empfangen so einmal mehr einen Eindruck von der unerhörten Freiheit unseres Herrn, von der etwas gleichgültigen und losgelösten Art Seines Erdenwallens.

Und dann, als die Pharisäer durch Sein großartiges «der wage es» zerstreut sind, lesen wir, daß Er sich aufrichtete und «niemand sah denn das Weib». Und Er fragt sie: «Weib, wo sind sie, deine Verkläger?» Sie haben sich davongemacht. Und Sein Alleinsein mit ihr erinnert uns an den späteren Augenblick, als Maria Magdalena, die zum Grab gekommen ist und nur zwei Engel vorfindet, sich umwendet und Jesum stehen sieht und Ihn irrtümlich für den Gärtner hält. «Weib, was weinest du?» fragt Er sie. «Wen suchest du?» Und die Ehebrecherin fragt er: «Weib, wo sind sie, deine Verkläger?» Und es erinnert uns an Seine eigene Mutter, die er im Alter von zwölf Jahren, als sie ihn zurechtweist, weil er sie verlassen hat, um mit den Gelehrten im Tempel zu diskutieren, fragt: «Was ist's, daß ihr mich gesucht habt?»

Wie viele Frauen, wahrhaftig, sind in der Heiligen Schrift auf der Suche nach Jesus, und mit welch lauterer Zartheit und Festigkeit behandelt Er sie – Seine Mutter Maria und die Prophetin Hanna und Johanna und Susanna, und des Jairus Tochter und des Petrus Schwiegermutter, und die Frau, die Sein Gewand berührt, so daß Er, ohne sich umzudrehen, fühlt, daß eine Kraft von Ihm gegangen ist, und die Sünderin, die Seine Füße mit Tränen netzt und der vergeben wird, weil sie, obschon sie viel gesündigt, auch viel geliebt hat, und vor allen anderen Maria und Martha, die Ihn in ihrer Wohnung empfangen und Ihm mit Nardensalbe die Füße salben und dafür von Judas getadelt werden und deren Bruder Lazarus von den Toten auferweckt wird, ungeachtet seines Zustands, auf den Martha in ihrer häuslichen Art aufmerksam macht: «Herr, er stinkt schon.»

Wie häuslich, wahrhaftig, wie schlicht ist doch dieses Epos des Neuen Testaments! Es erzählt von einfachen Heimen und vertrauten Sorgen, nicht von Palästen und Schlachtfeldern. Hintergrund und Peripherie des Imperiums dienen als Bühne für dieses gewaltigste und wichtigste aller Dramen. Jede Wohnung ein Tempel Gottes: was anderes hat unsere protestantische Revolution verkündet als dies, diese in den Häusern und Tagen der Evangeliengeschichten klar erkannte Wahrheit? Wie entscheidend für unser gegenwärtiges Glück sind dann Christi Worte über die den Festungen unserer Häuser drohenden Gefahren – Ehebruch und Scheidung.

Jesus predigte, so sagen uns die Gelehrten, zu einer Zeit der weltweiten Laxheit in Fragen der sexuellen Moral. Nun war eine gewisse humanistische Toleranz tatsächlich seit jeher ein Fehler der Juden – im Gegensatz zu den rigorosen Götzenanbetern. Im 3. und 5. Buch Mose wird zwar ausdrücklich angegeben, daß jene, die das Siebte Gebot brechen, des Todes sterben sollen, doch der große Hebraist John Lightfoot vermochte in seinem Hauptwerk *Horae Hebraicae et Talmudicae* nicht ein einziges Beispiel dafür, daß die Strafe vollstreckt wurde, anzuführen. Vielmehr wird uns berichtet, daß eine leibeigene Magd, die bei ihrem Herrn gelegen hatte, gestraft werden, aber nicht sterben soll, «denn sie ist nicht frei gewesen». Bathseba, die ihren Ehemann Uria mit David betrog, wurde gleichwohl Königin von Israel und die Mutter Salomos. Eva, von der Schlange verführt, wurde dennoch die Mutter der Menschheit. Gomer, die buhlerische Frau des Hosea, wird ihm zurückgegeben, auf daß er sie liebe, als Beispiel wie der Herr den treulosen Kindern Israel seine Liebe erhält. Und in der neuen Heilsgeschichte: Joseph, mit dem schwellenden Beweis der Untreue Marias konfrontiert, war nicht gewillt, sie als warnendes Beispiel bloßzustellen; sanftmütig gedachte er, «sie heimlich zu verlassen». Von den zwei ehebrecherischen Frauen, denen Christus in den Evangelien begegnet, wird, wie wir sahen, die eine gelobt, und die andere wird nicht verdammt. Die letztere wurde, wie wir vermuten dürfen, von den Pharisäern eigens zu Ihm gebracht, um Ihn in die Falle zu locken: sie wollten, daß Er die Anwendung eines die Todesstrafe vorsehenden Gesetzes forderte, das allgemein als absurd galt. Denn wie Er wiederholt versichert, «dies ist ein ehebrecherisches Geschlecht». Genauso hatte schon Jeremia über seine Generation geurteilt und Hosea über die seine; denn Israel bricht immer wieder seinen Bund mit dem Herrn, und doch hört der Herr nicht auf zu lieben und zu vergeben.

Ehebruch, meine Freunde, gehört zu unserer Natur: «Ihr habt gehört, daß zu den Alten gesagt ist: ‹Du sollst nicht ehebrechen.› Ich aber sage euch: Wer ein Weib ansieht, ihrer zu begehren, der hat schon mit ihr die Ehe gebrochen in seinem Herzen.»

Wer aber, der Augen hat zu sehen, brächte es fertig, nicht so zu begehren? War nicht das erste von menschlichen Ohren vernommene Gebot: «Seid fruchtbar und mehret euch»? Ehebruch ist nicht ein freiwilliger Akt, den man vermeiden kann, sondern ein Umstand, den es anzunehmen gilt. So lege ich diese Texte aus.

Aber wenn wir, geliebte Freunde, unseren Herrn und Meister schneidend liberal in Sachen Ehebruch urteilen sehen, so erleben wir Ihn noch weniger tröstlich streng, wo es um Scheidung geht. Das pharisäische Gesetz Seiner Zeit war weit fortgeschritten in dem Bemühen, die Institution der Ehe der plastischen menschlichen Wirklichkeit anzupassen, die, wie ich fürchte, nie sehr weit vom Herzen des Judaismus entfernt ist. Scheidungsbriefe konnten, wie im 5. Buch Mose, Kapitel 24 näher ausgeführt, geschrieben werden, wenn die Frau keine Gnade mehr fand vor den Augen ihres Mannes, «weil er etwas Schändliches an ihr gefunden hat». Doch damit nicht genug. Ein Zeitgenosse Jesu, ein gewisser Rabbi Hillel, verkündete, ein Mann könne sich von seinem Weibe scheiden lassen, wenn «sie ihm die Mahlzeiten zu stark koche», und ein Schüler Hillels, ein gewisser Rabbi Akiba, erklärte mit einer Lauterkeit, in deren Licht unsere gegenwärtigen Scheidungsgesetze sich als das heuchlerische Wirrwarr ausnehmen, das sie sind, ein Mann könne sich mit Fug und Recht scheiden lassen, «wenn er eine Frau sieht, die hübscher ist als seine eigene».

Was sagt Jesus zu solchen Vorschriften? Daß sie «um eures Herzens Härtigkeit willen» geschrieben worden seien. Und: «Was denn Gott zusammengefügt hat, soll der Mensch nicht scheiden.» Und: «Wer sich scheidet von seinem Weibe und freiet eine andere, der bricht die Ehe an ihr.» Ich zitiere aus dem Gedächtnis – nach Markus, dem ursprünglichsten Evangelium, in dem die Worte unseres Erlösers am wenigsten verwässert sind durch spätere Eingriffe von semitischer Vernünftigkeit und griechischer Sophisterei. Im 5. Kapitel seines Briefes an die Epheser versuchte Paulus mannhaft dieses, wie er zugibt, «große Geheimnis» ins Mystische zu erheben, indem er von den Verehelichten sagte, «und werden die zwei ein Fleisch sein», und – als kosmologisches Gleichnis – den alten Bund zwischen dem Herrn und Israel durch die Vereinigung «von Christo und der Gemeinde» ersetzte. Er schreibt: «Also sollen auch die Männer ihre Frauen lieben als ihre eigenen Leiber.» Aber die meisten Männer lieben ihre eigenen Leiber nicht, und mit Recht. Denn was anderes ist der Leib als ein Sumpf, in dem der Geist erstickt! Und was anderes ist die Ehe, dieser vermeintlich nahtlose Kreis, als ein tiefer Brunnen, aus dem der

Mann und die Frau zu der unmöglichen Sonne – der fernen hellen Scheibe – der Freiheit aufstarren?

Kehren wir von der Heiligen Schrift in die Welt zurück, die uns umgibt. Wie findet der moderne Amerikaner das Bewußtsein seines eigenen Wertes – nicht als verbissener Geldverdiener und Wirtschaftsfaktor, sondern als romantischer Priester und phallischer Ritter, als Persönlichkeit, als leibhaftiger Mensch und als Held – wieder? Durch den Ehebruch. Und wie gewinnt die amerikanische Frau, durch Sklavenarbeit im Haus und die abstumpfende Gesellschaft gieriger Kinder zu einem geistlosen Leben verdammt, ihre Entschlußkraft, ihren Wagemut und ihr Urteilsvermögen – kurz, ihre Würde – wieder? Durch den Ehebruch. Sobald sich der ehebrecherische Mann und die ehebrecherische Frau am Ort ihres Rendezvous einfinden, fallen all die falschen, ihnen von der Gesellschaft angepaßten Uniformen ab; sie kommen auf keine Empfehlung, sondern aus freien Stücken, und verfügen über keine anderen Legitimationen als jene, die Gott ihnen geschenkt hat, nämlich ein unersättliches Ego und taugliche Genitalien. Sie treffen sich aus Liebe, zur Liebe, in Liebe; sie erbeben in einem Glanz, der von der Weisheit dieser Welt nicht verunreinigt ist; sie sind wahrlich Kinder des Lichts. Diejenigen unter euch – ihr, deren Gesichter stumm zu mir aufschauen, während ich mich hier auf dieser imaginären Kanzel winde –, diejenigen unter euch, die ihren Schlaf abgeschüttelt haben und Ehebruch begingen, werden wissen, daß ich die Wahrheit sage, und mir in ihren Herzen zustimmen.

Das Wort ist immer ein Ärgernis. Verwerft nicht, ich bitte euch, beim Nachdenken darüber die Auslegung, zu der ich bei der Meditation über diese Stellen der Heiligen Schrift gekommen bin.

Wahrlich, das Sakrament der Ehe, wie es in seiner unabänderlichen Unmöglichkeit von unserem Erlöser eingesetzt wurde, existiert nur als Vorbedingung für das Sakrament des Ehebruchs. Dem einen bringen wir zum Schein Reverenz und hölzerne Gelübde dar, dem anderen aber eine aus der fleischlichen Gegenwart des Verbotenen geborene, lebendige Reverenz und Gelübde, die uns, während wir sie stammeln, das Herz zerreißen. Die Laken des Ehebetts sind von den bleiernen Fäden der Ewigkeit durchwoben, die Decke auf der ehebrecherischen Couch mit den schimmernden, lebendigen Fäden der Vergänglichkeit, ja der Zeit selbst, unseres

Elements, unseres einzigen Elements, welches Christus dadurch heiligte, daß er in die Geschichte eintrat, statt sie, wie Buddha, zu fliehen.

Warum, so frage ich euch, setzte Jesus das Sakrament der Ehe als einer ewigen Hölle ein, wenn nicht, um für jedes stolz aufbegehrende Paar eine Galaxis von kleinen Paradiesen entstehen zu lassen? Warum vergab Er der Ehebrecherin so auffällig, wenn nicht um der scheinbaren Verfluchung des «ehebrecherischen Geschlechts» die Macht einer verborgenen Segnung zu verleihen? Wir *sind* ein ehebrecherisches Geschlecht – freuen wir uns dessen.

Denn Jesu Wirken, die vierzig Monate der Wanderschaft zwischen Seiner Taufe und Seiner Kreuzigung bedeuten weder eine Ergänzung noch eine Einschränkung des weltlichen Gesetzes. Das Gesetz in seinen hundert Formen für tausend Stämme hat es immer gegeben, und überall schafft es eine mehr oder weniger befriedigende soziale Ordnung, mit anderen Worten, die Ordnung des Kaisers. Aber unser Herr war nicht gekommen, um dem Kaiser zu dienen, noch gar, wie Seine zeitgenössischen Häscher es hinstellten, um den Kaiser zu stürzen; Er kam, Seinem eigenen Gleichnis nach, nicht, um die geltende Währung zu entwerten, sondern um eine gänzlich neue Währung in Umlauf zu bringen. Vor Ihm war die Wirklichkeit monochrom: ihr Bild ist die Steintafel, der Monolith, die eintönige Weide. Nach Ihm ist die Wahrheit zweiseitig, wechselnd, rätselhaft: Ihr Bild ist das Schachbrett, bestellte Äcker, byzantinisches Mosaik, romanisches Zickzack, sienesisches Streifenmuster und das gescheckte Kleid des Narren im Mittelalter. Christus steht in einem anderen Licht, und Seine großartige Unbekümmertheit, Seine Verachtung aller dem Selbstschutz dienenden Verträge, die den Menschen an die irdischen Dinge binden, ist der Schatten einer anderen Sonne, ein Schatten, der heller ist als irdisches Licht; dagegen leuchtet unsere Sonne zu seinen Füßen schwärzer als Teer.

Amen.

Der Friede Gottes, welcher höher ist als alle Vernunft, etc.

7

Wir sehen einander ähnlich, meine Frau und ich. Leute, die uns zum erstenmal begegnen, sagen das jedenfalls oft mit sichtlichem Vergnügen. Wir selbst finden es nicht – und als wir uns ineinander verliebten, waren es gerade die zwischen uns bestehenden Gegensätze, die uns anzogen. Sie war gelassene Heiterkeit und Schönheit, ich innere Unruhe und Energie. Sie war gemäßigt, ich extrem. Sie war liberal und moralisch und sanft, ich Barthianer und ziemlich hart. Vor allem aber war sie fraulich und fruchtbar, und ich männlich und unersättlich. Mein Drang, sie zu *essen*, zu schmecken, zu verschlingen und mir einzuverleiben, der bis in unsere gegenwärtige Misere anhält, wenn mein Biß auch mörderisch geworden ist, stellte sich beim ersten Blick ein. Sie stand im plissierten Tennisröckchen in der windigen Wärme eines Apriltages, als Tennis plötzlich möglich geworden war, unter einem blühenden Obstbaum, einem kleinen Apfel- oder Holzapfelbaum. In dem gesprenkelten Schatten berührte ihr Kopf die mit Blüten besetzten Zweige, von denen der unterste so niedrig war, daß Janes niedlich blasse Gestalt eins zu sein schien mit ihrem Baum. Es lag ein besonderer Reiz darin, daß sie sich diesen zarten Schutz gesucht hatte an einem so zart-hellen Tag; ich erfuhr später, daß sie gegen die Sonne allergisch war.

Beide blaß, beide ein wenig mehr als mittelgroß, beide blauäugig und nicht ein bißchen fett, sehnig eher, mit einer gewissen Gespanntheit um uns, die durch eine indifferente Aura, aschgrau wie aus Rauchringen, gemildert wird, machen wir in der Öffentlichkeit den Eindruck von Zwillingen, der natürlich noch verstärkt wird durch zwei Jahrzehnte des gegenseitigen Austauschs von Redewendungen, der Zeichensprache und des unbewußten Nachäffens der Mimik. Wir sind durch die gleichen zermürbenden Kräfte zu zwei parallelen Spindeln geworden. Wir liegen zusammen Seite an Seite im Bett und drehen uns wie auf einer einzigen Antriebswelle. Unter Druck helfen wir uns, glaube ich, mit dem gleichen Ausdruck – wir legen den Kopf zurück und schließen den Mund noch fester, damit unser Belagerer erkennt, daß wir uns in eine ihn ausschließende und trotz unserer Gegensätzlichkeit gemeinsame Privatsphäre zurückgezogen haben.

Oh, ich weiß, ich weiß, lieber unbekannter Leser, daß allein schon der Gedanke an diese Frau meine Prosa zu einer neuen phantasievollen Ungezwungenheit und zu einer neuen Leichtigkeit des Tonfalls verführt; ich bin zu Hause. Aber laß dich nicht täuschen; diese Ungezwungenheit und dieses Behagen sind nicht Linderung, sie sind die Krankheit.

Reverend Dr. Wesley Augustus Chillingworth, Janes Vater, war Professor für Ethik an der theologischen Hochschule, die ich besuchte. Das Schulgelände ein grüner Hang, unten ein See, oben eine große Hartsteinkapelle, von einem sündigen Industriellen (oder industriellen Sünder) erbaut. Dahinter eine ausgedehnte Stadt mit Bars und Bussen für ihre Bürger, während sich vor uns eine Wand von Ulmen und U-förmigen Gebäuden erhob, und Glocken, zahllose Glocken, die Stunden, die halben Stunden und die Viertelstunden verkündeten, bis die Luft dauerhaft verflüssigt schien und überall Glockenschläge herumkullerten wie Quecksilber. Chillingworth war klein von Gestalt. Er hatte etwas Eckiges, und diese gefügige, farblose Eckigkeit ließ ihn noch kleiner erscheinen, als er war; er hielt seine trockenen Vorlesungen praktisch im Flüsterton und blickte dabei oft zur Tafel hin oder zu einem alten braunen Himmelsglobus, einem Überbleibsel in seinem Hörsal aus einer Zeit, da Naturwissenschaft und Theologie, wenn sie nicht gar ineinander verliebt waren, doch miteinander flirteten. Die Orgie des Lesens, die seine Kindheit und Jugend verzehrt haben mußte, verlieh ihm noch jetzt, in seinen hohen Fünfzigern, das leicht verwegene verbrauchte Aussehen eines großen Wüstlings; ein Zwinkern blitzte in seiner Trockenheit auf, wenn er uns durch die ausgedörrten Diskurse der Griechen, der Hedonisten und der Platoniker, der Peripatetiker und der Kyrenaiker, der Stoiker und der Epikuräer über die eine große Frage führte: *Ist das, was gefällt, das Gute, oder doch nicht so ganz?* Seine Vorlesungen boten in gedrängter Form alles, was ich an der akademischen Religion haßte; ihre ungefährliche, selbstgefällige Glaubenslosigkeit, ihre hohle Kompliziertheit, die Verwandlung der Grabsteine der toten Märtyrer in Hürden, welche die Lebenden auf ihrem Weg zu einem unterbezahlten, antiquierten Beruf zu überspringen hatten. Und das Gemurmel des alten Gelehrten schien all dies zu bestätigen, wenn er uns, seine Bande von pickeligen Bewerbern um das geistliche Amt, erbarmungslos von Hottentotten-Tabus und Eskimo-Gastfreundlichkeit (fick meine Frau, du Speckhals) zu den langweiligen Griechen und Neoplatonikern schleppte (Wie kann die Seele eine Gestalt haben? Wie kann sie keine haben? Wie kann Gott ein Ich sein? Was kann Er sonst sein? Was ist das Gute dann anderes als das Aufgehen in Gott? *Was* ist daran gut?), und weiter zu den ausgelassenen, ihre Allwetter-Raumanzüge aus unsichtbarer Wolle strickenden Heiligen, zu Augustinus und seiner *concupiscentia*, zu Bonaventura und seiner *gratia*, zu Anselm und seinem *librum arbitrium*, zu Thomas von Aquino und seiner *synderesis*, zu Duns Scotus und seinem *pondus naturae*, zu William Ockham und seinem Rasiermesser, und weiß der Himmel zu wem noch. Als es Frühling wurde, hatten wir uns zu Grotius und seinem *jus gentium* durchgearbeitet, und als sich die moderne Ethik unter Chillingworths Gemurmel entfaltete, hatte ich, sozusagen in einer fortlaufenden Fußnote, das Parallelvergnügen, seine Tochter zu verführen. Wir trafen uns in der kühlen britischen Sonne des Hobbesschen Realismus, schmetterten mit hemmungslosem Egoismus Bälle aufeinander zu und verabredeten uns zu weiteren Spielen, als Partner. Um die Zeit unserer nächsten Verabredung ließ Hume «Pflicht» und «Recht» explodieren, und Bentham versuchte, den Hedonismus mit seinen Formeln vom größtmöglichen Glück der größtmöglichen Zahl wiederzubeleben. Unser erster Kuß, mehr *titillatio* als *hilaritas*, fiel in die Zeit Spinozas. Doch fühlte ich, wie mein *conatus*, dunkle Mitte meiner selbst, sich herrlich meinem Zwerchfell enthob, als – in der Finsternis meiner geschlossenen Lider – ihre Schwerkraft zum erstenmal auf meine traf. Als Kant versuchte, den Rationalismus mit kategorischen Imperativen und *Achtung* einzudämmen, ließ Jane mich – durch ihren Pullover – ihre Brust liebkosen. Zur Zeit der ungeheuerlichen Hegelschen Gleichsetzung von Moralität mit den Forderungen des Staates war meine Hand heiß in ihrem Büstenhalter, und mein verallgemeinertes Recht auf Zugang schloß ihre Schenkel ein. Wie fest und weich sich die Tochter dieses Pedanten anfühlte! Ich hatte erwartet, daß sie aus Spinnweben gesponnen sei. Wir waren beide zweiundzwanzig und jungfräulich. Das Wetter verlockte, die Nächte waren warm. Schopenhauer pries den Willen und Nietzsche verherrlichte Brutalität,

List, Vergewaltigung und Krieg. Alle früheren ethischen Vorstellungen waren plötzlich als «Sklavenmoral», als «Herdentugenden» entlarvt. In ihrem Zimmer oben, über dem großen staubigen Gewölbe voller aufgetürmter Bücher und gelehrter Journale, welches ihr Vater sein Studierzimmer nannte, gestattete mir Jane, sie auszuziehen – nein, um bei der Wahrheit zu bleiben, sie zog sich mit einer gewissen anmutigen Ungeduld selber aus, nachdem ich aus ihrer Bekleidung ein asymmetrisches Durcheinander von Knitterfalten und ruinierten Reißverschlüssen gemacht hatte. Sie schnippte das letzte Stückchen Unterwäsche weg und faltete die Hände hinter dem Kopf, so daß sie aussah wie eine eingenickte Ausflüglerin, und ließ mich kucken. Sie war nicht die erste, die ich nackt sah. Du wirst dich an die etliche Seiten zuvor geschickt heraufbeschworene Rothaarige erinnern, und eines Sommers hatte es eine knöcherne Studienberaterin gegeben, für die wir hier womöglich nie Platz finden. Aber Jane verhielt sich zu diesen beiden wie der geschliffene Marmor zu dem geschmolzenen Wachs der vorangegangenen Modelle. Keine Formel, weder eine utilitaristische noch eine idealistische vermochte dieser lebendigen Absolutheit wirklich gerecht zu werden. Hier war ein Faktum, ein Meter siebenundsechzig lang und mit Circumferentien, die von den Knöcheln bis zu den Hüften und von der Taille bis zum Schädeldach unendlich subtil variierten. Das Fenster war offen und ließ Abendluft und Licht genug zum Bewundern herein. Grüne und lachsfarbene Streifen glühten hinter den Dächern und Türmen am Horizont. Ihr Jungmädchenzimmer (ein kindliches Tapetenmuster: – abwechselnd ein Rundbild mit einer Hütte und ein wolliger Schäfer, der mit dem Rücken zum Betrachter zwischen Hunden stand – und darauf, an die Wand gepinnt, College-Drucke von Cézanne und Klee und Miró) umgab mich, während meine Augen im Zwielicht tranken, wie eine nebelhaft wahrgenommene Traumkulisse. Ihr Vater unten räusperte sich. Jane deutete lautlos ein Lachen an und nahm die Hände hinter dem Nacken hervor; sie zog mich zu sich hinab, um mein Starren zu ersticken. «Es ist doch ganz natürlich», wisperte sie – ihr erster Tadel, falls es ein Tadel war, oder doch der erste, an den ich mich erinnere, der erste, der mich beschämte und der sich, wie ein Insekt in Bernstein, festgesetzt hat in meinem ausgeschwitzten Gefühl, etwas falsch gemacht zu haben, als ich sie mit so ehrfürchtigem Entzücken (Achtung, tatsächlich) betrachtet hatte. Die britischen Idealisten, Green und Bradley, versuchten, das menschliche Ich, zeitlos und ganzheitlich, dem räuberischen Zugriff der analytischen Wissenschaft zu entziehen. Denke nicht, weil wir beide nackt waren, wir hätten miteinander geschlafen. Es war in den fünfziger Jahren. Es gab Schwierigkeiten, technische wie geistige, durch Traditionen bedingte und existentielle. Während Pierce, James und Dewey mit echt amerikanischem wendigen Denken versuchten, den göttlichen Strom umzukehren und den transzendentalen Hund mit dem Schwanz der durch Leichtgläubigkeit erzielten praktischen Vorteile zu wedeln, erwies Jane sich als aufregend kundig im Trockenficken (verzeihen Sie mir diesen und andere Ausdrücke, Ms. Prynne und wer immer an Kirchenältesten gerade Dienst hat, aber was existiert [*ens* hat], muß einen Namen haben [*nomen*]). Aufregend, weil ihre Beschlagenheit zeigte, daß sie es schon vorher getan hatte. Kniend oder seitwärts liegend, die Hände um der Ausrichtung und des Drucks willen nicht unverständig auf meinen Gesäßbacken placiert, rieb sie unsere kratzigen Kontaktflächen aneinander, bis einer von uns, sie ebensooft vor mir wie ich vor ihr, sich zuckend wand und kam. Der Nachzügler folgte dem Beispiel des andern. Wie poetisch, die Jungfräulichkeit! – Janes leises Keuchen an meiner Schulter, und ihr Eichel-quetschendes Schieben, und das unsichtbare Beben in ihr, und die feuchte Offenbarung meines Samens, klebrig um ihre Muschi herum oder, wie vom Mond hingespuckt, glitzrig auf ihrem Bauch. Der eindringende Liebesakt vollzieht sich, verglichen damit, gedämpft. Die Existentialisten, angefangen bei Kierkegaard, der ein gescheites Gebrüll von sich gab – demjenigen Nietzsches weniger unähnlich als es die zartbesaiteten Gemüter wahrhaben wollen –, taten Essenz und Gemeinsamkeit ab und ließen uns mit einer «Authentizität» zurück, deren Relativität uneingestanden ist. Es dauerte lange, bis Jane sagte, daß sie mich liebe. Von ihrer Jungfräulichkeit (nur wenige feuchte Zentimeter entfernt) meinte sie, sie wolle «sich aufheben». Für einen anderen? So wie die logisch vorgehenden Positivisten glaubten, der Konfusion der Menschen könne durch sorgfältiges Nachschlagen im Wörterbuch ein Ende gemacht werden (siehe C. L. Stevenson, *Ethics and Language*, 1944 – der letzte, von Chillingworth angeführte Text), so griff ich auf das Wort «heiraten» zurück. Jane nickte schweigend. Ich sah sie als «Weib»* und legte los, blind vor Stolz.

Wie weit ging ich, magst du zu Recht fragen, als ich dieses brave, vornehme Mädchen verführte und damit die Theologie des alten Universalgelehrten unterminierte und widerlegte, seine verdrehte Orakelhaftigkeit, die schlimmer war als jeder Deismus und in der ich – mit Hilfe eines helleren Kopfes etwas weiter vorangekommen – meines Vaters erschreckende Wichtigtuerei angesichts des liberalen Tuns unseres Herrn wiedererkannte? Chillingworth unter uns pflegte in den unpassendsten Momenten verstaubt zu husten, und zwar oft synchron mit Orgasmen, wie um telepathisch ausgelöstes Mißbehagen anzudeuten. Ich war drauf und dran, ihn zu erschlagen, auf daß der Herr lebte.

Bei ihm gab es keinerlei so unrealistische Gedanken. Er lebte in dieser Welt. Er wußte, daß Mädchen heranreifen und daß ihre Becken Schmetterlingsnetze zum Fangen von Chromosomen werden. Jane war die zweite von drei Töchtern. Die erste war verheiratet gewesen, geschieden und verrückt – so verrückt, daß sie in jenen Jahren damals Trumans Intervention in Korea verurteilte und den Abwurf der Atombombe als Ungeheuerlichkeit bezeichnete. Die jüngste büffelte Geologie an der Universität von Colorado. Jane hatte eine Oberlin-Schule absolviert und war, da sie kein befriedigendes Stellenangebot bekommen hatte, nach Hause zurückgekehrt. Sie arbeitete vormittags in einer Kinderkrippe und unterrichtete außerdem an der Sonntagsschule. Sie spielte Klavier und Flöte. Sie las konventionelle Romane. Außer mir waren alle ihre Beaus ältere Männer gewesen (ein affektierter, schlaksiger Dozent für vergl. Religionswissensch. mit üppig hervorsprießenden Haaren in den Nüstern und üblem Mundgeruch vom Pfeiferauchen; ein schmächtiger Ex-Jesuit mit samtbraunen Bärenaugen und einem scheppernden Stottern, das gut zu seinem zackigen Händeschütteln paßte; ein plumper pazifistischer Hilfsgeistlicher mit einem der Pionierbärte der sich fahrig formierenden Revolution) oder Angehörige allgemein angesehener Minderheiten, ein Nigerianer hier, ein Koreaner da, und alle auf Profit aus – geistlich gesehen. Jane zog Freier an, die sie leicht abschütteln konnte. Der

* Das englische Wort «*wife*» ist, nebenbei bemerkt, das angelsächsische *wif* für «Frau». Meine Frau, *ma femme*, diese mir vertraglich verpflichtete Fotze. Tut mir leid, das so sagen zu müssen, ihr Emanzipatoren.

alte Chillingworth mag sogar erfreut gewesen sein, als ich mit meinen rauhen Manieren auf dem Plan erschien; meine Zensur in seinem Kursus war ein B + gewesen und meine offenbarungsgläubigen Anschauungen amüsierten ihn.

«Was ist es eigentlich», fragte er mich bei einem jener gar nicht so gestelzten Wohnzimmer-Gespräche, nach denen ich mit Jane hinaufging in ihr vermeintliches Arbeitszimmer oder sie ausführte in das Ersatzparadies eines chinesischen Speiserestaurants oder eines Bogart-Films, «was Sie an Karl Barth so herzerfrischend finden? Worin liegt die Besonderheit, die Ihnen gefällt?»

Und der Kern meiner Überzeugung explodierte unter seinem milden, grau überwölbten Blick wie ein überhitzter Pingpong-Ball.

«Sie wissen», fügte er dann hinzu, mit seiner Pfeife, einer Gabel oder seinem Füllfederhalter auf einen Aschenbecher, einen Teller oder einen Buchdeckel klopfend, «diese Art von radikalem Paulinismus tritt immer wieder in der Kirche auf. Marcion. Bonaventura. Duns Scotus. Ockham. Flacius.»

Ich konnte nicht darüber diskutieren. Ich wollte es auch nicht. Ich wußte nicht genug. Ich mochte ihn gern. Oder wiederhole ich mich?

Oh, und Jane selbst in jenen Jahren. So reizend, so geduldig, so still, versonnen, furchtlos und, von ihrer Sonnenallergie abgesehen, so gesund. Wenn sie mir auf einsamem Pfad entgegenkam, war es, als träfe eine einsame weiße Rose per Telegramm ein.

Bereue ich, daß ich sie geheiratet habe? Nicht mehr als ich bedauern kann, daß ich geboren wurde. Die Frage ist, da ich nun einmal geboren bin, was nun?

Die Antwort lautet – an diesem Ort –: rasieren und zur Bar gehen. Welch eine Wonne! Der Nachmittag tut sich vor mir auf – weit wie ein von einem geraden Treibschlag geteilter Fairway. Graham Greene hat recht. Dankbarkeit ist es, womit Er uns fängt, wenn wir ein Bein abgebissen haben, um Seinen anderen Schlingen zu entkommen.

8

In den zwei Jahrzehnten danach hat sich Jane wenig verändert. Zwei Geburten und eine Fehlgeburt und eine am Pfarrhaus-Spülbecken durchstandene Ewigkeit haben ihr hier eine Runzel und da eine Krampfader eingetragen, aber ihr Gang ist unverändert, noch immer schlenkert sie auf ihre seltsame, bedachte und abwesende Art mit den Armen, als polierte sie sich bei jedem Schritt noch etwas blanker.

Mitten auf dem Golfplatz gestern, fällt mir dabei ein, bei einem Schlag mit dem leichten Eisen 6 (ich traf den Ball mit voller Wucht und er fand in einen Bunker; der Sand draußen ist hier wie wieder eingeschmolzenes Glas), ließ mein rastloses Unterbewußtsein mein Selbstbildnis aufblitzen, wie ich so geflissentlich die nackte Jane auf ihrem Bett examinierte, und ich erkannte in meiner Pose die Haltung einer Hausfrau, die sich über ein längliches Porzellanbecken beugt, auf dem nur ein einsamer Brillo-Küchenschwamm zu sehen ist, noch unbefeuchtet, erwartungsvoll, schmirgelscharf, Symbol der Welten verschleißender Arbeit, die vor ihr liegen.

Das wird heute einer dieser plumpfingrigen Tage. Eine kleine ausgefranste Stelle im Farbband wandert wie ein Wachposten hin und her. In der Nacht gab es einen prasselnden Regenguß, so heftig und so plötzlich, daß ich glaubte, der Air-Conditioner sei kaputtgegangen. Als Erbe hinterließ der Regen bauschige Wolken, deren gelegentlicher Schatten – wie der Schatten eines auf und ab marschierenden Postens (ich werde von allen Seiten bewacht) – die Luft in diesem Zimmer unheilvoll aktiviert.

Obwohl nach zwei Jahrzehnten Janes Tonfall und der meine ein wechselseitiges Echo geworden sind, obwohl das Grübchen in ihrer Wange ein Brudergrübchen in die Mitte meines Kinns gedrückt hat und die ursprüngliche Rostfarbe meines und das Kastanienbraun ihres Haares ausgedünnt und verblaßt sind zu einem austauschbaren, na, sagen wir, Braun, dem Sie nach Ihrem Geschmack Grau hinzufügen können (sie ist nicht oben kahl wie ich, aber ihre Stirn ist höher geworden, und wenn sie, was sie unbegreiflicherweise sehr gern tut, ihr Haar vorm Spiegel hochschiebt und glatt zurückstreicht, sieht sie, wie sie sagt, «gehäutet» aus) – trotz alledem erscheint Jane, in einem anderen Licht – dem Licht, zum Beispiel, vom Kamin, wenn sie einen Martini mit dem Finger umrührt und in die Glut starrt, oder dem der 60-Watt-Lampe im Schlafzimmer, wenn sie, mit dem Kopf zuerst, in ihr Nachthemd fährt – *totaliter aliter*, als eine andere, als eine Frau und als solche marktfähig. Zu den durch Druck von außen entstandenen Unwahrscheinlichkeiten meiner Affäre mit Alicia zählt, daß ich aufrichtig hoffte, Jane mit Ned Bork verkuppeln zu können und so für alle, mit Ausnahme der Pharisäer, ein glückliches Ende herbeizuführen.

Denn zum ersten war er keineswegs so jung. Er war irgendwie kaufmännisch tätig gewesen – er hatte entweder Grundstücke verschachert oder ausgefallene Keramik hergestellt, oder er hatte teilweise ein Skisport-Hotel in irgendeinem Yankee-Staat gemanagt oder vielleicht auch nur einen Keramikladen in einer Skihütte, die zum Verkauf stand, betrieben – bevor er den «Ruf» erhielt und mit weiser Duldung seitens seiner Familie das Predigerseminar besuchte. Er war mindestens dreißig.

Zum anderen erinnerte er mich an jene Dreißigjährigen, die Jane umworben hatten, ehe ich sie gewann. Ned hatte den Bart des Pazifisten, die unscheinbare Statur und das sexuell Unbestimmbare des Jesuiten, und er rauchte Pfeife und hatte die affektierte schleppende Redeweise des Dozenten. Ich hatte immer das Gefühl, daß ich Jane, als ich sie damals aus ihrem Seminaristenkreis harmloser Sonderlinge herauslotste, von dem ihr bestimmten Weg abgebracht hatte. Hier wurde ihr jetzt die Chance geboten, ihn wieder zu beschreiten und aus dem betäubenden Alptraum der Ehe mit mir zu erwachen. Ich spielte auch in meiner liebestollen Verücktheit nicht mit dem Gedanken, daß sie und Ned etwa heirateten, aber vielleicht würden sie lange genug aneinander festhalten, daß ich mit nur *einem* großen Armvoll Schuld zur Tür hinausschlüpfen konnte.

Drittens mochten sie einander. Sie waren beide von der gleichen milchigen Menschenfreundlichkeit, hatten beide die gleiche widersinnige Auffassung von der Kirche als Anhängsel der Religionswissenschaft und der Sozialfürsorge, die gleichen erbitternden politischen Anschauungen, einen aufgewärmten, sich auf selbstgefälliges Gejammer beschränkenden McGovernismus: nie, auch wenn ihre Köpfe noch so gewichtig nickten, kamen sie auf die Idee, sich selbst als zwei üppig schwellende Blüten an einem von Kapital und Bullen aufrechterhaltenen Stengel zu sehen. Natürlich mußte Jane das Gefühl gehabt haben, daß in Ned ihre ehemaligen Freier zu ihr zurückkehrten. Und er, so rechnete ich mir aus, mußte in ihr eine Frau sehen, die im Gegensatz zu den unersättlichen Partnerinnen, die ihn bisher von der Ehe abgeschreckt haben mochten, genug Großmut und Klugheit besaß, nach außen hin den Anschein zu erwecken, daß sie sich unterordnete. Meine Erfahrungen mit den Mädchen von Neds Generation waren (zu diesem Zeitpunkt) rein akademisch, aber ich las oft genug in den glaubenstützenden Informationsblättern und Vierteljahresschriften, die durch den Briefkastenschlitz eines Geistlichen strömen wie Urin aus der Vulva einer Kuh, daß sie (diese Mädchen), der Scham beraubt und der Pille habhaft, eine Generation impotenter junger Männer schufen, wie es das, seit Kindermädchen keine Onanistendaumen mehr abschnitten, nicht mehr gegeben hatte. Impotent, muß ich sagen, war ich (damals) nie: immer bereit, mich hinzustellen und zu ejakulieren, wie mich hinzustellen und das Glaubensbekenntnis hervorzusprudeln. Dieser Anlaß zur Freude wurde, als in dem phosphoreszierenden Verfall all dessen, was uns lieb und teuer war, alter Groll aufzuflackern begann, eine von Janes Klagen; wenn ich, argumentierte sie, nicht so ewig aufrecht gewesen wäre, hätte sie sich aus Mitleid vielleicht ein Dutzend geiler Tricks beigebracht, mit denen sie gleichzeitig sich selbst zu einem Beben von multiplen Orgasmen hätte erregen können. So wurde der von mir vermutete Potenzmangel Ned Borks zu einem Pluspunkt, einem die Wahrscheinlichkeit erhöhenden, zusätzlichen Pastellfleck auf dem hektischen Skizzenblock meines Wunschdenkens, als ich die zwei, einen weiblichen, schlappen Adonis und seine reifere, mütterliche Venus, in einer Liebeslaube bettete – dieses gotteslästerliche, ausschweifende Paar, das durch Gewissensbisse mir gegenüber (mir, dem unsichtbar präsidierenden Gelästerten, dem gemeinsam Geliebten und Verabscheuten, dem *y* in der Trinitarischen Gleichung) von einem extravaganten Liebesakt zum andern getrieben wurde.

Fick meine Frau, du Speckhals.

Abends kam Bork oft zum Essen und blieb dann, während ich, das Telefon zu versöhnen, in den Schneematsch hinausstapfte, um einem komatösen, mit Schläuchen und Medikamenten versehenen Organismus, der einst ein Gemeindemitglied gewesen war, geistlich beizustehen oder (nicht oft – wir waren nicht verwegener, als es sein mußte) um Alicia in ihrem luftigen Reihenhaus zu besuchen. Und oft, wenn ich zurückkam, saßen sie, meine Gefährtin und mein Kuratus, aufgestützt und dösig, am Tisch oder ausgestreckt in Sesseln einander gegenüber am Kamin, nuckelten an Bier und Brandy (sie hatten beide das Fassungsvermögen von Tonnen, eine weitere vielversprechende Gemeinsamkeit) und tasteten zwischen den verwühlten Kissen ihrer Hirne vorsichtig nach einem Schnuller (soweit ich es beurteilen konnte), einem gesellschaftlichen Allheilmittel. Was waren sie doch für Babies! Ich dachte, sie würden es wenigstens aus Langeweile miteinander treiben. Aber ihre Lust am Reden schien nie zu erlahmen. Die Nüstern erfüllt vom Moschusgestank von Tod oder Sex, die Schultern weiß bestäubt von Graupelschnee und Weh und Ach, blickte ich auf sie herab wie ein ungeduldiger Gott, der sich durch irgendeine Klausel in Seinem Vertrag mit Noah am Zerstören gehindert sieht. Ich sage «Graupelschnee» – Winter muß es gewesen sein. Über mehr Jahreszeiten hin, als ich mit dem Wetter in Wechselbeziehung bringen kann, schickte ich meine Gebete, daß ich betrogen werden möge, vergeblich gen Himmel. Ich betete und weinte und probierte es auf diese und jene Weise. Ich probierte es mit dem direkten Anstoß:

(Im Bett, mit Mrs. Marshfield und ihrer Cognac-Fahne.) «Findest du Ned sexuell anziehend?»

«Mir gefallen seine philosophischen Ansichten.»

«Und seine Akne?» (Ständig durchkreuzte ich meine eigenen Absichten – ich hätte mir auf die Zunge beißen mögen.)

«Die stört mich nicht.»

«Was, glaubst du, treibt er so in Sachen Liebe?»

«Keine Ahnung. Wir sprechen nie über solche Dinge. Läßt du mich jetzt bitte schlafen? Mir dreht sich alles vor den Augen. Ich fürchte, ich muß mich übergeben.»

(Nicht davon abzubringen; der Himmelspförtner.) «Warum sprecht ihr nicht darüber? Ich glaube, du tätest es ganz gern. Ist es nicht etwas Unnatürliches, daß ihr's nicht tut?»

«Tom, es gibt so viele andere Themen außer dem der Ich-Befriedigung.»

«Spreche ich etwa über Ich-Befriedigung?» (Sie hatte die Gabe ihres Vaters, mich immer dann aufzuklären, wenn mir am wenigsten daran gelegen war.)

«Über nichts anderes, in letzter Zeit.»

«Du meinst, ich hätte mich in letzter Zeit geändert?» (Komm schon, rate mal. Alicias Hintern sitzt auf meinem Kopf wie eine Aureole, schau her. Rate mal. *Tu* irgend etwas, um mich hier herauszuholen.)

«Nicht wirklich. Du scheinst ein bißchen weniger wild.»

«In welcher Beziehung wild? Wann war ich je wild?» (Ich, ich, was, Mimi, machst du aus mir?)

«*Bitte,* hör auf, dich ständig herumzuwerfen. Sonst muß ich mich wirklich noch übergeben. Ich wünschte, du ließest mich und Ned nicht immer so lange allein. Es macht uns so nervös, daß wir beide zuviel trinken.»

«Manches an Ned ist doch sehr schön, findest du nicht? Er hat nicht die Unentschiedenheit unserer Generation.»

«Dafür hat er seine eigene», murmelte diese zum Wahnsinn reizende Bettgenossin, dies Fleisch von meinem Fleisch.

«So? Ist es so, daß er dich hochkitzelt, aber unbefriedigt läßt? Willst du es treiben, nur damit die Spannung sich löst?»

«Ist nicht morgen Sonntag?»

«Besser noch, *heute* ist Sonntag. Komm, dreh dich um und erzähl mir von Neds Unentschiedenheit.»

Ein sanftes Schnarchen zeigt ihren Sieg über Alkohol, Lust, eheliches Gehechel und Zeit an. Sie ist schön in ihrer Selbstvergessenheit. Ich beneide sie. Sie hat den Ausdruck der Gnade, wenn sie nicht gar im Besitz der Gnade ist. Sie ist ein so guter Mensch, daß es mich immer wieder überwältigt. Mein Haß gegen sie, meine Liebe zu ihr treffen sich am Grunde unseres Regenbogens, ein Kreis.

Und der indirekte Anstoß:

«Wie kommt dir Jane vor?» Ich begleite Ned über den Hof des Pfarrhauses heim, und um ihm Halt zu geben, fasse ich seinen dicken Oberarm.

«Reizend wie immer. *Très engagée.*» Er zieht seinen Arm weg. Er verliert nicht den Halt, wenn er betrunken ist; er übertreibt dann nur sein Internatsgehabe.

«Und du meinst nicht, daß sie sich hinter ihrer Engagiertheit nur versteckt?»

«Nicht unbedingt, nein.» Er wittert anstrengende Tiefe, und er hat von mir den hassenswerten Trick abgeguckt, im Angesicht des Mysteriösen den Clown zu spielen. «Was», fragt er, «meint mein hochwürdiger Superior?»

«Ich weiß es selbst nicht.» Und das stimmt. Ein geborener Agnostiker, durch einen Baseballvereins-Vater zur Rechtshändigkeit bekehrt. «Ich mache mir Sorgen um Jane.» Das ist nicht einmal gelogen. «Sie ist nicht glücklich.» Ist das wahr? Ist sie je glücklich gewesen, seit ihr Vater sich nicht mehr unter ihrem Körper räuspert? «Es fehlt ihr», sage ich, den Sprung wagend, «die *Erfüllung* – wenn du das Wort ausstehen kannst.»

«Hier stehe ich! Ich kann nicht anders.» (Er ist betrunkener, als ich geglaubt hatte, und reichlich albern: was für ungare Anfänger die Seminare uns schicken, seit das Grenzland trockengelegt ist.)

Ich versuchte es mit einer Lektion in praktischer Nächstenliebe. «Pastorenfrau zu sein, ist merkwürdig isolierend; man ist immer nett zu den Leuten, weil es sich so gehört, und verlernt, etwas dabei zu *fühlen.* Jetzt, seit unsere Jungens von zu Hause fortstreben, bist du anscheinend die einzige Person, mit der Jane sich gern unterhält.»

«Und du, natürlich.»

(Ich lache so betont bitter, wie ich kann, mit einem Schuß ätzender Säure.) «Mach keine Witze. Du hast doch bestimmt gemerkt, wie wenig Kommunikation es zwischen ihr und mir gibt.»

«Absolut nicht. Habe ich nicht gemerkt. Wäre nie darauf gekommen, daß es so sein könnte. Ihr seht doch sogar einer wie der andere aus.» Er steht leicht schwankend an seiner Haustür. Im Licht der Straßenbeleuchtung schimmern seine glasigen Augen. Der Bart macht es schwer, in seinem Gesicht zu lesen. Der Mund ein bloßes Loch mit einem düsteren Schleusentor, den Zähnen. Sankt Nikolaus als Heroin-Dealer. Selbst seine Ohren könnten, wenn sie zu sehen wären, Aufschluß geben über sein Herz. Sein in der Mitte gescheiteltes Haar wirkt immerhin so sehr wie das einer Frau, daß es mein Innerstes drängt, ihm einen Gutenachtkuß zu geben. Ich schwanke auch. Ich reiße den abscheulichen Impuls wild zurück und nehme ihn kurz an die Leine. Nach außen hin völlig beherrscht, fahre ich fort (mit dem halb direkten Anstoß):

«Jedenfalls bin ich sehr dankbar, daß du so nett zu Jane bist. Sie ist in einer schwierigen Phase und braucht jemanden – nicht mich –, mit dem sie sprechen kann. Du scheinst genau der Richtige zu sein.»

«Ist mir ein Vergnügen», sprach er: dieser Oberschüler mit seinen gescheckten Brauen, dieser pflichteifrige *Schlappschwanz*. (Es muß einen besseren Ausdruck geben, Ms. Prynne, aber ich bin wort-müde, meine Schicht ist um, und der zotige Zeigefinger des Zifferblatts liegt jetzt auf dem Mittags-Pimmel.)

Mach dich nicht über meine Offenbarungen lustig. Es sind die armseligen Versuche eines anständigen Mannes, eine un-anständige Bindung, ein unschicklich luftdichtes Problem zu mildern. Habe eine Menge von John Dickson Carr gelesen – seine vielen verschlossenen Räume! Idee für eine lustige Predigt (lustige Idee für eine Predigt?): Der Fall des leeren Grabes – gelöst durch einen exzentrischen, fetten Detektiv, einen fetten, schroffen, unheimlichen, reinlichkeits-besessenen Pontius Pilatus. Wer *waren* in Wirklichkeit diese «zwei Engel»? *Warum* hat Maria Ihn für einen Gärtner gehalten? Hatte es einen «zweiten Oswelt» gegeben? Et cet. Das Zimmer hier kommt mir auch ziemlich luftlos vor. Diese Wolken, die über die Wände hinwegstelzen! Und der Air-Conditioner – wie die Mündung bei einer «Endlösung». Holt mich hier raus, wie Dutch Schultz (oder war es Molly Bloom, oder Psalm 22?) sagte. Einerlei, ist wahrscheinlich ohnehin längst geschehen in einer der Schriftrollen vom Toten Meer, von Derman Insünden.

Ich finde die Seiten von heute gräßlich. Der Depression wachsen in dieser zweiten Woche Fangzähne.

9

Noch ein Stück Dialog, er durchlüftet die Hölle.

Alicia: «Ist noch Zeit?»

Ich: «Nein, Zeit für mich zu gehen.»

«Könnte deine Versammlung nicht eine halbe Stunde länger dauern?»

«Das wäre kaum glaubhaft. Es ist keine Versammlung. Ich bin angeblich im Krankenhaus, und tatsächlich *muß* ich noch ein Telefongespräch führen.»

«Was wärst du geworden, wenn du nicht Pastor geworden wärest?»

«Gigolo? Gefängniswärter? Privatdetektiv?» Ich bin beim Anziehen, und so sind meine Antworten nicht sehr überlegt. Die erste ist unbescheiden, die zweite ein Selbstvorwurf, und das dritte wollte ich als Junge tatsächlich werden. «Warum fragst du?»

Der plumpe Körper, genossen und abgetan, setzt sich, Entrüstung ausdrückend, im Bett auf. Wie frontal sie ist! – ihre Brüste, ihre glänzenden Knie, ihr breiter Mund und die weit auseinanderstehenden, wie vom Reiben geröteten, halb blinden Augen. «Ich überlege nur, wie weit du es noch als deine Sache betrachtest.»

«Weil ich dich weiterhin ficke? Und ein Heuchler bin?»

«Die Heuchelei macht mir nichts aus, ich meine dein Unglücklichsein.»

«Was soll ich machen? Was kann ich anderes tun?» Als Pastor zu sein. Als Jane zu betrügen und meine Termine einzuhalten. Als unglücklich zu sein – es ärgerte mich, das gesagt zu bekommen. «Freud», sagte ich, «spricht vom Unglücklichsein des Menschen als einem normalen Zustand. Pascal sagt, die Größe des Menschen bestehe darin, daß er sein Elend kennt. Ich fühle mich ziemlich wohl, muß ich sagen.»

«Du fühlst dich immer wohl», belehrte mich Alicia, «wenn du bei mir bist.»

Nicht ganz wahr – der Umstand, daß sie das sagte, erzeugte Unbehagen in mir.

Aber wahr genug, um es durchgehen zu lassen. Nachdem ich mich angezogen hatte, küßte ich sie; mein Anzug nahm sich ihrer

Nacktheit gegenüber wie ein Panzer aus. Sie hob sich, von der wogenden Matratze unterstützt, auf die Knie und preßte sich an mich, so daß ich einen Schritt näher an das Bett herantreten mußte, damit sie nicht vornüber fiel. Vorsichtig, bitte, nicht weinen, Feuchtigkeit ist verräterisch, und Körpergeruch haftet. «Es ist *wirklich* seltsam», sagte ich mit einer Verbeugung vor dem verblichenen Professor Chillingworth, «daß sich gut fühlen und gut sein nicht das gleiche zu sein scheinen.»

Sie schnupperte warm an meiner Hemdbrust. «Bist du dir da sicher?»

«Du möchtest, daß ich Jane verlasse und das Amt aufgebe? Denn das eine geht nicht ohne das andere. Und meine Kinder. Und mein lebenslängliches Abonnement auf *Leckerbissen für den Kanzelredner.*»

Sie lachte unter Tränen, schniefend. Ich fürchtete einen plötzlichen Ausstoß von Schleim und schob ihr Gesicht von meiner Brust. Alicia blickte auf. «Ist es wirklich so unmöglich?» fragte sie, versuchte mein Gesicht noch einen Engelsflügelschlag länger zu erforschen und antwortete dann: «Ja, das ist es.» Ihre Brille lag zerbrechlich auf dem Seitentischchen. Ich spürte, wie sie erwog, nach ihr zu greifen und sie aufzusetzen, um mich besser sehen zu können, und sich dann statt dessen entschloß, meine Hüften fester zu umklammern.

Ich mußte sie abwehren oder mich ergeben. «Warum willst du mich», fragte ich, «auf die andere Weise, wo du mich doch auf diese hast?»

«Auf diese Weise könnte ich jeden haben.»

«Na, bitte. Nur zu. Du hast doch schon jede Menge andere gehabt – deine Musiktypen und wer weiß, wen sonst noch, den Erzieher vom Spielplatz, den Kerl von dem Öltankwagen – mach doch weiter so.»

«Okay, mach ich», sagte Alicia, die an meinem Gürtel schnupperte und leckte.

«Was sollte ich denn tun, wenn ich mein Amt aufgebe? Es ist mein Leben. Es ist mein Nachleben.»

«Werde Gigolo oder Privatdetektiv. Hauptsache, du hörst auf, dein eigener Gefangener zu sein.»

«Ich arbeite darauf hin», sagte ich. «Meist nachts. Ich kann nicht schlafen.»

«Das ist immerhin etwas», gab sie zu und ließ die Arme fallen, um mich freizulassen.

Jetzt konnte *ich* sie nicht lassen; sie war ein anhaftendes Bündel aus ineinander übergehenden Rundungen und Drehpunkten, frisch gefickt, im kahlen späten Licht ihres schrägen Mansardenzimmers, auf dem verwühlten Sonnendurchbruch ihrer Steppdekke, deren Muster mir, wenn wir genug Wein getrunken hatten, wie eine Kaskade von Orgeltönen vorkam. «Es ist schwer», sagte ich zu ihr.

«Das ist es», sagte sie, die weiche Mitte meiner neuen Welt.

Zu Jane sagte ich: «Hast du dir irgendwann einmal gewünscht, ein Verhältnis zu haben?»

Wir lagen, sie mit dem Rücken zu mir, im Bett. «Du nimmst also an, ich hätte nie daran gedacht?»

«Ja, das tue ich wohl.»

«Und wieso?»

«Weil du die Frau eines Pastors bist.»

«Was bringt dich eigentlich darauf?»

«Oh, nichts weiter. Das mittlere Alter. Angst. Mir ist klargeworden, daß ich im Grunde nie genug an dich gedacht habe. Was *du* möchtest. Was *du* fühlst. Was ist übrigens aus all den Freunden von dir geworden?»

«*So* viele hatte ich gar nicht.»

«Na, wie die Anatomie funktioniert, darüber wußtest du jedenfalls Bescheid, ehe ich aufkreuzte.»

«Das war purer Instinkt, Tom. Sei doch nicht so eifersüchtig.»

«Ich bin ein eifersüchtiger Gott. Ich begehre meines Nächsten Weib – den Hintern der Frau meines Nachbarn.»

«Welches Nachbarn? Du meinst doch nicht diese neurotische Harlow?»

«Ich liebe ihre Schleier.» Wenn ich auf Mrs. Harlow in der dritten Bankreihe, in der sie immer saß, hinabsah, mußte ich an Imker (Bienenhalter!), Vorhänge vor Harems und an Trauernde denken. Wie ultramontan meine Theologie dir auch vorkommen mag (stumme verschleierte Leserin dort draußen), in liturgischen Dingen neige ich, träge der irdischen Schwerkraft nachgebend, zum Niederen; die Kirche ist, obwohl ich mir mit Schleppe gut gefalle, kein Kostümball. Jane schien mit all meinen kostbaren

Fragen in ihren Taschen in den Schlaf abzudriften. «Also, hast du schon mal?»

«Was?»

«Andere Männer begehrt?»

«Oh, ich glaube schon.»

«Du glaubst es also.»

«Es ist zu albern, darüber zu reden. Sicher würde es in einer anderen Welt Spaß machen, mit jedem ins Bett zu gehen und zu sehen, wie es ist.»

«In einer anderen Welt . . . Dein Offenbarungsglaube rührt mich.» Ich war tatsächlich gerührt. «Na, mit wem würdest du denn beginnen? Von den Männern, die wir kennen.»

«Mit dir?»

«Komm, komm. Du weißt, daß ich dich nicht befriedige.» Ich habe in Platons Dialogen immer die Sanftheit bewundert, mit der Sokrates die Zustimmung seiner Zuhörer zu seinen Prämissen erreicht.

Jane sagte: «Ich weiß davon nichts. Willst du auf irgend etwas Bestimmtes hinaus oder willst du mich provozieren, oder was?»

«Eine ökumenische Mischung vielleicht?» warf ich ein. «Erzähl mir von Männern, die du kennst. Was ist aus dem Pazifisten geworden? Wie sind deine Gefühle Ned Bork gegenüber?»

«Er ist furchtbar jung.»

«Dafür um so kräftiger. Und grenzenlos in seinem Verständnis, findest du nicht? Gefällt dir nicht seine Sorte Jesus? Denn Arme habt ihr nicht unbedingt allzeit bei euch. Ich bin nicht gekommen, Frieden zu bringen, sondern eine Friedensdemonstration.»

«Das ist hübsch.»

Die Schwerkraft ihrer warmen Masse zog mich fort von Ned. Ihre Bemerkung über den «Spaß, mit jedem ins Bett zu gehen», hatte sie mit einer köstlichen, durchdringbaren Substanz angefüllt, mit vielen winzig kleinen möglichen Körpern. Und als ich mich abmühte, sie zu mir herumzuwälzen, meinte Jane soziologisch: «Es ist so ungerecht. Frauen verbringen ihre Tage mit körperlicher Arbeit, während Männer wie du, die am Schreibtisch sitzen oder sich über andere Leute den Kopf zerbrechen, nachts aufdrehen, um ihre angestaute Energie zu entladen.»

«Ja», sagte ich, «aber du hast zwei x-Chromosomen und ich nur eines.»

Zu Ned sagte ich: «Diese Predigt ging reichlich weit, fand ich.»

«Wieso, Sir?» Betroffen legte er den Kopf zurück, so daß seine Lippen, rosarot und weiblich, durch seinen Bart sichtbar wurden.

«Glaubst du wirklich», fragte ich ihn, «daß eine Oligarchie von Schwarzen, amerikanischen Mexikanern und ausgestiegenen Collegestudenten ein besseres System zustande brächte – Ende des Zitats – als der Aufsichtsrat von Exxon?»

«Es käme auf einen Versuch an. Schlimmer kann es doch gar nicht werden.»

«Das ist es, worin ihr Blumenkinder euch meiner – überflüssig zu sagen – unmaßgeblichen Meinung nach irrt. Es könnte sehr viel schlimmer werden. Es *ist* schlimmer gewesen, und es wird, schätze ich, wieder schlimmer *werden.*»

«Enthebt diese Erwartung *deiner* Meinung nach die Kirche gegenwärtig der Pflicht, die relative Verbesserungsfähigkeit der Welt zu verkünden?»

«Enthebt diese Verbesserungsfähigkeit *deiner* Meinung nach die Kirche ihrer Aufgabe, der Welt, wie sie ist, zu dienen? Oder direkter gefragt: Hindert dich deine Auffassung vom Geschäftsmann in unserer Gemeinde als einem Agenten eines bösen Systems, seiner unsterblichen Seele geistlichen Beistand zu leisten?»

«Christus sagt: Es ist leichter, daß ein Kamel – und so weiter.»

«Er hat auch gesagt: Richtet nicht – und so weiter. Betrachten wir die Reichen ebenso wie die Armen ohne Sentimentalität. Würden ihre Güter umgekehrt verteilt, dann würden die einen handeln, wie jetzt die andern handeln. Die materielle Welt ist, geistlich gesehen, ein großes Hasard-Fußballspiel. Wo immer wir dort hingestellt sind, unsere Aufgabe ist es, Zeugen zu sein und einen Ausweg aus dem Zusammenstoß von Zeit und Materie anzubieten. Dein Platz ist hier, und du bist mir unterstellt. Ich wünsche nicht noch einmal von meiner Kanzel Parolen der Neuen Linken zu hören.»

«Aber das einfache Mitgefühl –» setzte Ned an.

«Mitgefühl ist nichts Einfaches. Genau darin bist du so ketzerisch herablassend. Du wendest dein einfaches Mitgefühl denen zu, die du für einfach hältst. Liebe deinen *Nächsten.* Liebe, was nahe, nicht was fern ist. Liebe den Reichen, den Wohlhabenden, den Weißen; liebe den armen Vorortbewohner, den es hierherzieht, weil er dunkel ahnt, daß er hier einen anderen schwachen

Verbündeten findet in seinem gefahrvollen Kampf, vor Dieben zu bewahren, was andere Diebe für ihn gewonnen haben. Wenn diese Gesellschaft dir verbrecherisch vorkommt, dann denke an den Verbrecher am Kreuz. Vergiß einen Moment lang diesen Moloch sozialer Veränderungen und bete zu dem wahren Gott, dem Gott über allen Veränderungen, dem Gott, der Rom und die Christenheit zerstörte, dem Gott, der das neue Jerusalem der vollkommenen Gleichheit und Gerechtigkeit eifersüchtig Seinem eigenen Reich vorbehält – bete zu Ihm, daß du, wenn deine Bußzeit bei mir abgelaufen ist, an eine Gemeinde in einem Slum berufen werden mögest, damit du dort dein Mitgefühl an dem Wetzstein anderer Verhältnisse schärfen kannst. Überall, Ned, treibt uns die Welt zur Verzweiflung, so daß wir Gott zu vergessen drohen. Und nirgendwo vielleicht so sehr wie hier, in dieser leeren Kirche.»

Die Kirche war rings um uns. Zwischen den Fenstern erinnerten Steinplatten an vergessene Säulen der Gemeinde. Die Orgelpfeifen ließen einen mächtigen stummen Akkord ertönen. Ned nahm meine Worte zweifellos nicht unwidersprochen hin, denn von seinem Standpunkt aus war vieles dazu zu sagen, und ich erwiderte ihm, bis ich es leid war. Ich hoffte nicht, ihn bekehren zu können, sondern ihn mir zu entfremden, damit er sich frei von Schuld fühlte, falls er sich dazu hinreißen ließ, mit meiner Frau zu schlafen.

Mrs. Harlow kam nach einer Versammlung des Frauenkreises zu mir. Ohne den Sonntagschleier zeigte ihr Gesicht das feine Netzwerk mittleren Alters auf einem hübschen Oval, das sich seit ihrem siebzehnten Lebensjahr nicht verändert hatte. Ihre jetzt fragile Schönheit haftete an ihr wie ein nervöses Zucken. Und das Grau ihrer Augen war von einer verwirrenden Reinheit, wie das Grau atomisiert zum Himmel aufsteigenden Metalls. In ihrem Akzent klang die Herkunft ihrer Familie aus den Südstaaten durch. Ihr Gebaren, obschon untadelig, verriet leichte Beunruhigung. Sie fragte: «Reverend Marshfield, haben Sie bemerkt, daß immer mehr Musik gespielt wird?»

«Wo?»

«Im *Gottes*dienst.»

«Nein, das hatte ich noch nicht bemerkt.»

«Oh, draußen macht es sich sehr bemerkbar. Ich finde *tatsäch-*

lich, Mrs. Crick verdient großes Lob, sie hat mit dem Kinderchor wahre Wunder vollbracht, meine Julie möchte kein einziges Mal mehr fehlen, und früher mußten wir sie immer mit kleinen Geschenken bestechen, damit sie hinging. Aber dieser Choral von Prätorius hat, glaube ich, volle sieben Minuten gedauert. Gerry war für die Kollekte eingeteilt und mußte so lange hinten stehen mit den Tellern, daß ihm, sagte er, der Arm gänzlich einschlief.»

«Sie meinen, daß die Musik alles andere erdrückt?»

«Nicht, wenn der Herr Pfarrer anderer Meinung ist. Ich bin zu höchster Achtung vor dem Wort erzogen worden, aber ich merke, das ist eine *beträcht*liche Zeit her.» Ihre Lider schienen nie zu zwinkern; das zarte Grau in ihren Augen hielt an. Sie stand einige Zentimeter näher als nötig, wie Europäer oder Schwerhörige.

«Es ist keineswegs lange her», sagte ich. «Denn tausend Jahre sind vor Ihm ...»

«Sie sind mir aber ein *Schmeichler.* Mein Mann sagt außerdem, einige der älteren Diakone fühlten sich durch die Gitarren gestört.»

«Nun, Mrs. Crick versucht –»

«Oh, ich *weiß,* Mrs. Crick kann gar nichts falsch machen!» Und wieder mußte ich bei einer durch den Mittelgang davonstürmenden Frau die Beobachtung machen, wie überraschend ausdrucksvoll ihr Gesäß war; Mrs. Harlows war schmaler als so manches andere, aber exquisit ausgewogen, zwei Waagschalen, die sich bei jedem ihrer hübschen, zielstrebigen Schritte leicht verlagerten.

«Alicia, Liebste.»

«Ja, Liebster.»

«Ist dir bewußt, daß du beim Gottesdienst mehr Ehrgeiz entwickelst als bisher? Wie viele Instrumentalisten waren für das Händel-Konzert in F erforderlich?»

«Einige, aber es hat die Gemeinde nichts gekostet. Es waren Freunde oder Freunde von Freunden.»

«Es kam mir so vor, als hätte Ned seine Predigt gekürzt, damit die Zeit nicht überschritten würde.»

«Nein, er hat sie nicht gekürzt. Er wollte eine kurze Predigt halten. Ich hatte ihm rechtzeitig Bescheid gesagt.»

«Aha. Ihr habt das also verabredet, ohne mir etwas zu sagen.»

«Gut, wenn du es so sehen willst ... Hast du etwas dagegen?

Hat dir die Musik nicht gefallen?»

«Doch, sehr. Du hast einen großartigen Anschlag. Ich frage mich nur, ob es richtig ist, die Kirche in einen Konzertsaal zu verwandeln.»

«Warum nicht? Etwas sehr viel anderes ist sie doch gar nicht.»

«So?»

«Abgesehen davon, natürlich, daß sie für dich eine Gelegenheit ist, dich in Szene zu setzen.»

«Ist das wirklich deine Meinung, oder willst du auf etwas anderes hinaus?»

«Du weißt, ich meine es so, ich habe es dir schon vor sechs Monaten gesagt, ehe wir – ehe es so mit uns war wie jetzt.» Wir lagen im Bett. Ihre Hand wedelte, um auf unsere Körper zu zeigen, mit einer gewissen Ungeduld hin und her: ihr hartes, Kaugummi kauendes Ich kam durch. Der Sommer war vorüber. Der Himmel hing stumpf wie Zinn in den blattlosen Fenstern ihres Schlafzimmers. Der Tankwagen auf dem Querweg winselte. Ihre Kinder waren einen großen Teil der Sommerferien über bei Mr. Crick zu Besuch gewesen, der in Minnesota wiederverheiratet war; um 14 Uhr 30 kamen sie aus der Schule. Es war 13 Uhr 47 nach Alicias niedriger vanillefarbener elektrischer Nachttischuhr, die nadeldünne, kaum sichtbare Zeiger – mit grünen Spitzen, der nächtlichen Lumineszenz wegen – und eine schick-schlichte Form hatte: die einer Schachtel, die in einer Presse zusammengedrückt wird, so daß ihre glatten Seiten sich nach außen wölben. «Es ist Zeit, daß ich gehe», sagte ich.

«Ja, ist es wohl», sagte Alicia seufzend, und sie klammerte sich nicht an mich, als ich die Beine aus dem Bett schwang.

Ich stand da und erklärte ihr: «Ich habe den Frauen vom Frauenkreis versprochen, daß ich ihnen beim Schmücken der Halle für das Abendessen am Erntedankfest helfe.»

«Ich brauche keine Erklärungen von dir.»

Ich zog mit ruckartigen Bewegungen mein Unterzeug an, räusperte mich und lud ab, was noch auf mir lastete: «Bei einem Gespräch mit Mrs. Harlow hatte ich den Eindruck, daß unser Verhältnis möglicherweise nicht ganz unentdeckt geblieben ist.»

Alicia, auf ein Kissen gestützt, so daß ihre kleinen Brüste vom Licht beleckt wurden, machte ihren wissenden Mund, sah mich flach an, wie Katzen einen ansehen, und gab mir den Rat: «Dann vögele doch Mrs. Harlow.»

Liebe verstummte Worte, die Erinnerung an euch stimmt mich zärtlich. Fern zu sein von den Seelen, die einst meine Nächsten waren, macht sie mir, im Widerspruch zu meinen an Thaddeus Bork gerichteten Ermahnungen, noch lieber. Ich höre jetzt, wogegen brüllende Begierde und Furcht meine Ohren damals taub machten, daß jede von ihnen etwas erwartete, etwas wollte von mir, von mir. Mitten unter ihnen war ich machtvoll. Und fühlte mich hilflos. Im täglichen Einerlei hier in der Wüste bin ich entblößt und anonym und fühle mich mächtig. Die Großartigkeit der Weite, des Raumes und die großartige Zeitvergeudung dringen in meine Selbstverneinung ein. Siehe: Heiligen, Das Leben der.

10

Ich hoffte, ihr schwarzer, vor seinem braun-grünen Häuschen parkender Wagen wäre eine optische Täuschung. Den nackten Fuß hatte ich als fiedrige* Halluzination eingestuft. Ich hatte nichts zu ihr gesagt. Wir trafen uns weniger häufig, an kürzeren Tagen elend gezwickt, schwarz und blau gezwickt, von unserer Geschäftigkeit in der «Zeit des Fallens». Herbst, Zeit des Fallens, wer hat dich so genannt? Des Jahres anmutige Nachahmung unseres komischen Sturzes. Wieviel verwandter ist der Herbst in seinem täglichen Sich-Ergeben unseren organischen Herzen als die protzige anstrengende Komödie – die rückwärts projizierte Travestie – des Frühlings. Die Füße voran gleitet der Taucher aus dem Wasser, die Spritzer schließen die Stelle, wo er gewesen ist, das Sprungbrett empfängt ihn auf der Spitze wie eine Krötenzunge, die eine Fliege fängt. Der Stein ist weggewälzt worden. O schalensprengende, an den Rippen reißende Hallelujas! Die Agonie der Auferstehung, ein Thema für Unamuno. Die Agonie getrockneter Knollen. Siehe Eliot, Tom. Sieh Tom laufen: Lauf, Tom, lauf.

An die Arbeit. Unser Hauptdarsteller, Tom, eine Fehlbesetzung als protestantischer Geistlicher, konnte den verräterischen Hinweis des schwarzen Wagens das zweite Mal, als er ihn sah, nicht mehr ignorieren. Und zweifellos gab es weitere Male, da er ihn nicht gesehen hatte. Diesmal hatte Tom wach gelegen. Er hatte Geräusche vernommen, die ein gesunder Mann als das normale Knacken von Zweigen und die Atemgeräusche von Schlafenden abgetan hätte, in denen er aber die Schritte eines mörderischen Eindringlings zu hören vorzog, oder das gedämpfte Hin und Her des Weberschiffchens, das an seinem Schicksal wob. Seine Frau stöhnte in tiefem Schlaf: *Kreuziget ihn, kreuziget ihn.* Nixon, natürlich, Nixon, die Noxal-Salbe für die wunden Stellen Liberaler. Oh, verflucht sei der Schlaf der Gerechten! Verdorrte Feigen-

* Also, was mag das bedeuten? Hatte ich, als ich «fiebrig» schreiben wollte, «widriges Geschick» im Sinn? Oder die «niedrige vanillefarbene Nachttischuhr», die ich zuvor mit so unerwartet liebeskranker Länge beschrieb?

bäume, ein jeder von ihnen. Er stand ungeduldig auf, trat ans Fenster, schob es hoch, und siehe da, was zeigte sich seinen staunenden Augen ...

Vergiß es. Es war nichts weiter als ein alter schwarzer Chevrolet. Hockte da im blinzelnden Licht des Mondes und der Bogenlampe. Zog jedoch – wie der Kern eines Kometen seinen Aschenschweif – eine wehende Schleppe aus heller Haut, goldenem Flausch, weißen Laken, ungetrübtem Sonnenlicht und leuchtender Vertrautheit nach sich. Ein zerzauster blasser Schatz aus Fleisch und feuchtem Sauerstoff, der sein eigen gewesen war. Tom ging wieder ins Bett, konnte aber nicht schlafen. Seine Augen hatten Gift geschlürft. Begierde drohte seinen Schädel zu sprengen, Zorn seine Milz und Wollust seine Lenden. Er krümmte und wand sich; der Zwillingsleib neben ihm hatte aufgehört, sich auf derselben Welle zu drehen. Tom stand auf. Durch frostige Erfahrungen belehrt und aus Achtung vor dem Heraklitschen Fluß, der einige Wochen kälter sein mußte als zu der Zeit, da er sich das erste Mal hineingewagt hatte, denn es war inzwischen Dezember geworden und dem Kirchenjahr nach Advent, zog er nicht nur seine Pyjamahose an, sondern auch Socken (vermutlich nicht zueinander passende in der Dunkelheit, wenn diese Wahrscheinlichkeit auch dadurch vermindert wurde, daß ein hoher Prozentsatz seiner Socken schwarz war), Schuhe, und einen Mantel, in dessen Taschen Handschuhe steckten, und von dem Ständer unten im Hausflur (nachdem er mit den sklavischen, verräterischen Treppenstufen fertig geworden war) einen kleinen Wollhut, den ihm vor zehn Jahren seine damals noch lebende Mutter geschenkt hatte und den er, nachdem er ihn jahrelang nicht aufgesetzt hatte, weil er damit so komisch aussah, wie ein schottischer Wildhüter oder ein Bühnendetektiv, seit einiger Zeit wieder trug. Mutter, behüte mich. Sei mir Schutz und Schirm gegen Hagel und Kälte und Taubendreck.

Die blaue Nacht bellte, als ich die Tür öffnete. Kusch dich, Fido. Ein wenig Pulverschnee marmorierte den spröden Rasen. Ich hinterließ Spuren. Wohlbedacht, wenn nicht gar wohlmeinend, ging ich nicht schnurstracks auf die verhängnisvollen Fenster mit der stummen Lampe zu, die schon jener früheren Orgie Gestalt verliehen hatte, sondern hielt mich an den am Pfarrhaus entlangführenden Ziegelsteinweg, behutsam trippelnd, damit nicht mein Schlurfen die wohlig warme Nixonophobin oben aufscheuchte, und verließ meinen Rasen durch die dafür gedachte, mit einer Pforte versehene Lücke in der Hecke. Verstohlen näherte ich mich Neds Haus. Auf dem Pflaster vermischten sich meine Spuren mit denen der Unschuldigen, die bei Tage hier gegangen waren und deren Herzen nicht so irre gehämmert hatten wie meines. Horch! Von fern her kam in dem gespenstischen Gitternetz schneeverkrusteter Wege ein Wagen näher. Mir, der ich im Licht der Straßenbeleuchtung so deutlich zu sehen war wie ein Fleck auf einem Tischtuch, fiel nichts Besseres ein, als den einen Fleck mit dem andern zu verschmelzen – das heißt, die Tür von Alicias schwarzem Chevrolet aufzudrücken, die störrische Sitzlehne nach vorn zu stoßen, hinten hineinzukrabbeln und mich in einer Haltung auf den Boden zu hocken, in der ich, wäre ich ein Moslem und Mekka zugewandt gewesen, hätte beten können.

Minutenlang fror ich dort, *motor immotus*. Der mich umhüllende Duft der Bodenmatte, auf der ständig vertrocknete Orangenschalen und verlorene Marsh-Mallows lagen, war mir Universum genug. Überzeugt schließlich, daß meine kriminelle Entgleisung die *civitas* nicht alarmiert hatte, hockte ich mich etwas bequemer hin, zog mir meinen mich bemutternden Hut über die Ohren und versuchte, meiner Wange eine längere Bekanntschaft mit dem Waffelmuster der die Kardanwelle überwölbenden Gummimatte zu ersparen. Schläfrigkeit, so lange umworben, überfiel mich nunmehr, zu ungelegener Zeit.

An dieser Stelle fühle ich die Verpflichtung (du unersättlicher, du idealer Leser, du), von meinen Gedanken während dieser grotesken, aber irgendwie glücklichen Nachtwache zu berichten. Ich merke, daß ich in die erste Person geschlüpft bin – eine Höhere Weisheit, so möchte es sein, lenkt meinen Stil.

Irgendwie glücklich. Ich bin, als Amerikaner, immer glücklich gewesen in Automobilen. Ich erwarb meinen Führerschein so früh, wie das Gesetz es erlaubte. Ich wurde meines Vaters Chauffeur. Das erste Möbelstück, das ich fahren konnte. Eines Wagens fade, eingeschweißte Monotonie innerhalb seiner zweckmäßigen Geschwindigkeit. Ruhe im Fluß. Jene Rothaarige in der Dachkammer, die ich erwähnte (erinnerst du dich?), wurde ausgezogen und inspiziert (beides partiell) im submarinen Lichtschimmer des Armaturenbretts eines parkenden Wagens. Eine Generation und das dicke Ende einer Lebensspanne später wird mein sturer Dart ein Tragflügelflitzer, der über die Asphaltwellen der Straße des Lebens hinweggleitet und mich abtrennt von meiner irdischen Pflicht, höflich, umsichtig, weise, ehrerbietig, gütig, liebevoll, belehrend oder unterhaltsam zu sein. Einkapselung in jeder Form, den Sarg ausgenommen, hat für mich einen Reiz: die Höhle aus Korbmöbeln, die sich Kinder auf der Veranda bauen, die Reise eines Briefes vom Kasten in den Sack und vom Sack in den Schlitz, das fatalistische Vertrauen des Astronauten auf ein Netz aus Formeln, das Computer gesponnen haben. Meine kauernde Position auf dem Boden des Wagens war in gewisser Weise frei gewählt; die Chance entdeckt zu werden, würde sich nur geringfügig erhöhen, wenn ich mich auf den Rücksitz legte. Doch am Boden zu hocken und mit der Hand am Rand der Bodenmatte entlangzutasten, durch die krümeligen Überreste von Imbissen der Crickschen Kinder, vorbei an einem Knopf und einem abgekauten Bleistiftstummel, in die niederen Regionen des Fahrersitzes, wo sich ein Gewölle aus Staubflocken und herrenloser Lakritze und den roten Streifen zum Aufziehen von Zigarettenpackungen behaglich der Reinigung widersetzte und ein System von rostigen Sprungfedern aus mir unerforschlichen Gründen auf graue Filzstreifen einwirkte – ja, hier zu hocken gefiel mir, nicht nur der konzentrierten Pose der Erniedrigung wegen, sondern auch, weil es die Möglichkeit barg, wie ein Kind beim Versteckspiel aufzuspringen und Alicia zu erschrecken, damit sie in liebevolles Gelächter ausbrach.

Nach zwanzig langen Minuten oder einer kurzen Ewigkeit allerdings zwangen mich mein ächzender Rücken und meine ins Waffelmuster gepreßten Knie, auf dem Sitz Platz zu nehmen, wo ich mich seitwärts duckte, um dem Beschuß durch passierende Scheinwerferstrahlen zu entgehen. Schliefen die Liebenden? Und Jane vielleicht nicht? Ich hatte mir, nachdem meine kochende Wut zu resignierender Sentimentalität abgekühlt war, gerade gelobt, ins Pfarrhaus zurückzukehren, als das Licht über Neds Tür anging. Einen Augenblick lang sah man ein Stück von ihm; danach hatte er ein zerknittertes Hemd an, und sein Bart war ungekämmt. Alicia hatte in der weihnachtlichen Stimmung ihr rotes Kleid angezogen oder wieder angezogen und sich in ihrer Aufgewärmtheit nicht die Mühe gemacht, den Reißverschluß ihrer Lederjacke hochzuziehen. Beschwingt und forsch, den Autoschlüssel schon aus dem

Portemonnaie gefischt und wie ein gezücktes Stilett in der behandschuhten Hand, kam sie über die Straße herüber zu ihrem Wagen, meiner Höhle, und öffnete die Tür. Obwohl ich mich so tief seitwärts geduckt hatte, daß mir der aschige Gestank des Aschenbechers in der Seitenlehne in die Nase drang, fiel ein Strahl von Neds Verandalampe, à la La Tour, auf mein Gesicht. Alicia stockte nicht. Ihr Haarschopf verdeckte wie eine Wolke das Licht; sie schlug die Tür zu, setzte sich bequem und behaglich hinter dem Steuer zurecht, veranlaßte den Motor (gegen seinen Willen) anzuspringen und versetzte uns in Bewegung durch die leeren, geradlinigen Straßen.

Ich bezweifelte, daß sie mich gesehen hatte.

Aber sie schnupperte und sagte, nachdem (wie ich hinten auf dem Rücksitz aus Lichtern und Bewegung kombinierte) einige Kreuzungen überquert und einige Ecken genommen worden waren: «Wirklich, Tom. So geht es nicht.»

Ich setzte mich auf. «Wie war es? Wie ist er? Ich habe Jane immer erzählt, er wäre impotent.»

«*Er* sagt, du hättest dauernd versucht, ihn mit Jane zu verkuppeln. Das finde ich rührend, Tom.»

«Es war nur so ein Gedanke. Wie kommen wir sonst hier weg, um die Boro-boro-Missionsschule zu betreiben, wir beide, du und ich, ganz allein?»

«Das können und werden wir nicht.»

«Einverstanden. Taxi, fahren Sie mich bitte nach Hause.»

Ihr Ton gefiel mir nicht, und ebensowenig gefiel mir der Ton, den sie mir damit aufzwang. Ich begann zu jammern, toben, mich immer tiefer in das komfortable Loch des Verlierers zu manövrieren. «Du Dreckstück. Du verflixte Hure. Wie konntest du mir das antun?»

«Dich nach Hause zu fahren?»

«Die ganze Zeit mit Bork zu vögeln.»

«Nicht die ganze Zeit, Tom. Nur einige Male. Ich mußte irgend etwas unternehmen, um von meiner Besessenheit, um von dir loszukommen. Ich brauche Hilfe, einerlei, wo ich sie finde.»

«Und kriegst du von Bork all die Hilfe, die du brauchen kannst?»

Sie saß steif am Steuer. Hin und wieder setzten Scheinwerfer ihr Haar in Flammen. Es war, wie ich bemerkte, frisch gekämmt und geordnet, was mir die gerade hinter ihr liegende Balgerei so deutlich vor Augen führte, daß ich mich krümmte, um den Schmerz zu unterdrücken. Ich keuchte. Nur ihre Stimme konnte den Schmerz lindern. Jedes Gift ist sein eigenes Gegengift. Sie verkündete tonlos: «Ich habe nicht die Absicht, es dir zu beschreiben. Ich habe dich nicht aufgefordert, mir nachzuspionieren.»

«Mein Gott», ächzte ich, «wie hätte ich das unterlassen können, wo du deine dicke schwarze Möse von Auto direkt unter meiner Nase geparkt hast! Das letzte Mal, als sie da stand, bin ich runtergekommen und habe durchs Fenster geschielt und deinen vollkommen nackten Fuß gesehen.»

«Das letzte Mal?» sagte Alicia. «Ich glaube nicht, daß wir da miteinander geschlafen haben. Wir haben uns nur unterhalten. Ja, jetzt erinnere ich mich. Ich hatte die Schuhe ausgezogen und die Beine hochgelegt, weil der Fußboden so kalt war. Wer ist bloß auf die Idee gekommen, aus einer Garage mit Zementfußboden eine Wohnung zu machen?»

«Ich nicht», sagte ich, ohne mich durch ihre Frage ablenken zu lassen. «Das letzte Mal nicht, aber diesmal – wolltest du das damit sagen?»

«Das meinst *du*! *Du* spionierst herum, *du* stellst Vermutungen an.»

«Na gut. Wie ist der Bart? Ist der nicht furchtbar kratzig?»

«Es geht.»

Damit war es wieder zu einem Faktum geworden, daß sie sich einem anderen hingab, und das ausgerechnet in dem Augenblick, da meine Vorstellung, daß Ned homosexuell oder asexuell sei, langsam aus dem Bereich der Gewißheit in eine Art negativer Verifikation überging. Ich stöhnte – unfreiwillig, denn ich spürte, ganz zu Recht, daß ich mein Quantum an Gestöhne aufgebraucht hatte und daß sie beim nächstenmal in Zorn geraten würde. Ohne sich umzudrehen, zog Alicia den *Tirade-* Registerknopf, wechselte auf die hart tönenden kleinen Pfeifen über: «Was meinst du wohl, was in *mir* vorgeht, wenn ich sehe, wie ihr, du und Jane, jeden Sonntag einander Kuhaugen macht, und was meinst du wohl, wie *mir* zumute ist, wenn du reingerannt kommst und fickst und, hopp, wieder in deine Sachen schlüpfst und abbraust zu irgendeiner in Verehrung ersterbenden Diakonin, nachdem du gehabt hast, was du wolltest, deinen

11

«Deinen Spaß?» «Deine Tour mit mir?» «Deinen Kitzel für die Woche?» Ich habe vergessen, wie sie es genau ausdrückte. Ihr Klagelied ging weiter: meine Unterwürfigkeit in der Ehe, meine seelsorgerischen Aufgaben, mein Ordnungssinn, mein Pflichtbewußtsein – alles wurde mir zum Vorwurf gemacht, alles mit zotigem Spott bedacht, und ich saß in Trauer versunken hinter ihr und sank immer tiefer, je mehr ihre Klage vom Gerechtfertigten ins Absurde umschlug (ich *sähe* ja sogar aus wie meine Frau, ich hätte vor, Mrs. Harlow zu verführen, und ich würde sie, Alicia, sofort aus ihrer Stellung entlassen, wenn sie je aufhörte, sich «auszuziehen»); und während sie mich beschimpfte, während sie all die heimliche Schmach beschrieb, die unser Verhältnis über sie gebracht hatte, und all die hinfällige Härte, die ein dreißigjähriges Dasein als Frau in Amerika erzeugt hatte, herausließ, gewann eine finstere seelsorgerische Wirklichkeit die Oberhand über meine Liebeswut und meine Phantastereien. Diese Frau war eine in meine Obhut gegebene Seele. Sie schrie das alles aus sich heraus, und ich mußte zuhören – zuhören nicht in der Hoffnung, heilen zu können, denn unsere irdischen Übel entziehen sich aller irdischen Linderung, sondern in einem Akt der Brüderlichkeit unter Kindern, die, wo nicht *einem* Vater, so doch *einer* Ehe molekularer Zufälle entstammten. Und tatsächlich fuhren nach einigen Minuten ihre Teufel aus, nahmen Wohnung in Säuen, während die dunklen Häuser vorüberflogen, und wichen von uns. Alicia, die Hände nach wie vor am Lenkrad, schluchzte.

Ich klemmerte* von dem kalten Rücksitz auf den Sitz neben ihr; an den Beinen und im Gesicht spürte ich die Wärme, die mir von der Heizung entgegenströmte. «Es tut mir leid», sagte ich, «wirklich. Es war falsch, daß wir uns in diese Situation gebracht haben.»

«Ich empfinde das nicht so», sagte sie, und jede Silbe war von Tränen umglitzert.

«Aber irgend etwas muß falsch sein», führte ich aus, «sonst

* Ich muß «kletterte» oder «klemmte mich» gemeint haben, aber welches von beiden? In jedem Fall eine ziemlich beklemmende Episode.

würdest du jetzt nicht weinen, und ich würde nicht mitten in der Nacht im Pyjama herumlaufen.»

Sie drehte, endlich, den Kopf und sah mich mit einem raschen Blick an. «Ist das wahr?»

«Nur das Oberteil», gab ich zu. «Diesmal habe ich mir die Zeit genommen, mir die Hose anzuziehen. Und sogar einen Hut aufzusetzen. Ich habe ihn von meiner Mutter.»

«Regt es dich *so* auf? Wenn ich Ned besuche?»

«Scheint so. Wie gesagt, es tut mir leid. Nimm das als Kompliment.»

«Was soll ich denn tun?»

«Nichts. Mach weiter so. Nur zu.»

«Du weißt selbst, wie schrecklich unbeteiligt dich im Grunde alles gelassen hat. Nicht ein einziges Mal hast du angedeutet, daß du Jane vielleicht verlassen würdest. Ich weiß, du kannst es nicht, aber es wäre trotzdem nett gewesen, wenn du nur ein einziges Mal gesagt hättest, du wünschtest, du könntest es.»

«Sie hätte mir einen Grund geben müssen, und das hat sie nie getan. Sie ist einfach zu gut.»

«Nicht im Bett, wie es scheint.»

«Das braucht nicht an ihr zu liegen. Die Frau ist das Cello, der Bogen der Beau. Und im übrigen wäre es mit uns beiden auch nicht so gut, wenn wir in aller Offenheit und Tag für Tag zusammen wären statt eine Stunde in der Woche.»

«Ich liebe dich, Tom. Liebst du mich?»

«Ich hasse das Wort, aber trotzdem: sicher. Ich bin scharf auf dich, genauer gesagt.»

«Was verlangst du von mir? Sag es mir.»

«Fahr mich nach Haus. Zu mir», fügte ich hinzu für den Fall, daß sie mich mißverstanden hatte. Sie war schon ein Stück durch den jetzt dunklen Ladendschungel zwischen unseren beiden Städten gefahren und wendete auf dem Parkplatz eines Schuhgeschäfts für Fabrik-Ausschußware. Kein Paar gleich. Wenn's drückt, behalt's an. Wenn's paßt, wirf's weg.

«Mir tut das mit Ned sehr leid», sagte sie nach einer Pause. «Ich hoffe um seinetwillen, daß ich es nicht nur getan habe, um dich zu ärgern.»

«Ist die Vergangenheitsform die richtige.»

«Ich weiß nicht.» Ich befürchtete, sie würde wieder anfangen zu weinen. Aber wir waren jetzt in der Nähe der Kirche und des Pfarrhauses. Zwischen den beiden Gebäuden gab es einen asphaltierten toten Winkel. Hier, abseits vom Licht der Straßenbeleuchtung, hielt sie an, und ich überlegte, ob ich ihr einen Gutenachtkuß geben sollte. Es war mir ungewohnt, von rechts nach links hinüber zu küssen, die Frau am Steuer. Sie ließ die Hände auf meinen Schoß fallen, und so konzentriert, als forderte Buxtehude mit Sechzehntelnoten ihre ganze Fingerfertigkeit, riß sie den Reißverschluß an meinem Hosenschlitz auf. Eine erstaunliche Frau! Kein Wort wurde gesprochen; mir stand er sofort. Sie wand sich hinter dem Lenkrad hervor, manövrierte sich aus ihrem Höschen heraus, spreizte die Oberschenkel zu einem gotischen Bogen über meinem Schoß. Stell dir vor: die Dicke unserer Mäntel, die List unseres Fleisches, das Dampfgewölk unseres Atems – und die vereisten Fenster, durch die wir die Türmchen und Kuppeln und Giebel der Nachbarschaft verschwommen und vereinfacht wie die Zauberschlösser in Kinderbüchern lauern sahen. Sie war feucht (ein Stern sah blinzelnd zu, als ich in sie eindrang) und nahe davor; ich kam, so schnell ich konnte, sie schien zu kommen, ich zog meinen Reißverschluß wieder zu, wir küßten uns, ich stieg aus, ein Eisplacken brachte mich beinahe zu Fall, ich gewann das Gleichgewicht wieder, ihre Scheinwerfer schwenkten herum, mein Haus ragte drohend vor mir auf, meine Müdigkeit legte sich um ein verworrenes, schrumpfendes Vergnügen.

Mein Hauseingang. Meine Haustür. Meine Treppe. Und wieder erhob sich das Treppenhaus vor mir, schattengestreift, um an den breiten braunen Rücken eines Sklaven zu gemahnen; diesmal erinnerte mich das böse Vorgefühl so eindringlich an mein eigenes Gefangensein – in einem Gott, den ich verspottete, in einem Leben, das ich verabscheute, in dem höhlenartigen, unbenennbaren Gefühl, an den falschen Platz gestellt zu sein und Unrecht zu tun –, daß ich einen Körper, schwer wie mit Ketten behängt, Stufe um Stufe nach oben schleppte. Jane bewegte sich, als ich unser Schlafzimmer betrat. Während ich mich auszog, tropfte ein Faden verspäteten Samens lauwarm auf meinen Schenkel. Ich benutzte das Badezimmer, ohne Licht zu machen, und schlüpfte ins Bett – so dankbar, wie einer der Verdammten es sein mochte, wenn der Rachen der ewigen Nacht sich über seiner angstvollen Ruhelosigkeit schloß. Zu beten, war mir unmöglich geworden. «Irgendwelche UFOs gesehen?» Jane, die gemerkt hatte, daß ich aufgewesen war, mißdeutete meine Ruhelosigkeit, drehte sich mitfühlend herum, schlang einen festen Schenkel um meine Hüfte, tastete nach meinem Penis, fand ihn und ließ ihn nicht wieder los.

Die Haltung, die ich in der darauffolgenden Zeit Ned gegenüber einnahm, kann man mit Fug und Recht als krankhaft bezeichnen. Daß dieser blasse, schmächtige Körper (den er, außer bei eindeutig feierlichen Anlässen, in affektierter Nachahmung beharrlich in die Sonntagskluft der Jugendlichen kleidete) die Fähigkeit besaß, mit meiner Geliebten zu kopulieren – mit dem Leib, verzeih mir die plotinische Ausdrucksweise, meiner Seele –, faszinierte mich; seine Haut (nicht gerade, wie ich berichtet habe, der vorteilhafteste Bestandteil seines Äußeren) glühte vor Triumph. Daß er seinen Triumph so beiläufig hinnahm, erhöhte seinen verderbten Glanz in meinen (zugegeben, diese Therapie muß von Erfolg sein) angekränkelten Augen. Hier war ein junger Mann, für den – eine lässige Fußnote zu seinen Gelübden – Unzucht ein ebenso problemloser körperlicher Vorgang wie Spucken war. Sein greifbares Eindringen in das tiefe Gewölbe meiner Leidenschaft und sein Entkommen daraus verlieh ihm für mich die Faszination eines Lazarus – vor meinem inneren Auge sah ich ihn mit dem ungesunden Phosphorschimmer einer auferweckten Leiche umherwandeln. Sein Körper, ja, so ist es, hatte blindlings einen Zauberkreis betreten. Ich war nach wie vor sein Vorgesetzter, und der Umstand, daß ich sein Geheimnis kannte, während er von meinem nichts wußte, verschaffte mir einen weiteren Vorteil. Doch die Summe all dessen war Vertrautheit. Der Himmel verzeih mir, aber ich begann ihn zu lieben.

Oder begann doch zumindest, ihm zuzuhören. Seine Anschauungen, die ich früher als hoffnungslos durch modische Marotten kompromittiert abgetan hatte, als die wahre Erscheinungsform des Turms zu Babel, den, wie Karl Barth sagt, unsere lediglich menschliche Religiösität errichtet, interessierten mich jetzt irgendwie.

Ned kümmerte sich nicht nur um die Jugend unserer Gemeinde, sondern auch um die der Stadt; er hatte mit Drogenabhängigen zu tun, deren Lossagung von unseren spezifisch menschlichen Gaben der Willensentscheidung und der organisierten Anstrengung meinen Geist nur mit lähmendem Entsetzen erfüllte. «Du betrachtest sie», sagte Ned ein wenig überrascht zu mir, «als Unberührbare.»

«Haben nicht vielmehr sie», fragte ich, «uns alle, die Gesellschaft, die sie umgibt, für unberührbar erklärt?»

«Du hast dir da im Geist ein Bild gemacht», sagte er zu mir. «Der drogenorientierte Jugendliche ist unternehmungsfreudiger als seine Altersgenossen, und zwar nach allen Regeln der altmodischen Arbeitsmoral: er ist ständig in Betrieb, knüpft Kontakte, und das Vertriebssystem ist mindestens so leistungsfähig wie das von Sears Roebuck. Ein Drogensüchtiger ist ein vielbeschäftigter Bursche. Er muß sich auf Einbruch und Hehlerei verstehen, und er muß lernen, die Polizei reinzulegen und sich vor Gericht zu verteidigen. Das technische Geschick, über das manche von ihnen verfügen, ist bemerkenswert. Allein schon, wie sie sich einen ‹Schuß› verpassen, ist chemischer Anschauungsunterricht. Du mußt es als angewandte Chemie sehen, Tom. Die Chemie ist nun einmal da, wir haben sie immer dafür gebraucht seit der Alchemie.»

«So ist es. Alchemie, Teufelspakt, der abgekürzte Weg vom Blei zum Gold. Steigt dir bei alledem nicht der Gestank des Bösen in die Nase?»

Ned zuckte mit den Schultern. «Für sie ist es das höchste Gut. Sie sagen, sie tun niemandem weh, wenn sie duhn sind, erst wenn die Wirkung nachläßt, setzt der Schmerz ein. Und im übrigen ist es ihre eigene Angelegenheit. Warum sollten wir das verurteilen, wo wir doch Luther sein Bier lassen und Buddha seinen *Satori*-Sitz unter dem Feigenbaum?»

«Das klingt nicht so, als ob du ihnen Seelsorger wärst, sondern als hättest du dich ihnen angeschlossen.»

«Hast du mir nicht selbst gesagt, ich sollte mich den Munitionsmachern anschließen?»

«Den Geschäftsleuten, denke ich, habe ich gesagt.»

«Munitionsmacher sind Geschäftsleute, wie Geschäftsleute Munitionsmacher sind. Es fehlt kein Glied in der Kette, die von Henry Cog, unserem freundlichen Uhrmacher, zu Napalm hinführt. Gene Rostow, der einzige von Johnsons alter Mannschaft mit dem Mumm zu einem offenen Wort, hat es klar und deutlich in einem Interview gesagt: Wir sind nach Vietnam gegangen, um uns alles offenzuhalten, um uns die Welt offenzuhalten für den Handel.»

«Lieber offen als zugesperrt», warf ich ein. «Lieber Mammon als Stalin.» Ich hielt ein Glas Bier in der Hand – es war an einem Samstagnachmittag in dem kleinen Haus, in dem Alicia aufs Kreuz gelegt worden war. Kissingers Houdini-Waffenstillstand war in Kraft getreten, wir waren entvietnamisiert und konnten uns in Leidenschaftslosigkeit üben, wo die Flammen des Zorns und des Gegen-Zorns getanzt hatten. Neds Mobiliar, wenn ich so sagen darf, bestand aus Säcken und geknülltem Papier, billig mit Good Will gemischt. Ich fühlte mich jung in dieser Umgebung.

Er sagte: «Eins von unseren Gemeindemitgliedern hat mir erzählt, du hättest dich Ende der sechziger Jahre geweigert, an Friedensmärschen teilzunehmen.»

War es ein Gemeindemitglied gewesen oder Alicia, fragte ich mich. «Soweit ein Friedensmarsch dem Ziel dient, zu verkünden, daß Frieden hübscher ist als Krieg, ist es ganz gewiß ein lächerliches Unternehmen. Die Frage ist, solange wir auf Christi Wiederkehr warten, ob Krieg wirklich immer die schlimmste aller Möglichkeiten ist. Die Bibel sagt nein. Ich sage auch nein. Du hast recht, ich haßte die Friedensbewegung mehr als den Krieg – sie war näher. Moralisch gesehen waren die Friedensmarschierer Kriegsgewinnler.»

«Wieso das?»

«Es war ein Schiebergeschäft um Macht. All die Nutznießer und Parasiten des Systems, das der arme Johnson im Schweiße seines Angesichts zu retten suchte – die College-Jünglinge, die gelangweilten Hausfrauen, die Professoren und Pastoren und die kleinen Könige der Computertechnik –, dachten, sie könnten die bösen alten Industriebarone und ihre Cowboys von ihren Stühlen verdrängen. Es war ein Kampf der Neureichen gegen die alten Reichen, und die Neureichen sahen, was die alten Reichen nicht gesehen hatten, daß nämlich Freiheit nur ein anderes Wort für Nichtstun oder Wenig-Tun ist. Die Neureichen erkannten, daß man mit den neuen Halsabschneidern des Kollektivismus gemeinsame Sache machen konnte, 1984 war überall im Kommen, und Gott sei Dank gewannen Nixon und seine Gauner, wenn ich mich auch nicht überwinden konnte, für ihn zu stimmen.»

Ned blinzelte. Mein Reden strengte ihn an. «Du rechnest die Geistlichen also auch zu den Parasiten?»

«Ein Mann, der den Ruf vernommen hat», sagte ich, «wird mit

Freuden Parasit in jedem lebenden Monstrum sein. Insoweit als wir essen, du und ich, dienen wir dem Mammon. Aber vielleicht ist in uns oder sollte in uns ein kleines Etwas sein, das nicht ißt, das es verachtet, zu essen.»

«Verachtung», sagte er, «steckt hinter vielem von dem, was du sagst. Deine politische Indifferenz, zum Beispiel.»

«Ich bin nicht indifferent», protestierte ich, «ich bin entschieden pro Cäsar. Sein Gesicht ist auf der Münze, sieh es dir an. Gebt dem Kaiser, was des Kaisers ist. Weißt du, wer den untersten Kreis der Hölle mit Judas teilt? Brutus und Cassius. Sogar dort siegt Cäsar über Jesus mit zwei Stimmen zu einer. Irgendwo heißt es bei Karl Barth: ‹Was soll der Christ in der Gesellschaft anderes *tun*, als achtzugeben auf das, was *Gott* tut.› Was Gott in der Welt tut – das ist Cäsar.»

«Gibt es nicht bessere und schlechtere Cäsaren?»

«Ich neige dazu, dem Cäsar zu vertrauen, der an der Regierung ist, im Gegensatz zu dem, der kommen könnte. Dieser Cäsar hat uns wenigstens leben lassen, was bei dem nächsten nicht so sicher ist.»

«Glaubst du», fragte Ned und nuckelte an der Pfeife, die gut zu seiner tertianerhaften gedehnten Sprechweise paßte, «daß du beispielsweise in Stalins Rußland *dem* Cäsar vertraut und gedient hättest?»

«Wahrscheinlich.» Ich war ihm dankbar, daß er diese Konsequenz sah und mich stoppte. Mein Kopf und meine Zunge rotierten in einer ärgerlichen Gereiztheit, die ich nicht verstand und die mir nicht gefiel.

«Weißt du, diese Sache mit dir und Barth . . .» fuhr er fort. «Wir mußten ihn im Seminar lesen. Es war eindrucksvoll insofern, als er nicht kriecht wie die meisten *mo*-dernen.» Das hatte er doch nicht nötig, sich mit albernen Betonungen für seinen Ernst zu entschuldigen. Mir wurde klar, daß er auch noch, wenn er Ratschläge erteilte, befangen und unsicher war. Ironie ist die äußere Verpackung unserer Feigheit. «Aber nach einer Weile begriff ich, warum das so ist», sagte Ned. «Es ist Atheismus. Mit ihm enthauptet Barth alle liberalen, synthetisch vorgehenden Theologen, und dann, in der letzten Minute, schnippt er das ‹A› weg und sagt: ‹Hokuspokus! *Theismus*!› Es ist Taschenspielerei, Tom. Es begründet eine Diastase, die dem Menschen kein Gegenüber mehr läßt, nur diese frohlockende Leere. Dieses schreckliche, absolut unerkennbare Andere. Es erzeugt Verzweiflung. Ich bin davon abgekommen – mit um so mehr Achtung vor Tillich und Bultmann; es ist wahr, sie verkaufen alles zu kleinen Preisen, aber wenn sie den Ausverkauf getätigt haben, bleibt ein Gewinn; sie sagen, da ist ein kleines *Etwas*, verstehst du?»

Meine Liebe zu diesem Mann grenzte allmählich an Unterwürfigkeit. Ich wollte ihn weise sehen. Ich wollte ihn reif und erwachsen sehen. Es gab in seinen Ausführungen ein Dutzend schwache Stellen, wo man hätte einhaken können (zum Beispiel ist die Bibel Barths *Etwas*), aber ich war plötzlich von femininer Sanftheit erfüllt und zuckte mit den Schultern: «Ich kann dazu nur eines sagen: wenn ich Tillich und Bultmann lese, ertrinke ich. Lese ich Barth, dann gibt mir das Luft, die ich atmen kann.»

«Das ist genau das, was die Jugendlichen von Hasch und Heroin sagen. Du und sie, ihr habt mehr miteinander gemein, als ihr wißt. Ihr glaubt, daß es eine andere Welt gibt, eine höhere als diese hier. Und weißt du, wohin sie, jedenfalls diejenigen, die abspringen, sich oft wenden? Sie wenden sich Jesus zu.»

«Mein Gott», sagte ich, teils um ihn zu ärgern, teils um dem Karl Barth in mir Luft zu machen, «wie deprimierend ich das finde!»

12

Voici une scène. Où je ne suis pas. Ich muß mir im Geist ein Bild davon machen, wie Ned es zuvor genannt hat. Es trug sich ziemlich lange nach Weihnachten zu, möglicherweise am Valentinstag. Ich hörte zwei Berichte darüber und muß sie zu einer Synthese vereinigen. Schlimmer noch, ich muß schöpferisch tätig werden; ich muß aus meinen lausigen Phantasien die Nissen der Wahrheit herausklauben. Was ist Wahrheit? Meine Phantasien interessieren Sie mehr? Wie schmeichelhaft – da bin ich stolz wie ein Prinz, Ms. Prynne.

Das Wohnzimmer im Pfarrhaus. Morgensonne, deren Strahlen, von Schatten getönt und von Staubkörnchen belebt, durch die Ost- und Südfenster einfallen. Durch die Scheiben sieht man weiße Krusten vom Schneesturm in der letzten Woche. Autodächer lugen hinter zusammengepflügten, stellenweise von Kinderstiefeln glasig getretenen Schneebergen hervor. Ebenfalls durch die Fenster zu sehen: Häuser mit konischen Dächern, Giebelfenstern, Mauervorsprüngen, muschelförmigen Schindeln, Holzstützen mit ausgesägten Mustern, ovalen Luken mit buntem Glas, eingeklemmt unter spitz zulaufenden Dachtraufen wie einzelne Augen unter einer gewaltigen prächtigen Braue; und Hecken und Büsche und ein patriotisch trikolor gestrichener Briefkasten, ein zwischen gefiederten Bettlern herumhüpfender Vogelfütterer, ein gierig zuschauendes Eichhörnchen, Straßenschilder, Straßenlampen etc. etc. Drinnen blinzeln unsere Augen, dem blendenden Licht ausweichend, einen Eindruck düsterer Schwere inmitten der Treibhauswärme fort. Die Heizölknappheit hat den vorigen Winter nicht überdauert. Bücherregale, vorn mit Glaswänden. Dunkel furnierte Möbel. Gepolsterte und mit Knöpfen beschlagene Stühle. Alles ordentlich: Tischläufer genau in der Tischmitte, ältere Zeitschriften in sich überlappenden Reihen auf einem halb heruntergeklappten Klapptisch. Verschiedene durchscheinende *objets*, aus sentimentalen Gründen geschenkt und aus ebenso sentimentalen Gründen aufbewahrt, werfen Regenbogen und Lichtstreifen hier und da. Ein Treppenhaus in dunkler Eiche wird durch eine Bogentür links auf der Bühne sichtbar. Klopfen hinter der Bühne. Schritte.

Es treten ein, plaudernd, Jane Marshfield, *in schlichtem, jedoch attraktivem Hauskleid, und* Alicia Crick, *in Wolle eingepackt, pastellfarbene Notenbücher unter dem Arm.*

Jane: Wenigstens ist die Sonne durchgekommen.

Alicia *mit leicht theatralischen, übertriebenen, gequälten Bewegungen die Strickmütze und die pelzbesetzten Autohandschuhe ablegend*: Tatsächlich?

Jane *zögernd, sich zwar der Ungewöhnlichkeit dieses Besuches, nicht jedoch der Bedrohung, die er bedeutet, bewußt*: Ich weiß nicht genau, wo Tom steckt. Ich könnte versuchen –

Alicia: Ich habe Tom gerade gesehen. In der Kirche.

Jane: Oh.

Alicia: Ich bin gekommen, um mit Ihnen zu sprechen. Ich bin gekommen, Jane, um Sie zu bitten, daß Sie mir Tom vom Hals schaffen.

Jane: Wie – wie meinen Sie das?

Alicia: In etwa so grob, wie Sie es sich ausmalen können. Ich weiß nicht genau, was Sie und er miteinander gemein haben, Sie sind uns allen ein Rätsel, aber Sie müssen doch geahnt haben, daß er und ich – zusammen waren. Geschlafen haben miteinander.

Jane *setzt sich wie betäubt, faßt sich aber in Sekundenschnelle und zeigt sich mit einer instinktiven, von der anderen vielleicht nicht ganz erwarteten Hoheit bereit, zu kämpfen*: Nein. Ich hatte keine Ahnung.

Alicia: Dann tut es mir leid, daß ich mich hier so unverblümt an Sie wende. Aber ich bin verzweifelt. *Sie hat sich, vielleicht weil die andere ihr durch ihr Verhalten einigen Wind aus den Segeln genommen hat, zu einem brüsken, hektischen Auftreten entschlossen, reißt sich den Schal herunter, legt ihre Notenbücher nieder und geht stampfend hin und her, als wollte sie den Eindruck unbekümmerter, überlegener Vitalität erwecken. Die Wirkung ist eher vulgär, und sie verscherzt sich auf diese Weise das Mitgefühl, um das sie im Grunde wirbt.*

Jane *sehr sanft, nachdem sie sich kräftig geräuspert hat*: Wie das?

Alicia: Ihr Mann macht einen rasend. Das müssen Sie doch wissen. *Sie läßt damit ihre Überzeugung durchblicken, daß*

JANE *es keineswegs weiß, daß sie überhaupt nichts von ihm (mir) weiß.*

JANE, *Schüchternheit ist ihre zweite Verteidigungslinie*: Ich weiß gar nicht, ist das wirklich so? Hier zu Hause war er in letzter Zeit immer recht guter Dinge.

ALICIA: Jetzt wissen Sie, warum. Darf ich mich setzen, Jane?

JANE: Bitte, Alicia, natürlich. Wie wär's mit einer Tasse Kaffee? Oder einem kleinen Sherry? Ich weiß, es ist noch früh am Tage, aber das scheint mir hier doch eine besondere Gelegenheit zu sein.

ALICIA: Nein, danke. Ich kann nicht lange bleiben.

JANE: Aber Sie haben doch Ihren Mantel ausgezogen. Wann hat diese – Ihre – Liaison mit Tom begonnen?

ALICIA: Nach Ostern letzten Jahres. Vor zehn Monaten.

JANE: Und wie oft haben Sie – sich gewöhnlich getroffen?

ALICIA *fühlt sich in ihrer respondierenden Rolle nicht mehr wohl, weiß aber nicht, wie sie die Initiative wieder an sich bringen soll*: Einmal in der Woche etwa. Im Sommer war es schwierig, als überall die Kinder zu Hause waren. Aber als meine in Minnesota waren, bei Fred, meinem geschiedenen Mann –

JANE: Ich weiß von ihm.

ALICIA: – sahen Tom und ich uns häufiger. In der übrigen Zeit im Sommer fast gar nicht. Aber deswegen brauchen Sie mich nicht zu bemitleiden. Ich habe mich von anderen trösten lassen.

JANE: Weiß Tom, daß es noch andere Männer gab?

ALICIA *stutzt und schweigt zornig, wobei ihr Zorn teils damit zu tun hat, daß* JANE *diesen Punkt so schnell aufgegriffen hat, und teils mit dem Widerstand gegen das angenehme, schlüpfrige, gar nicht erwartete Gefühl, sich einer anderen Frau anzuvertrauen*: Er vermutet es.

JANE *sich aufmerksam bemühend, ihrer Besucherin weiterzuhelfen*: Und Sie wünschen, diese eine Ihrer Affären, nämlich die mit Tom, zu beenden?

ALICIA: Warum sagen Sie das?

JANE: Warum würden Sie sonst zu mir kommen und mit mir darüber sprechen? Es ging Ihnen doch darum, wie Sie so plastisch sagten, ihn sich «vom Halse zu schaffen», nicht wahr? *Sie verrät Ironie; die Situation ist weitläufiger, als sie geglaubt hätte.* Nachts könnte ich ihn ja an den Bettpfosten fesseln, aber am Tage muß er aus dem Haus und –

ALICIA *die das nicht ertragen kann:* Eines scheinen Sie nicht zu begreifen. Ich liebe Tom.

JANE: Und die anderen –?

ALICIA: Und er liebt mich. Wir sind einander sehr nahe, so nahe, wie es nur selten vorkommt.

JANE: Dann meinen Sie also, es wäre meine Pflicht, Platz zu machen – *sie hebt mit erbitternder Zartheit die Hände und deutet auf die Wände und Möbel rings um sich* –, das Pfarrhaus zu räumen?

ALICIA: Ich meine, es ist s e i n e Pflicht, zu scheißen oder runterzugehen vom Topf.

Jane versicherte mir, dies seien exakt ihre Worte gewesen. Ich bat sie immer wieder, den Satz noch einmal zu sagen, bis wir beide vor Lachen nicht mehr konnten. Auch das Gespräch der beiden Frauen war nach diesem Ausruf versiegt. Janes Abscheu und mehr noch ihr Bemühen, ihn sich nicht anmerken zu lasen, machte meine liebe Organistin mit ihrer dicken Taille, ihren festen Händen und ihrer cogitativen Fotze nervös. Nachdem sie sich versündigt und einen Schnitzer gemacht hatte, nachdem ihr das, weshalb sie gekommen, mißlungen war, nämlich der Unklarheit gewaltsam ein Ende zu machen, und sie sogar vergessen hatte, warum sie eigentlich gekommen war, verließ sie, die pastellfarbenen Notenbücher mit den mit Fuchsfell besetzten Handschuhen an die Brust gedrückt, das Haus, und in ihrer tränenblinden Wut über ihren eigenen Irrtum, über Janes huldvolle Hartnäckigkeit und unsere haltbare Ehe rutschte sie fast aus auf der vereisten untersten Stufe des Hauseingangs, auf die es immer aus der Dachrinne tröpfelte. Sie hatte gesehen, daß wir ein «Paar» waren, aber sie hatte uns für so etwas wie Salz- und Pfefferstreuer gehalten, nicht für die ineinandergepaßten Kiefer eines Herzbrechers.

Nachdem Alicia gegangen war, schenkte Jane sich reichlich von dem für sie beide gedachten Sherry ein, ging nach oben, ließ die Badewanne vollaufen und planschte hysterisch in dem dampfenden, erschreckten Wasser. Aber sie machte nicht den Versuch, mich an irgendeinem Fixpunkt meiner gewundenen Runden zu erreichen, und ging ihren eigenen nachmittäglichen Verpflichtungen nach: eine Versammlung des lokalen Gartenklubs mit Imbiß und Lichtbildervortrag über Elisabethanische Gärten, eine Fahrt zum Zahnorthopäden mit Martin, meinem älteren Sohn, und um halb fünf Empfang des Klavierlehrers, der sich anhörte, wie mein jüngerer Sohn Stephen verdrossen die simplifizierte Version eines Stücks von Bartók herunterhämmerte. Ich kam bei Einbruch der Dunkelheit nach Hause, nachdem ich während dieses langen Nachmittags einem heiratswilligen und einem scheidungswilligen Paar Rat erteilt, die Damen des Frauenkreises beim Steppdeckennähen ermuntert hatte und dreißig Meilen gefahren war, nur um das Krankenhauszimmer eines von Krebs zerfressenen Mannes aus unserer Gemeinde zu besuchen, der sich in einem letzten Aufwallen seiner Lebenskraft erbittert meinem Eindringen widersetzte. Zum Abschluß all dessen, nach diesem Eisbecher voll nichtiger Taten, trank ich noch bei Ned ein Bier.

Als wir dann zu Abend gegessen hatten und die Jungen sicher betäubt vorm Fernsehgerät saßen, sagte Jane zu mir: «Ich nehme an, deine Freundin hat dir erzählt.»

«Was erzählt?» Ein ungeschicktes Hinauszögern. «Was für eine Freundin?»

«Alicia kam heute morgen vorbei. Wir haben ein nettes Plauderstündchen gehalten, aber sie wollte keinen Sherry. So hab ich den ganzen Tag Sherry getrunken.»

«Hat sie –?»

«Die Katze aus dem Sack gelassen? Ja.»

Als erstes fuhr mir durch den Kopf, daß ich nie wieder mit ihr schlafen, daß ich sie nie wieder im Sonnenlicht auf mir reiten sehen würde. Ein strahlender Abgrund, wie der göttliche Abyssus, den die Apologeten dem griechischen Mythos vom Urstoff entgegensetzten. «Warum?» war alles, was ich hervorbringen konnte.

«Ich glaube, um mir zu helfen, dich kennenzulernen, und uns die Gelegenheit zur Trennung zu geben. Möchtest du, daß wir uns trennen?»

«Mein Gott, nein.» So oft ich davon geträumt hatte, frei von ihr zu sein, diese Antwort kam – nein, schoß – mir aus dem Herzen.

«Und warum nicht?» fragte Jane sehr zu Recht. Ich bemerkte im Kerzenlicht des Eßzimmers, daß sie zitterte, daß plötzlich wie hingezaubert eine Sherryflasche neben ihrem Dessertschälchen stand. «Du kannst sofort bei ihr einziehen. Sie hat alles, was du brauchst. Ein Haus, einen Beruf, der sie ernährt. Du würdest dein

Amt loswerden, was nur eine Erleichterung für dich wäre, nicht wahr? Du glaubst doch an nichts mehr.»

«Doch! Ich glaube an alles!»

«Du solltest manchmal deine eigenen Predigten hören.» Hier sprach mit ruhiger Autorität die Tochter von Wesley Chillingworth.

«Hat Alicia – hat Alicia vorgeschlagen, daß ich zu ihr ziehen könnte?» Was für ein berückender Gedanke, in dieser baumlosen neuen Siedlung mit ihrem Ausblick auf den Friedhofshügel zu wohnen, zusammen mit meiner kuscheligen, Kaugummi kauenden Frau, die hauchdünne, luftige, nachlässig zugeknöpfte Morgenkleider und Pantöffelchen mit Pompons tragen und Stunde um Stunde mein sein würde. Ich würde mir einen Job besorgen. Ich würde lernen, Autos zu reparieren, und bei Sonnenuntergang würde ich mit Schmierfett an den Knöcheln und Handflächen zu ihr zurückkehren. Und mit eben diesen Händen würde ich ihre willigen Glieder liebkosen. Zwischen mir und einer solchen Vision stand eine schwarze Wand, äußerst fest, wenn auch äußerst durchsichtig: Onyx, eine wunderbar dünn geschnittene Scheibe Onyx.

«So weit sind wir nicht gegangen», sagte Jane. «Wir dachten, das müßtest du selbst entscheiden. Sie sagte –» Und hier folgten ihr Zitat und meine Ungläubigkeit und unsere Heiterkeit und der Verrat der Vision. Wir redeten bis zur Erschöpfung an diesem Abend; ich hatte um acht eine Versammlung, kam danach aber eilends zurück, denn nicht nur faszinierte ich *sie*, während ich die Details und Fehlschüsse auf der anderen Seite des Spiegelglases* zum besten gab, sondern sie *mich*, da auch sie sich, wenngleich nur in Gedanken, aus unserem Nest herausgewagt hatte.

«Was hast du dabei empfunden?» Flehend fragte ich nach ihrer Begegnung mit Alicia, jetzt bereits, keine drei Stunden, nachdem ich sie verleugnet (kein Hahn krähte), hungrig nach dem Klang des Namens meiner Geliebten, nach einem flüchtigen Blick auf ihre Gesten, selbst durch unfreundliche Augen, nach irgendeinem

* Zur Information: Ich schwöre, Alicia ist ihr wirklicher Name, nicht erfunden, damit er zu Wunderland paßt. Die Schüsse müssen um ein «l» bereichert werden. «Fehlschlüsse» kommt mir hier wie ein Homonym für die verschiedenen Schlußszenen des Dramas vor, die sich die Möchtegern-Mrs. M. vorgespiegelt hatte.

kleinen Stückchen von der anderen Welt, in der meine kraftlose andere Gestalt verklärt dalag.

«Oh», sagte Jane zerstreut und versuchte zurückzudenken, kam aber, da sie zuviel Sherry getrunken hatte, nicht ganz durch – ich sehe uns in unserem freudlosen, spärlich beleuchteten Schlafzimmer vor mir, sie streckt gerade die Hand nach ihrem Nachthemd aus, einem schäbigen Baumwollzelt, auf das sie in einem Roman einer der Alcott-Schwestern gestoßen sein mußte –, «es war nicht weiter schlimm. Es war wie auf der Bühne. Sie kam mit erhobenen Fäusten auf mich zu. Es hat mir weniger ausgemacht, als ich gedacht hätte.»

«Welches war der schlimmste Augenblick?»

«Als sie sagte, sie liebte dich und du liebtest sie.»

«Und was hast du darauf gesagt?»

«Ich habe gesagt, ich liebte dich auch. Und du liebtest mich.»

Ich kann mir nicht vorstellen, daß sie das gesagt hat, deshalb habe ich es weggelassen. Auch erinnere ich mich nicht, wie ich in der riesigen Dunstwolke von Wörtern, die wir in jener Nacht hervorbrachten, auf ihre vernichtende Erklärung reagierte. Nicht noch mehr Dialog: ich sehe deinen Blaustift, idealer Leser, unter deiner blauen Nase zucken. Jane war ihrem Verhalten nach betrunken und traurig, beklagte sich aber nicht, sondern war eher auf vornehme Weise vernünftig. Nachdem sie mir nunmehr die Freiheit angeboten hatte, nagelte sie mich nicht fest, sondern beließ es dabei, daß ich, wenn es mir gelänge, «Ordnung in meine Prioritäten zu bringen» (das war ein Hauch echt Chillingworthscher Trockenheit), zu einer, zu mehreren Entscheidungen kommen würde. In Wahrheit hatte ich gar nicht die Absicht, Entscheidungen zu treffen, die andere (sprich: Gott) für mich treffen konnten. Ich faßte, nachdem ich mich gegen eine Heirat mit Alicia entschieden hatte (oder Gott veranlaßt hatte, Seine Entscheidung durch mich zu verkünden), nicht einmal den Beschluß, nicht mehr mit ihr zu schlafen; dies entschied sie, wie ihr Verhalten – ausdruckslos, verklemmt, frostig (das läuternde Gespräch mit Jane hatte sie zu ihrem Nachteil verändert) – in den darauffolgenden Tagen deutlich erkennen ließ; wir sprachen zwar miteinander, doch nicht mehr als zur Fortsetzung unserer beruflichen Zusammenarbeit notwendig war. Während Alicia damals die unauffällige, männliche Pose einer Abwehrhaltung einnahm, indem sie die

Starrheit dessen, der sich verkalkuliert hat, mit der Steifheit dessen, dem Unrecht geschah, verband, plusterte Jane sich auf; an so manchem Abend nahm sie ihre Zuflucht zu immer mehr Sherry und Einzelheiten meiner Romanze, durch die ich, je mehr sich daraus eine phantastische Geschichte von Abenteuern und Wundern entwickelte, mehr und mehr zu einem Helden wurde. Daß Alicia, die unverheiratete, die ungebundene Frau, mich als Liebhaber zu schätzen gewußt hatte, war der diskret ausgesparte Angelpunkt ihrer Faszination. Und als ihr nach einer Reihe von Tagen meine Melancholie bestätigte, daß Alicia sich zurückgezogen hatte, begann Jane wie eine vorsichtige Katze, die allmählich überzeugt ist, daß die Schale mit Milch ihr ganz allein gehört, zu schnurren. Sie offenbarte mir, was in neunzehn Ehejahren nie wirklich deutlich geworden war, ihres Körpers Bedürfnis nach mir. Obwohl ich das Gefühl hatte, daß mein Körper in ihren Augen eine Art Schatten von Alicias Körper war, im Wert gesteigert durch die geheime erotische Achtung vor der anderen Frau (Frauen hatten gerade begonnen, einander «Schwester» zu nennen), fügte ich mich. In meiner Finsternis gab es nichts anderes. Nichts als diese sanktionierte Brunst. Wenn ich dann neben ihr lag, neben meiner gesättigten, schnarchenden Gefährtin, überkam mich die panische Angst des Eingeschlossenen, denn auch die letzte Ritze in dem vollkommenen Gefängnis meiner guten Frau war jetzt vernagelt. Sie war «gut im Bett» geworden.

13

Eine Unglückszahl, aber Sonntag. Lieben Brüder, kann es sein, daß eine weitere Woche verflogen ist, in dieser Schnelligkeit, eine Woche der Wörter, des mittelmäßig gespielten Golfs (ich dachte schon, ich hätte es geschafft, 80 in Sicht, ich schwör's, als die Lippe eines Bunkers sich wie ein Elefantenrüssel vorstreckte und einen mit dem Eisen 7 perfekt, wenn auch ein wenig zu leicht geschlagenen Ball in den Rachen zog; ich brauchte zwei Schläge, ihn rauszubringen, und in meinem zaghaften Zorn dann drei Putts), des reichlichen Alkoholgenusses und des zunehmend erleuchteten Pokerns, da der Demiurg die Karten von unten dünnreibt und sie durchsichtig macht für meine Intuition? Laßt uns gemeinsam wiederholen: *Kann es sein?*

Heute morgen gedenke ich über die Wunder Christi zu predigen. Nur in der Glut des Schreckens wagen wir an dieses zarteste Fleisch des Neuen Testaments zu rühren. Dieses Fleisch, hell wie das eines Aussätzigen, das die moderne Predigt jedoch, da sie nach dem Sensationellen schielt, zu liebkosen verschmäht. Ich gedenke hier nicht von den Wundern zu sprechen, die sich *um* unseren Heiland begaben, wie etwa der Stern von Bethlehem, die Stimme und die Taube, die bei Seiner Taufe aus dem Himmel herabkamen, die rasselnde Blechplatte und die rheostatisch gesteuerte Sonne im Hintergrund der Kreuzigung, oder das Wunder der Wunder, durch das der Stein von Seinem Grabe gewälzt wurde, so daß Maria, wie ihr euch vom letzten Sonntag her erinnern werdet, das Grab leer vorfindet – eine Leere, winziger als ein Senfkorn, aus der die Äonen umspannenden Zweige unserer großen Kirche gewachsen sind.

Denn diese Wunder sind das Werk Gottvaters, des Vaters aller Wunder, der das Licht von der Finsternis schied und ebenso mühelos das Rote Meer teilte, auf daß Moses und die Kinder Israel Ägypten verlassen konnten. Aus den Taten dieses Wesens, Gipfel und Grund allen Seins, das für die Alten den Wagen Apolls von Osten her am Himmel aufsteigen und für uns die Quasare Gammastrahlen aussenden machte, können wir keine Lehre ziehen außer der einen, großartigen, daß Er nicht unseresgleichen ist.

Wenden wir also von den Sonnenwundern des Vaters unser verbranntes Gesicht den Mondwundern des Sohnes zu, Wundern, die sich durch ein ganzes historisches, wenige Generationen später erratisch bezeugtes Erdenleben ziehen.

Ich muß mich bei meinen Betrachtungen auf mein Gedächtnis stützen. Welch ein Paradox, herzlich geliebte Freunde, daß in einem Lande, wo in jedem Motelzimmer vergeblich eine Bibel für reisemüde Handelsvertreter, zänkische Ferienreisende und unbesonnene Ehebrecher mitsamt ihren beflissenen Dirnen bereitliegt, daß in einem solchen Lande einzig und allein diesem Häuflein verirrter und verwirrter Priester der Trost und die Anregung dieses unglaublichen, höchst glaubwürdigen Buches verweigert wird!

Lasset uns als Text für unsere Predigt die Worte nehmen, die Jesus sagt, als Seine um das Gelingen der Hochzeit zu Kana besorgte Mutter Ihren Sohn, dessen einzigartige Fähigkeiten bis dahin wohlgehütetes Geheimnis der Familie gewesen sein müssen, erwartungsvoll bittet, sein erstes öffentliches Wunder zu vollbringen. Er sah sie erstaunt an und sprach: «Weib, was habe ich mit dir zu schaffen? Meine Stunde ist noch nicht gekommen.»

Meine Stunde ist noch nicht gekommen. Was gut zu Seinen im Markus-Evangelium überlieferten Worten paßt, als Er, nachdem Er «in seinem Geiste geseufzt» hatte, die ihn bedrängenden Pharisäer fragt: «Was suchet doch dies Geschlecht Zeichen? Wahrlich, ich sage euch: Es wird diesem Geschlecht kein Zeichen gegeben.»

Oh, ihr Kleingläubigen – dies ist Sein Schrei, denn wahrhaftig sind wir unersättlich in unserem Verlangen nach Wundern, und Er flieht uns, wie Er die Menge floh, die Er wunderbarerweise mit fünf Broten und zwei kleinen Fischen gespeist hatte; doch wir, die Menge, verfolgen Ihn, obwohl Er auf dem Wasser wandelt, um uns, wie es bei Johannes heißt, zu entweichen, und am jenseitigen Ufer wendet Er sich erbittert um und klagt: «Ihr sehet mich nicht darum, daß ihr Zeichen gesehen habt, sondern daß ihr von dem Brot gegessen habt und seid satt geworden.»

Und welch ein zutreffendes Urteil ist dies, nebenbei bemerkt, über unsere vielgerühmte amerikanische Religiosität! Vom ersten Erntedankfest an ist sie die Frömmigkeit des vollen Bauches; wir beten mit unseren Mägen, während unsere Hände Unheil anrichten und unsere Köpfe dem Universum die Schuld geben.

In Deutschland, diesem gequälten und systematischen Land, blühte einst eine Schule der Bibelwissenschaft, die alle die biblischen Wunder als natürliche Vorgänge zu erklären suchte. Die Teilung des Roten Meeres war eine zur rechten Zeit eingetretene Ebbe, und bei der Speisung der Fünftausend – dem einzigen Wunder, das in allen vier Evangelien bezeugt wird – beschämte Jesus die Menge und brachte sie so dazu, unter der Menge ihrer Mäntel eine bis dahin eifersüchtig gehortete Menge Vesperbrotbüchsen hervorzuholen. Exegeten dieser Schule machen darauf aufmerksam, daß unser Herr und Heiland, bevor Er den Blinden aus Bethsaida heilte, in die Hände spuckte – als sei Speichel ein erprobtes Heilmittel gegen den grünen Star. Sie erwähnen mit einem verständnisinnigen Augenzwinkern, daß der Salzgehalt des Toten Meeres so hoch sei, daß man buchstäblich darauf «wandeln» könne – ohne indes zur Kenntnis zu nehmen, daß Petrus, als er es Ihm gleichtun wollte, anhub zu sinken. Wispernd sagen sie das Zauberwort «psychosomatisch» – so als hätte sich Lazarus nur eingebildet, er wäre tot, als hatten die Schweine spontan beschlossen, schwimmen zu gehen, und als wäre der Feigenbaum unter Hypnose verdorrt. Mit den Absurditäten eines solchen Naturalismus braucht man sich nicht näher zu befassen.

Und doch liegt eine wahre Erkenntnis in dieser Art Naturalismus. Denn unser Herr vollbrachte Seine Wunder so natürlich, wie die Erde Blumen hervorbringt. Wunder gingen Ihm von der Hand, so wie Wassertropfen zwischen den Fingern eines aus seinen Händen trinkenden Mannes entweichen. Sie geschahen gegen Seinen Willen; da ist kaum eines, das Ihm nicht entlockt worden wäre – durch Seine Mutter, durch einen Jünger, durch den Hunger einer Menschenmenge, durch das unabweisbare Flehen eines Gebrechlichen. Denn Jesus wandelte in jenem von den Römern beherrschten Palästina auf einem Meer von Leiden. Unter den Krankheiten, die zu heilen Er sich herabließ, werden Blindheit genannt, Taubheit, Wassersucht, Aussatz, Impotenz, Fieber, körperliche Difformität, Blutfluß, Wahnsinn – eine jammervolle und dabei unzweifelhaft lückenhafte Liste.

Hier stutzen wir, nicht weil wir an der Glaubwürdigkeit dieser Wunder zweifelten – sie haben sich mit so viel Sicherheit zugetragen, wie alle in den Evangelien berichteten Ereignisse sich zugetragen haben –, sondern wegen der ihnen zugrunde liegenden

Auswahl. Warum nur diese wenigen, warum nicht *alle* Leiden von Anbeginn der Geschichte des Menschen? Ja, von Anbeginn des Lebens überhaupt? Warum Schmerz und Ringen, Krankheit und Parasitismus überhaupt erst als zum Leben gehörende Leiden einsetzen? Lesen wir die Geschichte von der Frau, die «zwölf Jahre den Blutgang gehabt» – zwölf Jahre! – und die von hinten zu Ihm trat und Seines Kleides Saum anrührte und wahrhaft glaubte, wenn sie nur Sein Kleid anrührte, würde sie gesund – werden wir dann nicht ärgerlich? Ärgerlich nicht über ihre Unverschämtheit, sondern ärgerlich darüber, daß ihr dieses Anrühren, dieses lange Suchen, diese Gefahr der Demütigung zugemutet wurde, während doch Gottes Allmacht ihr Leiden selbstverständlich hätte auslöschen können, wie steiniger Grund das Kraut verdorren läßt? Fühlen wir uns nicht veranlaßt zu revoltieren und diese winzige und willkürlich auserwählte Aristokratie der Geheilten zu stürzen, die zufällig in den drei Jahren, in denen unser Herr predigend umherzog, lebten und sich gewaltsam in sein Blickfeld drängten? Stimmen wir nicht ein in den Ruf der Synagoge zu Nazareth: «Denn wie große Dinge haben wir gehört, zu Kapernaum geschehen! Tu auch also hier, in Deiner Vaterstadt»?

Und gibt er nicht eine erzürnende Antwort: «Viele Aussätzige waren in Israel zu des Propheten Elisa Zeiten; und deren keiner ward gereinigt denn allein Naeman aus Syrien»?

Und fühlen wir uns nicht, heute wie damals, gedrängt, uns zu erheben und Ihn aus der Stadt hinauszustoßen und Ihn an den Rand des Hügels zu führen, damit wir Ihn kopfüber hinabstürzen können, auf daß Er mit uns – uns, den ertrinkenden, den hungernden, den fallenden Menschen – die Unerbittlichkeit der Naturgesetze zu spüren bekomme, die nicht eine Spur von ihrem Wirken außer Kraft setzen, wie gewaltig und absolut auch der Schrei unseres entsetzten Geistes sein mag?

Und heute wie damals schreitet Er – unsichtbar, ungreifbar – durch unsere Mitte und geht Seiner Wege.

Denn Seine Wege sind nicht unsere Wege.

Die harte Lehre wird uns erteilt, daß nicht Linderung der Zweck Seiner Wunder ist, sondern die Demonstration. Die Zufälligkeit ist nicht ihre Schwäche, sondern ihr innerstes Wesen, so wie Ungerechtigkeit (von unserem Gesichtspunkt aus betrachtet, welches der von Kindern ist) bei der Schöpfung verschieden gestalteter Einzelheiten notwendigerweise dazu gehört. Bei der uranfänglichen Trennung der Finsternis vom Licht entstand die Möglichkeit zu Besserem und Schlechterem und damit die Möglichkeit zu Mißgunst und Leid, Entwicklung und Verlust, Sünde und Zeit. Er kam nicht, um das Gesetz und den Grund unseres Seins aufzuheben, sondern um von einem anderen Gesetz und einem anderen Grund zu künden.

Doch fahren wir in der Betrachtung seiner Wunder fort. Nicht bei allen geht es um Heilung. Neben den Barmherzigkeitswundern, die, wie wir sahen, Ihm entrungen wurden und weniger Seiner göttlichen Kraft, als vielmehr Seiner menschlichen Schwäche entsprangen, gibt es die Fest-Wunder und, noch erbaulicher, die komischen Wunder.

Festlichkeit und Barmherzigkeit verbinden sich bei den Speisungen der Viertausend und der Fünftausend, denen andernfalls Unannehmlichkeiten entstanden wären. Bei der Verwandlung des Wassers in Wein auf der Hochzeit zu Kana und bei dem wunderbaren Fischzug, bei dem das Netz zerreißt und das Schiff schier versinkt, gewinnt die Festlichkeit eine komische Note und bereitet uns auf die Komödie vor, wie er auf dem Wasser wandelt, während Petrus sinkt, ein Routinestück à la Abbott und Costello, stilistisch weit entfernt von der W. C. Fieldsschen Verfluchung des Feigenbaums und dem Chaplinesken Ballett der anmutigen Episode, als Jesus, von Petrus, seinem unermüdlichen, aufrechten Recken, wegen der lokalen Steuern befragt, den Menschenfischer ausschickt, einen Fisch zu fangen, und im Maul des Fisches eine Münze findet, die dann – wir sehen sie vor uns, die schmunzelnd gespitzten Lippen des kosmischen Tramps – dem Steuereinnehmer ausgehändigt wird!

Versetzen wir uns hier einen Moment in Jesus. Fühlen wir uns ein in den Sohn Gottes, dem doch, da er wirklich Mensch war, ein Mensch, der die Kreuzigung in Ungewißheit und Angst auf sich nahm, einige Zweifel gekommen sein müssen, als er dieses irre Schelmenstück, im Maule eines ganz beliebigen Fisches nach Geld zu suchen, ersann. Und doch – es klappte. Oder versetzt euch in Seine Lage, als Er bei Seinem ersten Wunder, als Seine Kräfte noch neu und unerprobt waren, die Diener bat, die Wasserkrüge bis obenan mit Wasser zu füllen und sie dem Speisemeister zu bringen. Stellt euch vor, das Wasser wäre nicht Wein geworden, sondern hätte sich, im Munde des Speisemeisters, noch als Wasser erwiesen! Auch das wäre eine Komödie gewesen, aber eine von anderer Art – ein grausamer Reinfall, wie er uns Sterblichen passiert.

Wenn wir uns auf solche Weise einfühlen, worüber staunen wir dann? Über Seine Kühnheit. Über Seinen Glauben. «O du Kleingläubiger», ruft Er Petrus zu, als dieser in den Wellen versinkt, und als die Jünger, wie der Evangelist Matthäus uns einige Kapitel später berichtet, den Mondsüchtigen, der «oft ins Feuer und oft ins Wasser fällt», nicht heilen können, donnert Jesus sie an: «O du ungläubige und verkehrte Art, wie lange soll ich bei euch sein?» Und spricht zu ihnen, als Sein Zorn sich abgekühlt hat: «So ihr Glauben habt als ein Senfkorn, werdet ihr Berge versetzen, und euch wird nichts unmöglich sein.»

Nun, sind wir nicht ein solches ungläubiges und verkehrtes Geschlecht? Ein Geschlecht fallender Menschen, hungernder Menschen, blutender Frauen und Ertrinkender, wie Petrus es war? Stellt euch einen Mann vor, der mit der Tugend verheiratet ist und die Tugend haßt, wie die Finsternis das Licht haßt; dennoch kann er diese Ehe und seinen Haß nicht um Daumesbreite vom Fleck bewegen, und sein Geist verflucht Gott. Warum ist der vollkommene und spielerische Glaube, den Christus bei Seinen Wundern demonstrierte, nie wiedergekommen, obwohl Heilige in diesen zweitausend Jahren gebetet und Folterer gelächelt haben?

Herzlich geliebte Freunde, verschließen wir uns dieser Lehre nicht. Ich spüre euch unter mir versammelt, meine gelehrige Vorstadtherde, still geworden sitzt ihr da in diesem festen Gebäude, das im Jahre 1883 eingeweiht und das unter meinem umsichtigen Vorgänger im Jahre 1966 renoviert wurde. Stark wurden seine Mauern errichtet; mit Stahlruten und Spannbeton wurden sie verstärkt. Doch laßt uns gemeinsam beten, daß diese beschaulichen und unnachgiebigen Wände explodieren und uns entlassen mögen in die sanfte Wüstenluft dieses tausend und mehr Meilen entfernten Sonntagmorgens. Nein, nicht explodieren, sondern daß sie sich in Atome auflösen und lautlos verschwinden mögen; nein, auch das nicht, doch mögen Mauern, Träger und Mörtel dieses Gebäudes sich in Blütenblätter verwandeln, Blütenblätter von Pfingstrosen und Magnolien, von Nelken und Chrysanthemen, und wie bei einem der berüchtigten Feste des Baal verehrenden Heliogabal auf uns niederfallen, schmelzende Mauern aus Düften und Farben und Reizen, so daß ein jedes weibliches Wesen unter euch mit einem jähen Orgasmus begnadet wird und jeder Mann von euch zumindest einen Wink erhält, einen besänftigenden Wink, daß die Welt nicht ganz und gar aus Eisen und Stein und Mühsal und Furcht besteht. Lasset uns darum beten. Lasset uns dies zuversichtlich erwarten. Denn es muß doch in dieser See von bedrückten und armseligen Sonntagsgesichtern wenigstens *ein* Senfkorn des Glaubens geben.

Nein, nicht ein einziges. Die Mauern stehen. Wir sind verdammt. So verfluche ich euch denn, wie unser Herr den Feigenbaum verfluchte; möget ihr auf alle Zeit unfruchtbar von hier weichen, möge euer Geschlecht an den Wurzeln verrotten und sich ein besseres an seiner Fäulnis nähren.

Amen.

14

Mrs. Harlows zerbrechliches, anziehendes Gesicht mir gegenüber auf der anderen Seite meines Schreibtischs. Ich versuche meine Gedanken von ihrem Busen fernzuhalten, den ihr Strickkleid mollig genug umschmiegt, daß einem Heiligen warm werden könnte. Ihre Stimme entschwebt, nach oben gewandt, dem zarten Netzwerk ihres Gesichts, entweicht, um in der Luft unterzugehen, die durch das geöffnete Fenster hereindringt, geöffnet auf einen munteren matschigen Tag, einen trügerischen Frühling, die Fallen der Schneeschmelze. März. Wieder Fastenzeit. «. . . und er liebt mich wirklich so sehr, es ist rührend, und ich komme mir so . . . so furchtbar ge*mein* vor.»

Sie macht eine Pause, ich soll offenbar etwas sagen. So wenig wie möglich in dieser Phase. Ich gebe einen Rat. «Ich glaube, wir sollten unsere Gefühle offen darlegen, bevor wir anfangen, über sie zu richten.»

Das stärkt sie, richtet sie um ein weniges auf und bringt sie um ein weniges näher an mich heran. Sie gürtet sich, um das Unaussprechliche zu sagen. «Ich *hasse* es, von ihm berührt zu werden», erklärt sie mir. «Ich denke mir immer irgendwelche Entschuldigungen aus, Kopfweh, eine Magenverstimmung, oder ich tue so, als ob ich schliefe –» ihre Ausdrucksweise hat etwas von altmodischen Liebesbriefen, und ihre Aussprache ist so ausgeprägt wie ihre Figur – «und immer versteht und verzeiht er alles, es ist geradezu er*bitternd*. Mir wäre es lieber, er schlüge mich, er verließe mich, er wäre ein *Mann* –»

Ich würde am liebsten über den Schreibtisch langen und ihr ins Gesicht schlagen. Sie muß das irgendwie spüren, denn sie hält inne, die sanften grauen Augen erschreckt aufgerissen. «Fahren Sie fort», sagte ich. In meine plötzlich einsetzende Langeweile strömt das Geräusch der durch den Straßenmatsch platschenden Wagen, als wäre ein Verstärkerknopf aufgedreht worden.

Sie sackt zusammen, gibt das wenige preis, das sie näher gekommen war. «Ich weiß wirklich kaum noch weiter. Ich *will* ja gar nicht, daß er mich schlägt, ich würde ihn verachten, wenn er es täte. Aber es ge*schähe* dann doch einmal etwas, verstehen Sie? Es wäre ein – Zertrümmern.»

«Oh!»

«Wie bitte?»

«Was wäre es denn, Mrs. Harlow, was dabei, wie Sie meinen, zertrümmert würde?»

Mit ihrer zarten trockenen Haut in ihrem weichen Wollkleid spürt sie rauhen, schneidenden Widerstand, wo ich als Geistlicher ganz seelsorgerische Nachgiebigkeit sein sollte, ein Vakuum, in dem sie sich ausdehnen kann. Er reizt sie, mein Widerstand. Und daß sie ihn spürt, reizt mich. Ihre Antwort, als sie damit herauskommt, ist gut. Sie hat eine Münze in ihrem Mund. Sie verkündet mit noch weiter aufgerissenen Augen: «Wieso, unser grotesker trügerischer Frieden! Ich kann diesen Mann nicht *aus*stehen, und keiner weiß es. Nur Sie.»

«Ich bin mir da nicht so sicher, ob ich es wirklich weiß.» Ich rutsche auf meinem Stuhl hin und her. «Wann haben diese Gefühle der Abneigung begonnen? Mit Sicherheit waren sie doch *nicht* vorhanden, als Sie heirateten.»

«Warum sollte das so sicher sein?» Mir gefällt ihre Vorliebe für den Konjunktiv. Wir sind von Tangenten umgrenzt. Sie weiß das.

«Warum hätten Sie sonst Mr. Harlow geheiratet?»

«Weil alle, die ich kannte, heirateten und ich nicht allein bleiben wollte!»

«Und *sind* Sie jetzt allein?»

«Ich bin es mehr *mit* ihm, als ich es *ohne* ihn wäre.»

«Er liebt Sie.»

«Er *kennt* mich nicht. Wie kann man lieben, was man nicht kennt? Seine Liebe ist kränkend. Sie ist geistlos. Reverend Marshfield, ich kann nicht glauben, daß Liebe so geistlos sein muß.»

«Sie können es in Kauf nehmen, das Gefühl gekränkt zu werden», sage ich ihr, «denn immerhin beschützt er Sie.» Aus der Schule kommende Kinder schreien in der hallenden nassen Straße. «Sie und Ihre Kinder», gebe ich ihr zu bedenken.

Mrs. Harlow – ihr Vorname ist Frances, wir nennen sie Frankie – schießt so schnell vor auf ihrem Stuhl, daß ich Angst habe, sie wolle mich anzischen. «Wie können Sie es wagen», fragt sie, und ihre Stimme klingt zerbrechlich und klar wie Glasstäbchen, «mir mit einer bürgerlichen Moralpredigt zu kommen. Dergleichen könnte ich auch von meinem Mann haben.»

«Oh, ich möchte Ihnen nicht etwas geben, was Ihnen auch Ihr Mann geben würde», sage ich.

«Ich bin ein Mensch», sagt sie. «Mit einer Seele. Warum sollte ich so unehrlich leben? Warum sollte ich bei lebendigem Leibe sterben? Nur weil ich Kinder geboren habe?»

«Es sei denn, daß das Weizenkorn ersterbe . . .» beginne ich.

«Nein, ich glaube, es ist verfault. Tom – ich meine es wirklich so. Ich glaube, so wie mir zumute ist, daß ich nur noch ein Wrack von einem Menschen bin. Und ich kann nicht glauben, daß die christliche Kirche gegründet wurde, damit sie über ruinierte Menschen die Aufsicht führt.»

«Nein, das kann ich auch nicht glauben», sage ich hastig, denn sie ist aufgestanden. Beim Anblick der ihre Hüften umschmiegenden Strickwolle bekomme ich einen trockenen Mund. Es ist ein Gefühl, als wäre eine gänzlich unanatomische Leere in meiner Brust, die Feuchtigkeit aus meinen normalen Höhlungen saugt, und die Leere ist (auf eine sie irgendwie bestätigende Weise) Teil einer kosmischen Unausgeglichenheit.

Ihr Wortschwall strömt ohne mich weiter: «Und nun muß ich nach Hause, denn gleich kommen die verflixten Kinder von der Schule, und dann müssen die Katzen gefüttert werden, und dann kommt Gerry von der Arbeit nach Hause. Kinder, Katzen, Gerry, Geschirr abwaschen, Bett. Meinen Sie, ich sollte es einmal mit einem Verhältnis versuchen?»

«Wäre eine Halbtagsbeschäftigung nicht vielleicht konstruktiver?»

«Dazu habe ich keine Zeit! Mein Leben ist bereits *zu* konstruktiv!» Ihre Erregung macht sie verlegen; sie dreht sich um (auch der Hintern ist ganz nett, hübsch in Balance, wiegende Waage) und kuschelt sich in ihren Mantel, einen knielangen Nerz aus ebenfalls gutbürgerlichen Tagen. Sie schiebt ihre gepflegten rosa Hände in die Taschen und spitzt hilflos die Lippen. Auch ich stehe hilflos da. Mein Kragen kneift unter dem Adamsapfel. «Soll ich wiederkommen?» Ihre Stimme ist jetzt leiser.

Ich wäge meine Worte. Weniger eine Frage als eine Herausforderung.

«Wenn es hilft. Sie haben verschiedene Probleme aufgeworfen, die mit jemandem durchgesprochen werden sollten.»

«Paßt es Ihnen ganz gut um diese Tageszeit?»

Ich werfe einen Blick auf meinen Terminkalender, schlage vor, daß sie und ihr Mann einmal gemeinsam abends kommen.

«Um Himmels willen, nein», bricht es aus Mrs. Harlow hervor, mit einem Kichern, das noch älter ist als der Nerz. «Er brächte mich um, wenn er davon wüßte.»

Ich blinzele, als sie gegangen ist. Dieses Gespräch, ähnlich wie das folgende und das vorangegangene (sie kam, mit ehelichen Sorgen, ungefähr in der Zeit zu mir ins Büro, als Alicia ihren Auftritt bei Jane hatte), scheint mir in seinen wechselnden Durchsichtigkeiten und reflektierenden Undurchsichtigkeiten eine so gnostische Erfahrung, daß ich geblendet bin.

Oh, Ms. Prynne, sie war blond und zart und verwöhnt und wachsam, und das Gewebe der Zeit lag wie der zierlichste Schleier auf ihrem Gesicht, während Sie dunkel und von stämmiger Gestalt und militant tüchtig sind und unzivil durch den Flur marschieren, der unter Ihren patrouillierenden Schritten erbebt: Verzeihen Sie mir, wenn ich Sie mit lieben Erinnerungen quäle. Wenn ich doch wüßte, was Sie wollten. Wenn Sie mir doch einen Fragebogen mit vielfältigen, zur Wahl stehenden Antworten hierließen, wie es im Ramada Inn üblich ist. Wenn Sie mir doch ein Zeichen gäben, wenn Sie diese auf der Frisierkommode gestapelten Blätter durcheinanderbrächten, die Heftklammer drehten, die ich listig in nordöstlicher Richtung zwischen die Seiten 89 und 90 schob, irgend etwas ... Die Stille dieses Raumes *m'effraie.* Es ist nicht *eine* Stille, es sind viele; der Lampenschirm ist still, die Glühbirne brennt still, das Bett wartet stumm auf mein nächstes Vergessen, der Badezimmerspiegel spielt schweigend Kriegen mit einem Zipfel meines Bademantels, der Teppich ist eine einzige hungrige Population individueller Acryl-Stillen, und selbst der Air-Conditioner ist heute still. Ist der Strom ausgefallen? Ist die Wüste erkaltet? Ist das schöne letzte Bittgebet der Bibel («Amen, ja komm, Herr Jesu!» – Offb. Joh. 22, 20) am Ende erhört worden, und sind die zwei Jahrtausende der Zwischenzeiten des Menschen beendet? Nein, meine Uhr sagt, daß es noch eine Stunde bis Mittag ist.

Auf welche Weise hätte ich Jane verlassen können? Wie hätte ich den an Alicia begangenen Betrug, den ständigen Betrug des Liebhabers, gutmachen können? Es gab keine Möglichkeit. Jede Veränderung der äußeren Umstände hätte für mich nur einen anderen Schmerz an Stelle jenes Schmerzes bedeutet, den ich empfand, wenn ich beim Gottesdienst sah, wie Alicia – die in ihrem weißen Chorhemd über der roten Soutane den kleinen Jungen in ihrem Chor bemerkenswert ähnlich sah, außer daß ihr Haar eine Locke länger war – sich kurzsichtig über die Manuale ihrer Gorgel * beugte und die Balken über uns allen zu zittern begannen unter den Quinten des *Venite* – in ganzen Noten – oder den trippelnden Viertelnoten des gregorianischen *Sanctus* oder der vor dem Singen einmal schnell vorgespielten Melodie eines der von ihr bevorzugten, weniger üblichen Choräle wie «O Meister Du, mit harter Hand» oder «O sehet, ein Sämann! Aus fernem Land» oder «Kommt, ihr Verzweifelten, wo ihr auch schmachtet». Ich mußte dann immer daran denken, wie sie in einer anderen Umgebung sich über *mich* gebeugt und mich mit Händen, so kühl und unscheu wie die einer Masseuse, zum Höhepunkt gebracht hatte, und die erbebende Kirche schwamm dann in jenem Meer der Liebe, das uns umflutet, das den Briefkasten an der Ecke in Betrieb, den Dow-Jones-Aktienindex in New York in der Höhe und die Stare auf ihren geschwind beweglichen, grazilen Stelzen hält.

Ich habe gelobt, dem Wort «Liebe» abzuschwören, und schreibe doch kaum von etwas anderem. Stellen wir sie uns als die geistige Zwillingsschwester der Schwerkraft vor – keine rohe Kraft, die von den auf ihren Bahnen kreisenden Planeten «ausgeübt» wird, sondern einfach irgendwie, im Einsteinschen Sinne vorhanden, eine mathematisch existierende Eigenschaft des Raumes selbst. Manche Leute und bestimmte Umgebungen bewirken, daß wir uns schwerer fühlen als sonst – das ist alles.

In dem öden, überladenen Haus, das Jane und ich bewohnten, bis eines Tages eine neuerliche Berufung uns dort fortholen würde, herrschte Gewichtslosigkeit vor. Ihre anfängliche Erregung über meinen Ehebruch und ihre Starrolle als «betrogene Ehefrau» in dem post-christfestlichen Weihespiel gehörten der Vergangenheit an; jetzt, da die wärmeren Tage mich veranlaßten, die Decken beiseite zu werfen und Jane – nach dem strikt eingehaltenen

* Versteinert mich mein Gorgonenblick? Oder drückt der Anblick mir die Gurgel zu?

Visavis – zu einer luftigeren Körperhaltung einzuladen, hatte ich ein Gespür für den Augenblick, wenn die Erinnerung bei ihr alles abschaltete, wenn das Gefühl, in eines anderen Menschen Gußform gezwungen zu werden, ihren Fluß hemmte und unsere milchweißen Körper sauer werden ließ. Mir machte das weniger aus, als du womöglich denkst. Eine antisexuelle Ehefrau, in der Schuldgefühle zu erwecken ich das Vergnügen hatte, und eine Geliebte, die zu verehren ich das Vergnügen hatte, ohne die Unannehmlichkeit, heimliche Verabredungen mit ihr treffen und sie im klammernden Nachspiel abschütteln zu müssen – das war nicht das schlechteste Arrangement in dieser unvollkommenen Welt. Daß beide Frauen mir Pein bereiteten, schien mir ein passender Zug geistiger Ökonomie. Es sei besser, hat Paulus gesagt, zu heiraten statt zu brennen. Besser noch, zu heiraten *und* zu brennen.

Auch schien Mrs. Harlow auf dem Wege.

Auch war es so, daß mein Vater, der, was Zeit-Raum betrifft, ein ödes Zimmer in einem eine Stunde entfernten Altenheim bewohnte, das er mit einer kraftvollen proteischen Folge von Senilitäts-Phantomen möblierte, sich im Laufe der Zeit in einer genetischen Dimension in mir entfaltete und meinen Körper besetzte; es war – so hat Colette einmal geschrieben, um ein anderes Phänomen zu illustrieren –, wie wenn eine Hand in einen zu engen Handschuh gezwängt wird. Ich las weniger Barth und mehr Tillich und war dazu übergegangen, vergnügt im Haus ein wenig zu püttjern.

Ich tippte zuerst «putten», was zeigt, wo ich in Wirklichkeit mit meinen Gedanken war. Tut mir leid, daß dies eine so klumpige Fortsetzung geworden ist. Blauer Montag. Die gestrige Predigt, die nahe daran war, in Blasphemie abzugleiten, liegt mir noch auf dem Magen. Vielleicht hat der *consensus gentium* recht: gewisse Dinge sollten als «Mysterien» in Latein eingesperrt und vergessen werden.

15

Kurze, klare Absätze heute. Gestern bemühte ich mich – mit Erfolg, außer bei den schwierigsten Schlägen –, mein übermäßiges Rückschwingen abzustellen. In der Hoffnung, irgendwann die manchmal schon winkende 82 zu schaffen. Erstaunlich, wie kraftvoll so ein kurzer (aus der Hüfte kommender) Schwung sein kann.

Püttjern. So hingen zum Beispiel etliche gerissene Schnüre von den Schiebefenstern herunter, die dadurch mühsam zu öffnen waren und doch jeden Moment wie Guillotinen auf das dumpfe Haupt dessen herabfallen konnten, der den Versuch unternahm, die Wintereinsätze gegen Fliegengitter* auszuwechseln. Ich hatte noch nie ein Fenster auseinandergenommen. Was für ein verzwicktes, raffiniert konstruiertes und dabei doch logisches Artefakt so ein Ding ist! Und wie aufregend, wenn erst all die Schrauben herausgedreht und alle Hemmeisen entfernt sind, das verrostete Fallfenstergewicht, diesen soliden kleinen Gefangenen, aus Dekaden der Finsternis herauszuziehen, ihn mit einer glänzenden neuen Schleife zu versehen und zu fühlen, wie er, wieder sicher eingeschlossen in seinem vertikalen Gefängnis, Leben in das mühelos steigende Fallfenster bringt! Ein wahrhaft sexueller Vorgang, diese dem getischlerten Arkanum des Rahmens entspringende belebende Reaktion.

Oder Jane, in ihrer Tugend immer auf Ebenmaß und Einfriedung bedacht, hatte sich seit langem an dem Fehlen einer Tür zwischen Flur und Wohnzimmer gestoßen. Früher war dort einmal eine Tür gewesen, wie die Angelbänder bezeugten. Aber die Tür selbst war spurlos verschwunden. Nun standen jedoch im Keller andere Türen, die bei Renovierungsarbeiten durch den Schnorrer Morse übriggeblieben und von der Garage dorthin geschafft worden waren, als diese ihrerseits renoviert werden sollte. Ich fand eine darunter, die heil war und, wenn man ein wenig daran herumhobelte, passen mußte. Die Suche nach geeigneten Metallteilen ge-

* Hinter Gittern, freiwillig?

staltete sich allerdings zu einem ingeniösen Rettungswerk, das mich bis unters Dach führte, wo ein einsames Messingschloß von veralteter Machart herrenlos auf einem Fensterbrett darauf wartete, wieder für die Menschheit nutzbar gemacht zu werden. Andere Teile – die andere Hälfte der Angeln und der Riegel – waren bemalt und von Rost zerfressen, und die harmlose kleine Arbeit an meiner gemütlichen Werkbank neben dem Heizkessel, all diese Einzelteile zusammenzufügen, sie in Kaffeekannen voll siedender Chemikalien zu reinigen und an dem ausgebesserten und verkitteten Türflügel, der genau andersherum gehangen hatte, als ich ihn einhängen wollte, anzubringen, bereitete mir ein Vergnügen, das vermutlich in keinem Verhältnis zu der erzielten Verbesserung stand. Allerdings vermochte mich, als die Tür schließlich hing, alles Geschick meiner Arbeit nicht über die gebliebenen Unvollkommenheiten hinwegzutäuschen, und in einem Anfall von Wut hätte ich am liebsten das ganze Ding mit dem vom Annageln der Angelzapfen noch warmen Hammer zertrümmert. Aber ich unterließ es, die Gewöhnung besänftigte mich bald, und Jane war zufriedengestellt. Daß ich weiterhin wünschte und nach wie vor wünsche, meine Frau zufriedenzustellen, füge ich hinzu als leidigen Schnörkel, als ulzerierten Makel unter dem Gürtel dieser Bekenntnisse. Vielleicht ersetzte mir das bewundernde Gurren, das meine Arbeit Janes heiligem Schweigen entrang, das Singen meiner Mutter.

Wenn ich zurückdenke an die legendäre Zeit, als ich in der Welt lebte und meine Existenz dort hatte, meine ich, daß ich verliebt war in das Vollendete, in die abgeschlossene Reparatur, die gehaltene Predigt, den erfolgten Samenerguß, den in den Kasten gesteckten Brief; mehr in die vollbrachte Tat als, wie ein gesunder Hedonismus es einfältig anempfehlen könnte, in das Tun. Als Schuldjunge* brachte ich mich zum Einschlafen, indem ich mir vorstellte, wie bestimmte Gegenstände – Bleistifte, Sitzkissen, Teddybären – in einem Wasserfall hinabschlitterten. Ich genoß es, eine Schulstunde wie eine Haut abzustreifen und hinter mir zu lassen. Sogar das reinigende Auf und Ab der Scheibenwischer

* Sic. Doch als Schuljunge wurde ich mehr ignoriert als beschuldigt. Vielleicht wünschte ich mir mehr Jahweschen Donner von Dad? Mehr Schelt-Arien von Mom? Nun, vielleicht versieht Freuds stolpernd-polternder Gott nicht jedes Fehltippen der Fingerspitzen mit Seinem dunklen Fingerabdruck.

befriedigt mich. Ein lebenslanger Drang, mich der Umstände zu entledigen, hat mich nackt und bloß in dieses Motel gebracht. Erinnerst du dich an meine zwingende Hymne auf das Klosettbekken? Wollen wir später noch daran arbeiten? Oder sie runterspülen?

Alicia gegenüber verhielt sich Jane auf erhabene Weise korrekt, und wenn ihr schwarzer Chevrolet, vom Mondlicht angestrahlt, vor Neds Haus parkte und ich litt, wurde sie um meinetwillen böse. «*Natürlich* will sie, daß du es siehst, *natürlich* will sie dich damit kränken», wollte Jane mir einreden, während ich träge geneigt war, Alicia wegen Mangels an Beweisen für unschuldig zu halten und mein Unbehagen einem persönlichen Dämon und diese sichtbare Konjunktion dem blinden Zufall zuzuschreiben. Schließlich, so sagte ich mir, hatte sie noch andere Liebhaber, deren Häuser außerhalb meines Blickfelds lagen, so daß mich das τελος ihres Kopulierens nicht zu irritieren brauchte. Doch als ich, um mich von der Qual zu befreien – Alicias Auftauchen bei Ned war zu einem buchstäblich ununterbrochen *continuo* unter dem Diskant meiner unberechenbaren Träume geworden –, den Entschluß faßte, meine gewissenlos musikalische Organistin zu entlassen, kam es so, daß Jane protestierte, während Ned höflich zustimmte und mich in meiner Absicht bestärkte. Aber diesen Absatz zu verlängern, könnte bedeuten, ihn in seiner Kürze und Klarheit zu beeinträchtigen.

Mein geisterhafter Leser erinnert mich auf telepathischem Wege daran, daß ich unnatürlich wenig über die beiden anderen Pfarrhausbewohner, meine Sprößlinge, mein Fleisch und Blut, meinen Jakob und meinen Esau, meine zwei Söhne geschrieben habe. Wenn ich sie als «Schmarotzer» bezeichnete, würde das ihre nimmermüde Gefräßigkeit und die zermürbende aushöhlende Wirkung, die ihre Streitereien, ihre unseligen Streiche und ihre Forderungen auf mein Gehirn ausübten, richtig charakterisieren, aber ihrer Position in meiner Misere eine übertriebene Dynamik zuschreiben. Als ich mich krümmte und wand, um meinem Leben zu entrinnen, war der Gedanke an sie eine Qual, aber ohne eine unmittelbare Wirkung: sie waren die beiden galvanisch aufgeladenen Nägel in meinen Händen, die zerfasernden Fransen meiner fadenscheinigen Tage, der Krawall beim Aufwachen und das Kopfweh beim Schlafengehen, die durch nichts zu besänftigenden Termiten, die mit ihren Tunnelbohrungen die Träger und Stützen meiner Erdenzeit zu pudrigem Staub zermahlten. Denn sind Kinder nicht eben das, was kein Ende hat, was uns überdauert, was *uns* erleichtert den Wasserfall hinabschlittern sieht? Die Gesellschaft in ihrer überkommenen Weisheit setzt der Kindheit eine Grenze; aus der Elternschaft dagegen gibt es kein Entkommen. Selbst wenn das Kind ein aalglatter Senator von siebzig ist, und der Vater oder die Mutter ein entstelltes Gerippe im Rollstuhl – das Wrack muß sich auch dann noch abplagen mit dem gewichtigen Zepter der Elternschaft.

Martin ist sechzehn, Stephen vierzehn. Ich schrieb an anderer Stelle (suchen Sie's selbst raus, Sie alles prüfende Prynne) von einer gewissen Sehnigkeit, die Jane und ich im gleichen Maße besitzen. Martin hat sie zwiefach geerbt. Schon als kleines Kind war er drahtig und stieß sich von der Brust seiner Mutter ab oder entrang sich, wenn ich ihm umklammert hielt, mit der Kraft einer Wildkatze meinen Armen. Er brilliert, so klein er ist, in allen Sportarten und amüsiert uns oft mit unvermuteten Tricks, die er sich heimlich beigebracht hat; so kickt er zum Beispiel den Fußball mit der Ferse, so daß er hochschnellt vor seinen Kopf, oder er springt über einen Besenstiel, den er vor sich in den Händen hält, oder er fängt geschickt in der Luft einen Knopf oder ein Häufchen Pennies auf, die er auf dem Ellbogen balanciert hat. Zwar leidet er an nervösen Kopfschmerzen und hat oft erschreckend intensive Phasen der Schlafkrankheit, doch wenn er wach ist, dann ist er ein Schläger, ein Perfektionist, den die Unvollkommenheiten, die ihn umgeben, zur Raserei bringen. Kein Klecks sitzt dicker in seinem Gesichtskreis als sein Bruder, der ebenso groß ist wie er und es fast von Geburt an immer gewesen ist. Als Fötus war Stephen so stattlich und breit (zehn Pfund minus eine Unze, frei Haus), daß er Jane abschreckte von ihrem Wunsch nach vier Kindern (den ich in der Naivität der fünfziger Jahre, als der globale Plumpudding voller Cents und Brandy Onkel Sam serviert zu werden schien, weil der so gut gewesen war, teilte). Unsere Sanftheit, der Seelenteig, der uns weiterhin zusammenhält * und unsere innere Unge-

* Das Marshfield-Mallow?

haltenheit in dem faden Frieden einer stillen Mahlzeit oder eines mit Bach und einem Buch verbrachten Abends versinken läßt, hat sich in konzentrierter Form auf dieses liebe plumpe Kind übertragen, das sich ein Paradies von Modellflugzeugen und gesammelten Mineralien und introvertierten Träumereien geschaffen haben würde, hätte die Vorsehung nicht seinen Bruder gesandt, um dem Bösen eine physische Gegenwart zu verleihen. Schon als Kleinkind schlug Martin auf das anstößig große Kind wie auf eine resonanzlose Trommel ein; als sie größer wurden, überholte der ältere Junge den jüngeren bei jedem Wettlauf und brachte ihn bei jedem ihrer Spiele zu Fall; noch ein wenig größer bedachte er seinen Bruder mit einem Sperrfeuer von Beschimpfungen, für die ich ihn, da sie ihm von einem jenseitigen Dämonen aufgezwungen schienen, nicht verdammen konnte. Ebenso konnte ich nicht umhin, meinen zarteren Sohn zu bemitleiden, auch als er heranwuchs und dank seiner größeren Belesenheit eine tyrannisierende Gesetzlichkeit zu seiner Verteidigung entwickelte. Ich hatte für beide Verständnis und konnte doch keinem helfen. Der Magen dreht sich mir, wenn ich sie mit klirrenden moralischen Waffen bei Tisch debattieren höre.

«Du bist zum Kotzen!» verkündet Martin unvermittelt seinem jüngeren Bruder, als er ihm im Kerzenglanz am Abendbrottisch gegenübersitzt.

«Wieso? Was habe ich denn getan?» Angst läßt ihn jede der Silben leicht überbetonen – Angst und die Entschlossenheit, sich nicht unterkriegen zu lassen.

«Mom!» schreit Martin, und bei dem leichten Zucken der Haut an seinen Schläfen fühle ich, wie die Kopfschmerzen kommen. «Erst kaut er mit offenem Mund, und dann redet er auch noch, so daß man den ganzen Brei zwischen seinen Zähnen sieht!»

«Und du erst!» schlägt Stephen zurück. «Kommst an den Tisch mit Dreckhänden vom Basketballspielen im Schlamm und einem Gesicht, das vor Pickeln aussieht wie eine Pizza.»

«Wie eine Pizza – ha, ha, du Muttersöhnchen. Damit du's weißt: ich kann nichts dafür, daß bei Jugendlichen durch Drüsenveränderungen die Haut in Mitleidenschaft gezogen wird, aber du solltest erst einmal lernen, wie ein anständiger Mensch zu kauen, statt wie ein Baby zu sabbern.»

«Und damit *du* es weißt: ich habe so die Nase voll, daß ich, wenn ich den Mund zumache, nicht atmen kann. Aber wenigstens rede ich nicht drüber und verderbe nicht allen den Appetit und sage nicht ‹zum Kotzen› und all das Zeug, was wir dauernd von dir zu hören kriegen und was einem längst zum Halse raushängt.»

«Ei, ei», sagt Martin, ist aber in Wirklichkeit leicht zerschmettert und versucht durch einen Seitenblick zu mir festzustellen, ob man es ihm anmerkt. «Hört euch den jungen Herrn Lehrer an.»

«Wenigstens», fährt Stephen fort, «habe ich keine von diesen ekelhaften *Penthouse*-Nummern unter meinem Bett und nicht das ganze Gesicht voll Schorf.»

Jane fragt: «Könnt ihr beide euch nicht ein einziges Mal bei Tisch in Ruhe lassen? Euer Benehmen ist beschämend. Tom, sag doch etwas!»

Ich sagte: «Wo kriegt der Junge die *Penthouse*-Nummern her?»

Obwohl Martin immer die Niedertracht des Gepeinigten anhaften wird, hat er nicht viel Talent zur Sünde. Er hat meine Freude am Schicklichen, aber angewandt auf seine eigene Person, und seit er neuerdings den Führerschein hat, beschämt er mich damit, daß er immer den Sicherheitsgurt anlegt und nie die zulässige Geschwindigkeit überschreitet.

Stephen dagegen, der so lange zu passivem Wohlverhalten getrieben wurde und zu viele Jahre seines Lebens wie ein Engel aussah mit seiner Babyhaut und seinen langen Wimpern, ist im Rückstand, was Versuchungen betrifft, und begierig aufzuholen. Seine Innerlichkeit wird Drogen willkommenheißen, sein gutes Aussehen wird Mädchen anziehen, und die Jahre, in denen er vielfältige Kränkungen hinnahm, werden ihn, fürchte ich, von Schuld freisprechen. Dieser Sanftmütige ist darauf vorbereitet, das Erdreich zu besitzen. Er besucht, was wir uns kaum leisten können, eine Privatschule und bekundet keine Scheu vor dem Leben der Reichen. Einmal holte ich ihn um Mitternacht von einem Tanzfest ab und fragte ihn in der etwas lastenden Stille des Wagens – er duftete nach Parfum und wirkte benommen und gesprächig zugleich –, wie es war. «Okay», sagte er. Ich bat ihn um eine etwas ausführlichere Äußerung. «Dufte. Keine Kabbeleien», sagte er mürrisch. Mein Gott, machte mich das traurig! Willkommen, Buddha. Sei mir gegrüßt, Nirwana. Adam fiel nicht in Sünde und Christus erstand nicht vom Tode, auf daß es in der Welt keine Kabbeleien mehr gebe.

Martin dagegen bestand darauf, die öffentliche Schule am Ort zu besuchen – ohne zuzugeben, daß er es um meinetwillen tat, um mir die Ausgabe zu ersparen und damit ich gemeinschaftsbewußt wirkte. Er ist in jeder Saison mit seiner Mannschaft unterwegs und sorgt dafür, daß unser spondeischer Name von den Rängen klingt. Der Kopf seines Bruders war der Amboß, auf dem er sich ein Rückgrat geschmiedet hat. Er hat Ehrgeiz und ist voller Erwartungen. Schon vor meinem Skandal brachte ich ihn in Verlegenheit durch meine übertrieben agnostischen Predigten, meine gewundene Ironie und meine Vorstellung vom Priester als Narr und Sündenbock. Er lacht nur im Triumph – wenn er ein Tor geschossen, eine Glanzleistung vollbracht hat. Nach dem Essen sitzt er da und schießt mit krummen Papierkügelchen in leere Gläser und applaudiert, wenn sich gelegentlich das Wunder eines Abprallers ereignet. Aber eines erschreckt mich; die Aureole des Unglücklichseins rings um seinen Kopf. Meine Versuche, mit ihm zu sprechen, scheitern an diesem Erschrecken. Meine Worte versiegen. Ich muß daran denken, wie er sich als Baby aus meinen Armen freistrampelte. Ich wage nicht, ihn zu berühren, er ist zu fest verschnürt, er könnte zerbrechen.

Stephen, sollte ich vielleicht hinzufügen, mit seinem gefälligen guten Aussehen, wurde endlos verhätschelt und nahm das hin, und jetzt liegt er lange wach und hört den Nichtigkeiten zu, die das Radio ins Dunkel raunt, während sein älterer Bruder schwitzend und schlaff wie eine geöffnete Faust seit Stunden gehorsam schläft.

Meine beiden Söhne. Ein ergiebigeres Thema, als ich geglaubt hatte. Eigentlich wollte ich heute noch über meinen Vater schreiben, aber die Mittagszeit und die Wüste, Alkohol und Golf rufen. Dabei kommt mir der Gedanke, daß die Vererbung ebenso aufwärts wie abwärts wirkt: das Kreatin der Golfleidenschaft schoß erst in meine Muskeln, als ich einen Sportler als Sohn hatte. Ebenso wurde ich erst zum Liebhaber, als sich mein zweiter Sohn als hübsch erwies. Ein gebender und ein nehmender, ein Spartaner und ein Sybarit – deutlich zeigt sich des Stammes Gabelung.

16

Theoretisch einmal in der Woche, in der Praxis weniger oft, stieg ich in meinen klerikalen braunen Dart (falls Erdbeobachter in den UFOs sind, müssen sie uns für eine Molluskenart halten, aber vielleicht glauben sie auch, daß Automobile unsere Wirtstiere und wir Parasiten sind, die nur kurze Fluchtperioden überdauern) und steuerte eine trostlose Stunde lang durch Amerikas Highway-Alptraum zu dem Pflegeheim, in dem mein Vater, siebenundsiebzig Jahre jung, versteckt worden war. Ein ländlicher Nebenweg, ein Halbrund von niedrigen Backsteingebäuden, ein beschönigendes Schild, geschnitzt und vergoldet: *Valleyhead.* Drinnen eine alles verleugnende Reinlichkeit. Eine stämmige Empfangsschwester, fuchsienroter Kaschmirpullover, wie ein Cape umgelegt, über dem gestärkten Schwesternmieder, lächelt den artverwandten Bogen meines Kragens an: wie Frauen doch auf Uniformen fliegen! Gummiflure und an den Wänden hier und da ein Trompe l'œil, neorealistische Bilder, groß wie Türen, verrunzelte, vor sich hin starrende alte Männer darstellend, die zwischen weißen Decken auf *Niemand* warten. Die Wirklichkeitsnähe benimmt einem den Atem. Die unschuldigen Reihen einer Pflegestation, einer Geflügelbrutanstalt: jeder Raum enthielt eine lebende, das Ei der Umwandlung ausbrütende Seele und winkte mich geisterhaft herein und hätte mich zu Mitgefühl und Liebe verleitet, wäre ich nicht festen Schrittes, die Augen gegen die Täuschung verschlossen, zu der fernen Zelle geschritten, in der ein magischer Mann saß, der einst den Anspruch erhob, mein Vater zu sein.

Aber jetzt nicht mehr. Seine Ansprüche waren erloschen. Er verwechselte mich mit seinem Bruder Erasmus, mit einem alten Armeekameraden namens Mooney (mein Vater hatte im Ersten Weltkrieg gedient, nicht als Militärgeistlicher, sondern als einfacher Soldat bei der kämpfenden Truppe; sein Bataillon war in der ersten Novemberwoche 1918 in Frankreich gelandet und sechs Monate lang im ausschweifenden Frieden der verheerten Dörfer der Pikardie geblieben), mit verschiedenen auswechselbaren Moderatoren, die Quizsendungen und Schaustellungen bürgerlicher Schlauheit im Tagesprogramm des Fernsehens leiteten, mit den obskuren Mächten hinter und über dem nicht sehr vertrauenswürdigen Etablissement, in dem er sich befand, und, obskurer noch und ominöser, mit einem Mann, der ihm, so glaubte er offenbar, meine Mutter zu entführen drohte. Mein Vater neigte dazu, diese Verwechslungen in der Reihenfolge meiner Aufzählung durchzuspielen, und so begannen unsere Gespräche meist in brüderlicher Herzlichkeit und endeten in erschreckender Feindseligkeit. Wobei ich der Erschrockenere war, nicht er: meine Toleranz Unwirklichem gegenüber erweist sich, obwohl ich behaupte, ich sei ein Anhänger des Supranaturalismus, als sehr gering. Daß er mich anblickte und einen anderen sah, machte mir die Knie weich. Sein Kopf, mit Gedanken behangen, die nicht tiefer wurzelten als Misteln, war noch immer massig und, im Gegensatz zu meinem (die kärglichen Gene meiner Mutter!), noch immer dicht mit Wolle bedeckt: ihm war nicht nur kaum eine Strähne ausgegangen, sondern sein Haar, das im Heim nur selten geschnitten wurde, wucherte wilder und lockiger und so dicht und weiß wie das Vlies eines Widders. Sein Mund, seine Nase, die Haare in seinen Nüstern – alles war gewachsen, nur seine Augen nicht, die eine Schwellung der sie umgebenden Haut zu perligen, ungestüm blitzenden, fast mongolischen Schlitzen reduziert hatte. In einem karierten Bademantel, den Jane und ich ihm geschenkt hatten, pflegte er in einem Lehnsessel mit hölzernen Armlehnen neben seinem eisernen Bett zu sitzen. Unglücklicherweise war der Lehnsessel mit genau dem gleichen karierten Wollstoff bezogen. Das verlieh seiner Gegenwart den elektrisierenden Eindruck von Deplaciertheit: es war wie die vibrierende Aura, welche Schauspieler umgibt, die eingeblendet vor einem Hintergrund erscheinen, der in Wirklichkeit ein anderer ablaufender Film ist.

«Dem Herrn sei Dank, daß du endlich gekommen bist!» Seine volle Stimme mit den weichen Vokalen des Mannes vom Lande und der Entschiedenheit, mit der sie am Ende eines Satzes dunkler und tiefer wurde, war ihm bis ins hohe Alter geblieben und gab noch seinen unsinnigsten Äußerungen das sonore Dröhnen von Predigten, die ich vor dreißig Jahren abgesessen hatte. «Wenn die Zeit erfüllt ist», fuhr er in einem mehr spöttischen Ton fort, «kommet der Bräutigam. Wir haben an diesem Narrenstall eine Ewigkeit gewartet, und ich dachte schon, der Schatten würde sich in Essig verwandeln.» Für ihn hatten diese Worte etwas Witziges, und seine kleinen Augen verhärteten sich in der Erwartung, daß ich lachte.

Ich tat ihm den Gefallen. «Ich komme, wann immer ich kann», fügte ich hinzu.

«Dann triff keine Verabredungen, die du nicht einhalten kannst», antwortete er prompt. «Bruders Hüter, wette deinen letzten Dollar. Falls unser Vater dich beim Äpfelklauen sähe, bekämest du eine Tracht Prügel, die dir den Hintern versengen würde. Hast du mir irgendwelche Beute mitgebracht?»

«Ist das hier das Richtige?» Eine Schachtel Schrafft-Schokolade, unterwegs in einem Drugstore in einem Einkaufszentrum gekauft. Seine gefleckten, kantigen Hände rissen an dem Zellophan wie die Tatzen eines Waschbären. Sein Appetit, weit davon entfernt, geringer zu werden, wie es bei einem normalen Kräfteabbau der Fall gewesen wäre, hatte mit seinem geistigen Verfall noch zugenommen und verstärkte die Illusion, daß sein Körper zunehme an Kraft und Präsenz. Seine Handrücken waren mit großen Altersflecken gesprenkelt, Vorfahren der Flecken, die sich auf meinen Handrücken abzuzeichnen begonnen hatten.

Er schob sich eine Schokoladenkirsche in den Mund und schob allzu bald einen kauweichen Karamelbonbon nach. Der Exzeß färbte seine Lippen dunkel. *Du bist zum Kotzen!* hätte ich fast zu ihm gesagt. Mit schmuddeligem Mund sagte er verschmitzt zu mir: «Du bist ein Leckermaul, Ras. Um ganz zu schweigen –» zwei Zuckermandeln flogen hinter dem Karamelbonbon her und wurden zermalmt – «von deinem wachsamen Auge auf *les filles des villes* –» jedes Wort zweisilbig ausgesprochen, mit einem sich reimenden *ie-jä* – «*n'est-ce pas?* Sag mal ehrlich, wie war diese kleine wilde Hummel mit den großen Titten? Oben groß, unten langsam, das ist die Faustregel. Gibst mir jedesmal ein kleines, geziert-ärschiges Häppchen, machst, daß jeder Mann sich wie ein gieriges Tier vorkommt, gute Dinge in kleinen Portionen, kannst du mir das verübeln?»

Die Niedrigkeit seiner unverhüllten Gedanken entsetzte mich. Meine Mutter war eine kleine Frau gewesen.

«Sitz nicht so trottelig da mit deinem Hängemaul, Mooney, beichte deine Sünden mit bereitwilligem Herzen. Nach dem, was wir hinter uns haben, gesteht uns der Herr das Recht auf ein kleines *plaisir* zu, ein bißchen animalische Erlösung. Leib und

Seele, Seele und Leib, der Löwe und das Lamm sollen zusammenliegen, und ein Leben nach dem Tode gibt es nicht. Der Sohn jedes Predigers kann sich davon überzeugen, lies nur deine Moleküle. Erzähl mir von der kleinen schwarzhaarigen Nutte, vielleicht probiere ich sie selber mal aus. *Mam'selle, mam'selle, beaucoup de dollair si vous allez au lit avec moi,* es erwischt sie da, wo sie zu Hause sind, der Verlierer hat keine Wahl. Was sagen sie doch, diese Franzmänner? *Le con est le centre du monde.* Weißt du, was meine Nutte sagt, wie sie eine Verlobung nennen? Einen *compromis.* Hörst du? *Com-promis!* Eine versprochene Fotze. Und das waren unschuldige Mädchen vom Lande vor knapp vier Jahren. Mooney, du lachst nicht. Hast Heimweh.»

«Ich denke über die Weisheit deiner Worte nach», sagte ich zu meinem Vater.

«Das will ich meinen, du Luder. Heimweh, Schwanzweh, Mooney, du hast ewig Wehwehchen, und das ist kein Wunder. Dein Betrug hat dich fertiggemacht. Das ist der Trick mit der Sünde: sie macht den Sünder fertig. Du bildest dir ein, du hättest mich untergekriegt, aber den harten Tatsachen nach bin ich der Überlegene. Ich sammle Beweismaterial, und kein anständiges Gericht im Commonwealth kann mir seine Hilfe versagen. Die Gemeindeversammlung stimmt diesem Vorgehen zu. Und kostet es auch einen schönen Batzen – wir sind übereingekommen, die Kasse zur freien Verfügung anzugreifen.» Ein argwöhnisches Zucken, der Verdacht, daß es mit seinem Plan – seiner Vorstellung, ein Plan sei ins Rollen gebracht worden – schiefgehen, daß die Sache ein Loch haben könnte, groß wie das Verderben selbst, schwand bei dem Gedanken an die Kasse zur freien Verfügung von seinem Gesicht. Er hatte wieder festen Boden unter den Füßen. Er lehnte sich in dem Sessel zurück; die Ränder, wo die nahezu identischen Stoffmuster aufeinandertrafen, vibrierten. Er schlug die Beine übereinander, und ein langes, bläulich violettes Schienbein wurde sichtbar, haarlos und glattgerieben bis in Sockenhöhe. Im Gegensatz zu der Vitalität seines zerzausten Hauptes wirkten seine Knöchel blutleer. Das waren die entkräfteten Stützen eines Kadavers. Die Hände in den Schoß gepreßt, um ihr Zittern zu unterdrücken, sagte mein Vater: «Tatsache ist, daß sie mich da draußen brauchen. Sonst solltest du gern deine Gefriermaschine haben, und ich würde die Augen gegen alle diese Machenschaften verschließen und alles auf den großen Exxon-Gewinn setzen.»

«Wer braucht dich da draußen, Daddy? Wen meinst du?»

Er sah mich fischäugig an und tastete auf dem Bett nach seiner Pfeife. Man hatte sie ihm weggenommen, weil er damit Löcher in seine Bettdecke brannte. Er mochte nicht, wenn ich ihn «Daddy» nannte, und mir gefiel es auch nicht. Aber er hatte keinen anderen Namen – «Vater» war unser Name für Gott gewesen. Er sah mich von der Seite her blinzelnd an – er hatte auf der Suche nach der nicht vorhandenen Pfeife den Kopf abgewandt – und fragte mich: «Müssen wir immer dieses leere kleine Lächeln aufsetzen? Hat diese künstliche gute Laune, diese gutgemeinte Schauspielerei denn nie ein Ende?»

«Es tut mir leid», sagte ich und meinte es, und ich merkte, wie die Angst in mir wuchs, als sich jetzt eine stachlige Selbstgerechtigkeit wie unsichtbares Haar bei ihm sträubte.

«Wer? Du fragst mich, wer?» Er meinte, die Antwort liege auf der Hand, konnte sie jedoch nicht finden. Die Verachtung, mit der er mich anstarrte, verengte sich zu Vorsicht. «Wieso? Alle. Alle da draußen. Im Glotzerland.» Er deutete mit der Hand auf das stumme, graugesichtige Fernsehgerät hinter mir. «Die Versammlungen», hob er an, «ihre vielen kleinen Kümmernisse, während sie sich von Geburt zu Tod bewegen und ihre Tragödien und Schwierigkeiten erleben, die Enttäuschungen, die ihnen die Freiheit bereitet, die tiefen Erfüllungen auf dem Mittelweg, die Übel, die das Erbe des Fleisches sind. Deren Kette und Einschlag machen das Gewebe einer Gemeinde aus, und ich bin das Schiffchen», erklärte er mir, und befriedigt über das Echo des Glücks in diesem Satz, beugte er sich mit gewichtiger Vertraulichkeit zu mir vor. «Es geht nicht darum, daß du meiner armseligen Person durch diese obstruktive Haltung Unrecht tust; es geht darum, daß du die vielen anderen der zagen Weisheit beraubst, die das Evangelium der Liebe spenden könnte.»

Ich geriet in Versuchung, ich ließ mich auf seine Phantome ein. «Wir sind jedoch alle der Meinung», sagte ich, «daß *dies* dein Platz als Seelsorger ist. Du hast hier großartige Arbeit geleistet. Natürlich, wenn du unbedingt weiterziehen willst – aber hast du wirklich das Gefühl, daß deine Arbeit hier vollendet ist?» Ich deutete auf die leeren Wände, das straff geglättete Bett mit seinen Seitengittern, das stumme Fernsehgerät. In dem Zimmer roch es nach

Ammoniak. «Spürst du nicht, wie du hier umgeben bist von Bedürftigkeit und Verehrung?»

Er hatte zunächst zustimmend genickt, doch bei meinen letzten Worten, als meine Stimme gegen die nackten Wände hallte, wurde ihm bewußt, daß etwas fehlte. Er schaute mich mit einem Blick an, den ein Sohn nie in den Augen seines Vaters sehen sollte, dem Blick, mit dem der Vater von daheim fortgeht und sich den Feinden draußen zeigt. «Du nennst es Verehrung», sagte er mit grollender Stimme, «ich nenne es Begierde und Ehebruch. Ihr habt mich mehr verletzt, du und sie, als Worte auszudrücken vermögen, aber ich lasse nicht zu, daß man auf mir herumtritt. Ich bin kein erbärmlicher Wurm. Ich lasse mich auf dergleichen nicht ein, Sir. Man hat mich eines Besseren belehrt, Sir. Ich *pfeife* auf Ihre Geschäftsverbindungen. Ich *pfeife* auf Ihre Freunde in hohen Positionen.»

Ich kämpfte die Angst nieder, die hinter meinen Augen flackerte. Ich stand halb auf, darauf gefaßt, daß er mich schlagen würde.

Mit schwerfälliger Beharrlichkeit fuhr er fort: «Ich habe Sie, offen gesagt, noch nie ausstehen können. Sie stinken nach Feigheit und Geilheit. Ich habe mir die Nase zugehalten, als Sie mein Haus betraten. Sie haben mächtige Verbündete, ich weiß, aber ich bin nicht machtlos. Ich kann gerichtliche Schritte unternehmen. Und es gibt noch andere Mittel. Ich habe zwar noch nie getötet, obwohl ich Soldat war, aber ich wäre dazu fähig. Ich liebe das Leben zu sehr, als daß ich Pazifist sein könnte. Sie weiß von der Tiefe meiner Gefühle. Sie weiß, wie Sie sie mißbraucht haben. Sie werden sagen, sie hätte Sie ebenfalls mißbraucht. Ich habe schon manchmal Männer solche schmutzigen Reden führen hören. So zahlen Sie's ihr heim, mit Schmutz.»

«Daddy», sagte ich, «ich weiß nicht, wovon du redest. Ich bin dein Sohn. Mutter ist tot. Sie hat nur dich geliebt.»

In seinem schönen, massigen Gesicht staute sich das Blut; seine Augen, kleiner als Schweinsaugen und wie verschleiert, blickten durch mich hindurch und sahen mich doch mit zornigem Bedacht an. «Willst du», begann er, und jedes seiner Worte bebte vor überbordender Leidenschaft, «daß ich dir dieses heilige Buch –» die Schokoladenschachtel – «ins Gesicht schleudere?» Ich floh.

Von draußen, vom Flur her, blickte ich zurück und sah ihn, wie er, sein schönes Gesicht rot gefleckt, auf die Stelle starrte, wo ich gewesen war, und dann mit dem Ausdruck geistesabwesender Befriedigung ein Stück Nougat aus der Schachtel nahm und es sich unausgewickelt, im Wachspapier, in den Mund schob.

In der gleichen Phase meines Lebens, in der dieses Gespräch stattfand, führte mich Mrs. Harlow mit zitternder, feuchter Hand hinunter in ihren Hobbykeller. Die Harlows wohnten am Rand der Stadt, wo die zwei Acre großen Baugrundstücke mit Wald bestanden und teuer waren, und zwar in einem erst kürzlich fertiggestellten Ranch-Haus mit so modernistisch viel Glas, daß es in den Zimmern keine Ecke zu geben schien, wo man sich ungesehen umarmen konnte. Wir hatten uns in dem Augenblick hinter der Tür geküßt, als ich hatte gehen wollen, im Mund noch den Geschmack von dem Kaffee, mit dem sie untadelig meinen untadeligen Besuch belohnt hatte, der mit der Blumendekoration der Kirche zum Pfingstsonntag durch den Frauenkreis oder einem ähnlichen Vorwand zu tun hatte. *Ihr* Mund war eine aufregende vielblättrige Blüte mit mehr als zwei Lippen und mehr als nur einer Zunge gewesen. Ich schmolz und fror. Der Hobbykeller, zu dem man über eine mit einem Läufer belegte Treppe hinuntergelangte, war mit kastanienbraunem Gummi ausgelegt und an den Wänden mit knorrigem Kiefernholz verkleidet; in dem Raum standen Kunstledermöbel und überdimensionale Kinderspielzeuge herum, rasengroße Billardtische und mannshohe Pfeilwurfscheiben. Riesen randalierten hier. Sie erneuerte den Kuß und brachte aus ihrer Kehle und dem tiefen Brunnen ihres Seins noch mehr erregte weiche Zungenblütenblätter hervor; ich fühlte mich passiv wie ein Schläfer; Ränder von Kleidungsstücken, Seide, die sich von Haut löste, streiften meine Finger; sie stand vor mir, nackt. Sie war größer als Alicia und zierlicher als Jane; der Faltenschleier beschränkte sich auf ihr Gesicht; ihr Körper war so weich wie ihr Blick. Nur etwas Spitzes, eine ängstlich ebenmäßige Häutigkeit auf den schimmernden Vorsprüngen von Hüftbein und Schlüsselbein, deutete an, daß sie mehr als ein Mädchen war. Ich ließ zu, daß sie mich wie eine Schaufensterpuppe entkleidete (der Knopf hinten an meinem Kragen wie immer ein Problem), und empfand eine leidenschaftliche Erregung, als ich ihre Nacktheit in meinen Armen hielt. Aber eine Erektion erfolgte nicht. Dies war für mich eine so neue Erfahrung, daß ich kaum den Takt aufbrachte, beschämt zu sein. Vielleicht ließ ihr vorspringender, flatternder Eifer mir keinen Raum, in sie hineinzuwachsen; das Übungsfahrrad ihres Mannes neben dem Gestell mit den Billardstöcken half auch nicht. Harlow war ein beliebter Diakon aus den fröhlichen Zeiten meines Vorgängers, ein untersetzter, grauhaariger Bankdirektor mit der furchtbaren Angewohnheit, sein Lächeln eine prüfende Sekunde lang zurückzuhalten und dann in ein wiehendes «Ich-hab-dich-ertappt»-Gelächter auszubrechen, bei dem er sogar seine goldenen Backenzähne zeigte. Ich dachte zu sehr an meinen draußen sichtbar geparkten Wagen, und Mrs. Harlow fühlte sich so zerbrechlich an, ein fieberndes Kind in meiner Obhut. Im Gegensatz zu Jane und Alicia war sie gläubig. Sie hielt meinen schlaffen Penis in der Hand und nannte mich lieb. Ihr Verzeihen und der vor-adamsche Höhlenfrau-Fall ihres Haares auf ihre bloßen Schultern sprengten eine Kapsel in mir. Ich fühlte, wie mir das Herz überlief, während mein Penis stumm herabhing. Über uns im Haus schaltete sich eine Maschine ein. Wäre es Gottes Schritt gewesen, hätte es kein Entkommen aus dieser niederen Zone gegeben. Ich fiel auf die Knie – darin ein Profi – und verschränkte ihre Hände wie im Gebet vor ihrer Scham – ein überraschend dunkles, gekräuseltes Kupferrot, das nicht die geringste Ähnlichkeit mit ihrem Haupthaar hatte – und küßte die trockenen Handrücken und drehte ihre Hände und küßte die feuchten Innenflächen, wobei sich deren Feuchtigkeit und meine Tränenimmanenz vermischten; komische Gelübde hervorsprudelnd, daß ich in Herrlichkeit wiederkommen würde, zog ich mich an und ging. Am Fuß der Kellertreppe hielt ich inne und sah sie dort stehen, meine liebliche Frankie Harlow, einen Ausdruck gescheiterter Erwartung im Gesicht, ein zärtliches «am Haken» in der schrägen Haltung ihres Kopfes. Sie stand da wie eine badende Wilde über dem bläßlichen runden Abglanz ihres in dem kastanienbraunen Weiher des Bodens versunkenen Spiegelbilds.

Draußen hastete ich zwischen Reihen welkender Pfingstrosen den mit Steinplatten belegten Weg entlang, mit dem gleichen heißen, bleiernen Gefühl des Gejagten, mit dem ich aus dem Pflegeheim meines Vaters geflohen war – einem Gefühl, als hätte sich ein Raubtier drängend an meine Fersen geheftet, dessen Erfolg etwas Rauschhaftes haben würde, selbst für mich.

17

Der alte Mann hatte recht; da war ein Geruch, der mir jetzt anhaftete. Die Frauen witterten ihn. Sie kamen in Scharen um Rat. Die zuviel Wiegenden, die zuwenig Geliebten, die Mißhandelten, die weiblichen Bestien. Manche kamen aus anderen Gemeinden, manche gehörten keiner kirchlichen Gemeinschaft an. Vielleicht hatte es mit dem surrealen Frühsommer der Watergate-Enthüllungen zu tun; alles Sichere geriet ins Wanken, stürzte ein. Meine Nachmittage waren mit Verabredungen überschwemmt. Mein Telefon klingelte, wenn ich nachts am Eindösen war und während ich morgens noch träumte.

Was erzählten sie mir, diese Frauen? Summa summarum, daß ihnen die von den Männern gemachte Welt nicht mehr paßte. Für manche lag der wunde Punkt zwischen den Beinen, für andere lag er im Denken. Manche klagten, daß sie ihre Männer mehr liebten, als sie von ihnen geliebt würden. Viele klagten, weil es bei ihnen genau umgekehrt war. Insgesamt ergab sich nach und nach ein seltsames Bild von der Rasse der Ehemänner als zahn- und rückgratlosen, einsilbigen, sich feucht und klebrig anfühlenden und ihrer Größe nach winzigen, tauben und blinden Individuen – aus den axtschwingenden, ihren Profit kalkulierenden Riesen, in deren Händen das Schicksal der Nation lag, wurden kindische Äffchen, sobald sie ihr Haus betraten. Selbst die physisch Gewalttätigen – die Schläger, die Nachthemdenzerfetzer – wurden als letztlich gefügig und so leicht zu täuschen, als so stumpfsinnig in ihrem Verhältnis zum Wesentlichen beschrieben, daß sie einem wie bemeitleidenswerte Opfer einer Manipulation vorkamen. Zwar hatten viele Frauen Liebhaber gehabt, doch was sich für immer ihrem Gedächtnis eingeprägt hatte, war nicht des Liebhabers Überlegenheit oder Persönlichkeit, sondern ihr eigenes, weibliches, großartig abgeschirmtes Leiden. Ängstlich darauf bedacht, daß ich sie nicht für frigide hielt, schilderten die Frauen mir Momente der sexuellen Erregung, die nicht Männern anzurechnen, sondern die auf seltsame und neutrale Reize zurückzuführen waren – das Saugen eines Babys an der Brust, das Abheben eines Flugzeugs, das Vibrieren der Geschirrspülmaschine, wenn sie am

Ausguß lehnten. Auch andere Frauen wurden erwähnt, sogar Filmbilder von anderen Frauen – besonders, in jenem Sommer, die hurenhafte Maria Schneider im *Letzten Tango*; Brando wurde verachtet, weil er seinen Pimmel* vor der Kamera versteckt hatte –, doch hatten nur sehr wenige meiner dem bürgerlichen Mittelstand angehörenden, Jahwe verehrenden Damen lesbischen Sex ausprobiert. Aber sie empfanden ein vages, Brücken schlagendes schwesterliches Gefühl der Empfindsamkeit und der induzierten Schuld und des *Nicht-erkannt-Seins*, ein Gefühl, das in den meisten Fällen so verschwommen und fragmentarisch heraufdämmerte, wie vor Kolumbus die Neue Welt emportauchte, ein völlig ungewisser Kontinent. Und mir schien jetzt, wenn ich am Fernsehapparat saß, daß Geld, grünes und goldenes Geld, das instinktiv das Licht sucht, es ebenso empfand, denn allein die Werbefilme mit ihrer unveränderlichen weiblichen Heldin waren lebendig, während die Sportberichte und «Spannungs»-Filme dazwischen aus oberflächlichem Brei bestanden, der irgendwie für männliche Gemüter von merowingischer Degeneration ausgelöffelt wurde.

Es brauchte im allgemeinen vier oder fünf Unterredungen, bis sexuelle Einzelheiten zur Sprache kamen; die Frauen, die am Ende besonders energisch auspackten, schoben meist irgendeinen anderen Kummer vor (den Tod eines Elternteils, die Widerspenstigkeit eines Kindes). Wenn dann jene Einzelheiten emporkamen, bewegten sie sich im Kreis um die Sache, die von der jüngeren Generation mit der Unisex-Wendung «es treiben» ausgezeichnet worden ist. Herz und Hand, Zunge und Fotze, Mund und Schwanz – welch eine erstaunliche Vielfalt von Melodien wurde auf dieser kärglichen Tonskala gespielt. Frauen, die dies von ihren Männern wollten und es nicht bekamen, Frauen, die es bekamen und es nicht ausstehen konnten, Frauen, die es über sich ergehen ließen, wenn es nur von ihnen nicht gefordert wurde, Frauen, die es mit solcher Hingabe taten, daß man denken konnte, sie hätten – wie der sommersprossige Pornofilmstar – die Klitoris hinten im Rachen. Irgendwo, inmitten dieser Juxtapositionen und ihres heftigen «Affekts», wurde ein amerikanisches Mysterium umschrieben, das mit *Erkennen* zu tun hatte, mit dem Anerkennen des Körpers durch die Seele, mit dem Wiedererlangen einigen bei der Überque-

* Pimmel, pimpern, Pimpernelle – leiten Sie's davon ab, Ms. P.

rung des Atlantiks verlorengegangenen Gepäcks, mit einem virulenten Schauder angesichts der Schmach der Fleischwerdung, mit einem ungeheuerlichen und herrlichen Anderssein, dem die weiblichen und männlichen Geschlechtsorgane ineinander begegnen. Ich weiß es nicht. Vielleicht war es meine im Zusammenhang mit der Unterseite der Kirchenbänke erschöpfend erörterte Bereitwilligkeit, «nach unten» zu gehen, was meine bekümmerten Frauen witterten. Aber vielleicht war das, was sie reizte, auch die von alters her bekannte sexuelle Ambiguität des Priesters mit seinen schleppenden Gewändern und seinem antistoischen Predigen von unserer Not und Schwäche und von unserer aus Schwachheit geborenen Bedürftigkeit. Denn die Spötter haben recht, unsere Religion ist tatsächlich eine Religion der Frauen und Sklaven.

Und ich, was sagte ich oder wagte ich zu schreien in diesem Sturm weiblicher Unzufriedenheit? Daß die Ehe ein Sakrament ist und nicht ein zu gegenseitigem Nutzen geschlossener Vertrag. Daß ein Ehegefährte wie das Land, in dem wir geboren sind, und wie die Eltern, als deren Kinder wir zur Welt kamen, etwas Gegebenes ist, und daß wir lieben sollen, was uns gegeben *ist*, nicht was uns hätte gegeben werden können. Daß unser Glaube in dem schockierendsten, abstoßendsten und am wenigsten überzeugenden Satz seines Bekenntnisses darauf beharrt, daß wir und unsere Leiber eins sind, daß nichts weniger Elektrisierendes als die Auferstehung vom Tode unsere Geister der Ewigkeit überantworten wird und daß wir darum, physischen Schmerz (und anale Vergewaltigung, wogegen ich ein vermutlich politisches Vorurteil habe) einmal ausgenommen, nicht ketzerisch (und was für eine gewaltige Schlacht lieferten sich die Kirchenväter darüber!) den Leib und seine dunklen Regungen kasteien sollten. Daß unser Körper aus einem wolkigen Teich zu uns heraufschaut, aber daß wir selbst es sind, unser Spiegelbild. Daß der Wunsch nach Kindern nicht mehr das ist, was er einmal war, auch wenn die der Evolution eigene Trägheit den Orgasmus als Köder beibehalten hat. Daß die Rechte der Frau nicht als genaue Entsprechung der Rechte des Mannes noch als Umkehrung männlichen Unrechts aufgestellt werden können. Daß Kommunikation oft das eigentliche Problem ist. Daß wir alle Fischer im Dunklen sind, im Sturm der Sinne und verrückten Ereignisse, und daß das Rucken am andern Ende der Schnur geduldig herangeholt werden muß, mit Fingerspitzen, die empfindlich geworden sind durch das Sandpapier eines scheuernden Glaubens. Und weiß der Himmel was sonst noch für nicht gänzlich unnützes Zeug.

Und ich schlief mit einigen wenigen, um mich nützlich zu machen. Allerdings nicht mit so vielen, wie die Gerüchte in der Gemeinde oder die mühsam unterdrückten Skandalgeschichten behaupteten. Aber die weinende Teenagerbraut mit dem verschmierten Mund, die nie einen Orgasmus gehabt hatte, und die hagere geschiedene Frau, bei der die Ergüsse nicht aufhörten, und die halbe Nonne, die auf das Abendmahl und die Gegenwart Jesu Christi und alles, was mit Frömmigkeit erfüllt, versessen war, alle flehten mich um Berührung an, flehten, obwohl die Kraft von mir ging. Und manche andere schienen, der Beschreibung ihres Privatlebens nach, meiner eigenen geheimen Art so komplementär, daß wir uns so selbstverständlich vereinigten wie zwei Teile in einem Puzzlespiel. Nachdem die Abneigung gegen eine solche Nutzung sich gelegt hatte, erwies sich die Kirche, leer an diesen langen Nachmittagen, als ein verschwiegenes, geräumiges Schatzhaus voller behaglicher Schlupfwinkel: der nach sauberem Linnen und altem Papier riechende Umkleideraum, die Schlafmatten im Kinderzimmer der Sonntagsschule, das Damenzimmer mit seinem Orientteppich und seiner verschließbaren Tür, mein Büro mit seinem ziemlich muffigen, Niesreize auslösenden Roßhaarsofa. Nie probierten eine meiner Partnerinnen und ich das Schiff und die Kirchenbänke aus. Aber ich war anfangs doch schockiert, wie diese verführenden Frauen, ohne zu fackeln, das im Sazerdotalen verborgene Skrotale aufspürten, wie intuitiv religiös ihre Anschauung vom Sex war, trotz der flüchtigen, improvisierten Gelegenheit. Wo blieb ihr *Schuld*gefühl? Sie kamen am Sonntag darauf mit lauteren Gesichtern zur Kirche und lauschten gebannt dem Wort Gottes. Für sie existierte eine ununterbrochene Folge, wo sich für mich eine erschreckende Lücke auftat. Gott segne sie alle! Sie holten mich aus der Wildnis heraus, wo ich nicht wußte, daß unsere Handlungen, jede einzelne, Huldigungen sind – nur das Drumherum wechselt. Kirchen sind spitze Türme und Kuppeln; wir dienen bald hier, bald dort. Es liegt schon etwas Großartiges, ein Ansturm von νοῦς und schwindelerregender Erhabenheit in dem Akt, eine Oblate zwischen die halboffenen Lippen eines Mundes zu schieben, der irgendwann in der gleichen Woche, deren

Sonntag nun war, den eigenen, zuckend ausgestoßenen Samen empfangen hatte.

Was lernte ich sonst noch in diesem unbrachen Sommer meiner geistlichen Tätigkeit? Daß Ehebruch nicht nur eine, sondern mehrere Spezies umfaßt. Der Ehebruch Jungverheirateter ist ein flittrig beschwingtes Desaster, ein Phönix aus heißer Asche, die Offenbarung, daß man falsch gewählt, einen das Leben verschlingenden Irrtum begangen hat. Hilfe, Hilfe, es ist nicht zu spät, die Babies kennen kaum ihren Vater, die Hochzeitsgeschenke sind noch ohne Narben, der Fehler kann ungeschehen gemacht werden, ein anderer Gefährte kann gewählt und das als Drache erscheinende Universum kann geschlagen werden.* Morde, Entführungen und andere Hirngespinste huschen aus der hektischen Umgebung dieser Spezies in die Zeitungsspalten. Der Ehebruch der hoffnungslos Verheirateten, der Paare in den Dreißigern mit nur langsam größer werdenden Kindern und nur langsam kleiner werdenden Hypotheken, ist eine schwerfälligere, häuslichere Kreatur, ein Lasttier, in der Tat, denn dieser Ehebruch dient dem Zweck, das Unabänderliche erträglich zu machen. Der Flirt beim Wohltätigkeitsball, die in ein Firmentelefon gestotterte Einladung zum Lunch, das Treffen mittags im Motel, ohne einen Augenblick die Uhrzeit zu vergessen, die geschmuggelten Briefe, das schmerzliche und sensible Auseinandergehen – das sind Eheriten, Ferien für die Verfolgten, doch werden sie ergreifenderweise oft nicht als solche verstanden von den Beteiligten, die sich gegenseitig mit Vorwürfen geißeln, während sie gleichzeitig einander als Sandsäcke gegen die Überschwemmung ihrer Heime in Position zerren. Der Ehebruch derer, die in ihren Vierzigern sind, erlangt wieder eine gewisse Unbeschwertheit, eine windspielartige Ausgelassenheit und ein pfauenhaftes Glänzen. Kinder gehen aus dem Haus, Eltern sterben, Geld verliert an Wert. Nichts ist so schwierig, wie es einst schien. Launen werden Anlaß zur Trennung (der letzte Dessertteller zerbrochen, das letzte unerträgliche Zigarrenbrandloch im Sessel) oder die Ehen werden durch Kapitulation verlängert. Das Rennen zwischen Freiheit und Erschöpfung ist entschieden. Und dann gibt es im religiösen Sinne keinen Ehebruch mehr,

* Aber das Universum *ist* ein Drache, wie ein Blick nach oben in den Himmel einer klaren Nacht zeigen wird.

so wie es zwischen Schulkindern oder Sklaven oder den über jedes Abrechnen erhabenen Reichen keinen Ehebruch gibt.

Dies zu tippen, bekümmert mich. Ich sündige voller Mut. Verallgemeinerungen sind des Teufels, Einzelheiten des Herrn. Frankie Harlows buschiges Schamhaar war kupferrot und gekräuselt und unendlich angenehm zu kraulen. Ich tickte mit meinen Augenwimpern dagegen in dem Versuch, den Horizont minimaler Empfindung auszumachen. Ich kam mir in dem Kupfergeglitzer wie zwischen Sternen vor. Sie wisperte von fern her und versuchte mich in die Länge zu lullen. Nachdem ich in ihrem Keller versagt hatte, gedachte ich sie hier, auf dem Boden über dem Gemeindesaal zu nehmen, wo das Licht, das durch eine undichte alte Dachluke fiel, den Gegenständen Leben verlieh: den hölzernen Formen von Miniaturkrippenfiguren und lebensgroßen Futterkrippen, Kronen weiser Könige und Hirtenstäben, viktorianischem Altargerät und großen wuchtigen Bibeln, auf die nicht mehr von den kraftvollen, Schmutz aufdeckenden Pfarrern der Regierungszeit des ersten Roosevelt eingehämmert wurde, Sperrholzpalmen und Kirchen aus vergoldeter Pappe. Wir stahlen Samtkissen von einer gotischen Sitzbank für Diakone und ein Laken von einem Buntglasfenster, das bei einer Renovierung der Kirche entfernt worden war, und machten uns ein Nest. Lieblich anzusehen zwischen den Ausschneidefiguren, plastisch und voll Leben, machte sie mich schwach vor Staunen. Sie war zu fein. Ich schloß meine Lider auf den kristallischen Locken ihrer Scham und brachte mich verstohlen zu jener schlagflußartigen Steifheit, welche die Welt besämt, aber als ich mein Bündel Haut und Knochen und Gedärm sortierte, damit unsere Seelen sich mit Blicken ineinanderschlingen und unsere Genitalien ihr plumpes Werk verrichten konnten, geschah es, daß der Anblick ihres im Licht der Dachluke liegenden Gesichts (die blasse, leicht gewölbte Oberlippe ganz Erwartung, eine Perle aus Feuchtigkeit dort, wo der Spalt zwischen ihren Vorderzähnen auf das Zahnfleisch traf) mein Herz mit leuchtender Menschlichkeit erfüllte und alle Manneskraft mich verließ. Wir trauerten um mich, sie wünschte mir Gelingen, sie liebte mich für mein Versagen um so wilder, und dieser ihr Wunsch verstärkte noch die Barriere, auf die ich bei dieser seltsamen Verführung stieß.

Und da wir von Verführung sprechen – ich fühle, freundlicher

Leser, wie deine Aufmerksamkeit abschweift; Mrs. Harlows ungeschändete Locken reiben deine schläfrigen Augen in der falschen Richtung. Aber diese Barriere, die mich hinderte, sie zu befriedigen, war in der Endphase meiner Distraktion das einzig Lebendige in mir. Ich weinte mit ihr, ihr ungefickter Schoß wurde eine Klagemauer, ihre verzeihenden Hände streichelten meinen Nakken, und ich hieß meine Impotenz als den noch in mir lebenden Teil des Glaubens willkommen, als ein Stück Reinheit inmitten all dieser relativistischen Begehrlichkeit, dieser Kunststoffmodernität, dieser Ehebruchsindustrie, dieses animierten Todes.

Ich überziehe. Leicht und locker schwingen, sage ich mir Tag um Tag. Die Tage gehen hier ineinander über. Der Himmel ist nachts fliederfarben. Die Milchstraße ist ein Drache. Ich vermisse keine Blätter mehr. Meine Entrüstung verebbt. Meine Personen treten ab. Ich weiß, Sie beten für mich, Ms. Prynne.

18

Der Herbst bringt in jenen laubreichen, von Seen durchfurchten mittleren Abschnitten unseres rechteckigen Landes die Sehnsucht nach Befreiung und Neubeginn mit sich. Alicias Schmollen hatte mich lange genug gepestet. Sie fuhr mich an: «Tom, du bist mit deinem ‹Der Herr sei mit euch› zu früh reingeplatzt und hast das Stück von Charpentier unterbrochen, noch bevor es halb zu Ende war.»

«So?» Mir war ganz elend vom vielen Beraten, und ich ärgerte mich über Rückwirkungen meiner Verwirrtheit – wie eine Frau mittleren Alters sich über den Spiegel ärgert. «Aber es war plötzlich Stille», protestierte ich.

«Das waren zwei Takte *Pause*», sagte sie, in ihrer Robe herumwirbelnd, und stampfte mit dem Fuß lautlos auf dem Läufer im Mittelgang auf. «Der ganze zweite Teil des *Kyrie* stand noch aus, mit einem Duett auf Tonband, für das Julie und Sue *Stunden* geprobt haben!»

«Wie nett», sagte ich, unfähig in meinem verwirrten Zustand, auch nur einem Hauch von Euphonie zu widerstehen, «dann geh mit dem Duo ins Bett.»

«Mit denen auch nicht», sagte Alicia und machte ihren säuerlichen Schmollmund, der mich an verdorbene Süße erinnerte.

Ich fand das billig. Und wirklich, hatte diese gedrungene Person nicht etwas aufreizend Billiges an sich? Verglichen mit Frankies seidiger Haut, war die ihre wie Jute. Um die Taille herum war sie dick; sie schniefte. Ich sagte zu ihr: «Ich habe dich schon einmal gebeten, dafür zu sorgen, daß die Musik ein unterschwelliges Element bleibt. Tonbänder, Trompetenstöße, Gitarren, siebenteilige Amen – du überschwemmst damit den ganzen Gottendienst. Jedermanns Sonntagsbraten ist längst zu Asche verkohlt, wenn du uns endlich aus deinem Konzert entläßt.»

«Sagst *du* das oder Mrs. Harlow?»

«Ich, wenn du nichts dagegen hast.»

«Tom, ist dir schon mal der Gedanke gekommen, daß ich dich zu schützen versuche?»

«Wovor? Wie?» Ein angstvolles Zittern wartete auf ihre Diagnose. Es war tatsächlich wie eine Krankheit, daß sie mich so genau kannte. Aus unseren strahlenden gemeinsamen Tagen waren Barium-Indikatoren in mir geworden.

«Indem ich soviel Musik mache. Davor, daß du dich so wild in Szene setzt, wie du das neuerdings tust.»

«Das ist mein neuer Verkündigungsstil.»

Sie blickte mit glasigen Augen auf meine Brust. «Du steuerst auf eine Katastrophe zu, Tom.»

«Jag mir keinen Schrecken ein. Du redest wie meine Frau.»

Sie blinzelte und wurde ein wenig sanfter. «So werden wir am Ende», sagte sie.

«Wer ist wir?»

Sie biß sich auf die Lippen, sagte: «Du weißt es ganz genau. Wir Ausrangierten.» Und unbarmherzig ließ das Weibsstück dicke Tränen in ihren rötlichen Kaninchenaugen aufsteigen.

Ihr Weinen hier in dieser Kirche (weinselig) mißfiel mir. *Freuet euch in dem Herrn allewege! Und abermals sage ich: Freuet euch!* Scheinheilig sagte ich mit honigsüßer Stimme: «Vielleicht wärst du glücklicher, wenn du in einer anderen Gemeinde spieltest.»

Sie konnte mit dem Starren nicht aufhören und konnte mit ihrem albernen Weinen nicht aufhören. In ihrem weißen Gewand kam sie mir wie ein Arzt vor, der meinem Röntgenbild das Schlimmste entnahm und an den Worten würgte, mit denen er es mir verkünden wollte. «Kann sein», war alles, was Alicia von sich gab; sie zerrte ihr Chorhemd über den Kopf und rannte den Gang hinunter, wobei sie irgendwie in einer durch meine tiefe Erschöpfung genährten Illusion die ganze Kirche hinter sich herzog – Balken, Gedenktafeln, Bänke, Läufer, Wände und Fenster schwebten wie ein bedruckter Schal durch die Tür hinter ihr her, hinaus ins Blaue draußen, zu ihrem Wagen hin, einem neuen scharlachroten Vega. Ihr altes kohlendunkles Gefährt hatte sein eigenes Getriebe zerkaut und war eingegangen – die gerechte Strafe für all die Nächte, in denen sein Anblick, sichtbarer Beweis unsichtbarer Machenschaften, mich zur Raserei getrieben hatte.

Ned Bork und ich hatten uns nach und nach auf eine nicht ganz geheure Ebenbürtigkeit zubewegt. Seine Interessen dehnten sich auf alle Gebiete aus, die mir unwesentlich schienen: er und die

Sekretärin* brauten jeden Donnerstag das Kirchenblättchen zusammen, er und die Jugendgruppe veranstalteten samstags Wagen-Wasch-Parties zugunsten eines nordvietnamesischen Hospitals, er wurde von verschiedenen Familien als Redner am Grabe † ihrer dahingeschiedenen Lieben mir vorgezogen. Ned Bork half zwei Familien in der Gemeinde, schwarze Pflegekinder zu adoptieren, Busladungen von Gettoschreiern kamen hin und wieder an, um unter seiner apostolischen Obhut in unserem See zu planschen, und ein-, zweimal in der Woche war er im Gericht, um einem schmalen Blumenkind, das wegen Handels mit Hasch eingesperrt worden war, oder einem kulturell rückschrittlichen, Bierorientierten Burschen, der einem Polizisten in die Pistolentasche gepißt hatte, «beizustehen». Er organisierte Volleyball-Spiele für die Sonderlinge der Gemeinde und die Jungverheirateten (um sie von der freimaurerähnlichen Gesellschaft der Oddfellows und dem Sex-Club der Swingers fernzuhalten) und dominierte bei jedem Spiel mit seiner haarigen Prachtvisage und seiner Trainingsbluse, die (ich schwöre es) die Aufschrift Jesus Christus Superstar trug. Er veranstaltete, soweit ich weiß, auch Séancen. Einige graue Haare waren in seinem Bart aufgetaucht, seit er begonnen hatte, den Lehrling bei meinem Zauberer zu spielen, und im stillen registrierte ich sogar mit Befriedigung, daß in seinen Predigten weniger «Ihr wißt ja» und Jungsche Urmythen vorkamen, während die Vertrautheit mit dem Wort Gottes und mit den Wörtern zunahm und seine tertianerhafte gedehnte Sprechweise in einen durchdringenden nasalen Enthusiasmus überging, der Pfeilen gleich die Formeln unseres Glaubens mit ihren Kurare-Spitzen aus seinem Munde hervorschießen ließ. Im Schweigen der Gemeinde, in diesem urschleimartigen Vakuum, entdeckte ich in den ausdruckslosen Gesichtern meiner Bank- und Bäckersleute ein, zwei Funken unabgewanderter Aufmerksamkeit, eine winzige Bereitschaft zuzuhören. Ned war für sie offenbar etwas Neues. Amerikaner sind darauf abgerichtet, Neues um

* Die weißhaarige Miss Froth – entschuldigen Sie, ich dachte, Sie beide hätten sich schon früher kennengelernt. Sie war so tüchtig wie Sie, Ms. Prynne, hatte aber nicht Ihre Gewichtigkeit.

† Wie ist das, wenn es um den Schoß als Grab, das Leben im Tode, etc. geht? Oder will ich vielleicht sagen, daß die Leiche, wenn sie mich als Steuermann verschmäht, eine lahme Ente ist?

jeden Preis zu respektieren. Neds Absonderlichkeit, meinte ich ferner, wurde in dem Entwicklungsbad seines neuen Selbstvertrauens immer weniger schattenhaft und erwies sich als leicht affektierter, rokokohafter Stil in seinen Gesten und seiner Art, sich zu kleiden. Es war tatsächlich alles im Werden: aus *potens* wurde *ens*. Mein eigenes elendes hetero-sexuelles Beispiel mag ihm hier eine Hilfe gewesen sein. Alicias neuer Wagen, blutorangefarben im schwefligen Licht der Straßenlampen, war manchmal vor seiner Tür zu sehen, und ich stellte mir die beiden redend vor, schuhlos, durch Schleier jenes desexifizierenden Räuchermittels hindurch, das «Gras» genannt wird. Worüber mochten sie reden? Über mich, stellte ich mir vor, und fiel in Schlaf wie ein Schuh.

«Ned, hast du einen Augenblick Zeit?»

«Aber natürlich, mein Spiritus rector.»

«Ich meine, ich will dich nicht davon abhalten, ins Gefängnis zu gehen und einen deiner wegen Heilung ohne Lizenz einsitzenden Jesus-Süchtigen rauszupauken.» Es war besser, sagte ich mir, daß wir in diesem Ton miteinander sprachen; die Wahrheit mit Liebe, schreibt Paulus vor, in einer Mischung von 3 zu 1 für normale Motoren.

Seine eng stehenden Zähne entblößten sich im Dickicht seines Bartes. «Und ich möchte dich nicht davon abhalten», sagte er lächelnd, «irgendeiner Hausfrau zu erklären, warum sie ihren Mann nicht umbringen soll. Oder warum sie es doch tun sollte.»

Ich räusperte mich in presbyterianischer Manier.

«Es geht um Alicia. Wie denkst du über sie?»

Die Zähne verschwanden. «Wir sind befreundet», sagte Ned.

Ich sagte: «Das kann ich von meinem Schlafzimmerfenster aus sehen. Aber *intra cathedra* – wie denkst du über sie als festen Bestandteil des Gottesdienstes. Hättest du etwas dagegen, daß wir sie gehen lassen?»

Der angeberische Tertianer kam wieder durch, und der Geistliche schreckte augenblicklich aus seinem Rock. «Warum willst du so eine liebe kleine blonde Null rausschmeißen?» Seine Augen, ein kompliziert gezähntes Grün, begannen zu flackern, während er in seinem Hirn hastig Berechnungen über meine Sexualpolitik anstellte und mit einer Antwort herausrückte, die der Wahrheit nahe genug kam, um seinen flapsigen Ton bedauerlich zu machen.

Ich verzieh es ihm. Ich sagte, was auch tatsächlich meine Meinung war: «Sie fühlt sich zu sehr zu Hause hinter dem Altargitter. Wenn es nach ihr ginge, würde sie jeden Sonntag zu einem Bachfest machen. Ich habe mit ihr gesprochen, aber die Fugen rattern immer weiter. Ich bin es ja nicht allein. Andere haben es auch gesagt. Es ist einfach ein Fall von –» und selbst in den Wehen der Perfidie mußte ich lächeln – «von schlechten Vibrationen.»

Ein vage geblinzeltes Lächeln war die Antwort. Hinter seinen Augen arbeitete es wieder, und eine glückliche Antwort schoß aus ihnen hervor. «Wenn du meinst», sagte Ned. «Die Entscheidung liegt bei dir.»

«Mir wäre es natürlich lieber, wenn es *unsere* Entscheidung wäre. Lassen wir alle persönlichen Überlegungen beiseite. Alicia wird es überstehen, sie gibt Unterricht, sie findet bestimmt eine neue Stellung in einer anderen Gemeinde, und ihr geschiedener Mann schickt ihr einiges. Wir müssen hier an unsere Verantwortung gegenüber der Gemeinde denken, gegenüber den Leuten, die kommen, um Gottes Wort zu hören.»

Er sagte, nur leicht ausweichend: «Ich habe tatsächlich schon Gottesdienste erlebt, bei denen gänzlich auf Musik verzichtet wurde. Man rezitiert, statt zu singen, Gedichte. Da treten dann diese großen dynamischen Augenblicke der Stille ein. So etwas kann den Menschen wirklich im Innersten packen.»

«Mit dem Quäkertum ist es vorbei. Aber ich frage dich noch einmal, würdest du etwas dagegen haben, daß wir Alicia eine entsprechende Mitteilung zukommen lassen? Ich würde es ihr natürlich selbst beibringen.»

«Nicht eigentlich», sagte Ned in gedehntem Ton. «Ich glaube, das gute Kind hat sich etwas verbraucht.» Die Spekulationen hinter seinen Augen hatten aufgehört. Mit raffinierter Schüchternheit schlug er vor: «Falls du über einen neuen Organisten nachdenken willst – ich weiß jemanden, den du dir anhören solltest.»

«Eine Frau?»

«Um Himmels willen, nein!» Jetzt ergriff mein Ned lachend die Initiative. An den Stellen, wo sein Bart nur spärlich wuchs, röteten sich seine gefleckten Wangen vom Wein der Freude. «Ein Mann! Eine *sehr* seriöse Persönlichkeit. Unverheiratet. *Sehr* empfindsam.»

«So empfindsam? Und wie steht er zur Kirche?»

«Er *liebt* sie! In Fragen des rechten Glaubens», sagte Ned und es war ein Vergnügen, ihn so animiert zu sehen, «gehört Donald *ein*deutig zu den Gerechten unseres Herrn und Erlösers Jesus Christus!»

«Ned und ich haben beschlossen, Alicia gehen zu lassen», sagte ich beiläufig, gleichsam zur geistigen Erbauung, zu Jane, als ich mich nach dem Mittagsimbiß, den sie mir bereitet hatte, arglos erhob.

Wir aßen, wenn wir beide allein waren, in der Küche. Jane, die am Spülstein stand, drehte sich um, das Gesicht angespannt und weiß – vom Betrachten des Porzellanbeckens, nahm ich an –, und kam, den zum Abtrocknen ergriffenen Teller wie einen blitzenden Schild vor sich, mit den Schritten einer ganzen Armee von Frauen auf mich zu. «Du schmeißt sie raus, weil sie mit dir geschlafen hat?»

«Absolut nicht. Sondern weil sie zu laut in ihr Horn tutet. Daß sie mit mir geschlafen hat, ist, soweit es mich betrifft, eher ein Pluspunkt für sie. Aber sie tut es nicht mehr. In dieser Beziehung ist sie eher wie du.»

«Scheiße», sagte meine gute Frau – ein Ausdruck, den sie von den Kindern oder aus feministischen Talk Shows übernommen hatte. «Ich finde, ich verhalte mich ziemlich heldenhaft, einfach unter demselben Dach mit dir zu bleiben und all dem eine respektable Fassade zu geben.»

«All dem? Was soll das heißen?»

«*Dir* und allem, was du treibst!» Jane und ich hatten nie einen Zornausbruch gehabt. Seit den Tagen des geräuschlosen Pettings über ihres Vaters Arbeitszimmer hatten wir Unannehmlichkeiten schweigend erlitten. Ich bemerkte, wie sie gegen unsere ehelichen Spielregeln verstieß, und frohlockte ängstlich. «Das geht einfach zu weit», fuhr sie fort, «das *wirst* du doch dieser Frau nicht antun, Tom. Sie lebt in dem schäbigen Haus dort und rackert sich ab, um ihre Kinder und sich selbst über Wasser zu halten – da *kannst* du ihr das doch nicht antun.»

«Warum kann ich das nicht?» Ich wollte es einfach nur von ihr hören. Jane war, wie ich bereits sagte, ein guter Mensch, und gut sein heißt *wissen*.

Aber sie legte es als streitsüchtige Widerrede aus. Ihre Worte kamen in einem neuen Ton heraus, geschärft und beschleunigt, als schickte sie eilends Botschaften über ein schon reißendes Kabel. «Weil alle Leute sich fragen werden, warum, und du dir das nicht leisten kannst. Weil es gemein, verantwortungslos und selbstsüchtig wäre. Und weil es einige äußerst verheerende Folgen haben würde.»

«Zum Beispiel?»

«*Dies* zum Beispiel», sagte Jane und warf den Teller, den sie in der Hand gehalten hatte, zu Boden; er zersprang; an den größeren Scherben auf dem Linoleum sah ich, daß es ein Teller von Mutters rosa Royal Bristol-Geschirr gewesen war, dessen Randmuster aus verschlungenen Arabesken ich als Kind bei den langweiligen Erwachsenen-Dinners meiner Eltern so lange mit den Augen abgetastet hatte, bis es mir als das Muster der Ewigkeit selbst erschienen war.

Das Gespräch mit Alicia war alles andere als peinlich. Ihr Haus und das Nachtmittagslicht weckten in mir so angenehme Erinnerungen, daß ich beim Klingeln die Töne der Türglocke mitsang und mich nach dem Eintreten, von schläfrigem Behagen überwältigt, im Sessel ausstreckte. Ihre Kinder waren noch nicht aus der Schule gekommen. Sie war bei der Begrüßung überrascht gewesen, hatte mich aber bereitwillig hereingelassen; rückblickend meine ich, daß sie vielleicht gedacht hat, ich hätte bereut, ich könnte nicht ohne sie leben, ich wolle Jane verlassen. Alicia war gerade dabeigewesen, die Holztäfelung in dem Zimmer des kleinen Mädchens zu streichen. Sei trug eine Drillichhose, die an beiden Gesäßbacken zu dünnstem Blau abgewetzt war, und ein gestreiftes Männerhemd (von welchem Mann?) über der Hose, und ein geflecktes großes Kopftuch über dem Haar; sie schob eine einzelne, verirrte Strähne mit dem Rücken ihrer Hand zurück, deren Bewegung eine Taube von Terpentingeruch freigab. Sie legte immer nur langsam die reizvolle besorgte, selbstvergessene Art tätiger Frauen ab, deren Anmut ihnen ganz unbewußt ist – O Herr! Jede bezaubernde Sekunde ihrer Verkleidung drängte mich mehr von meinem Vorhaben ab. Ein dicker diagonaler Staubstrahl stand als Zeuge im Raum, ängstlich auf Brownsche Bewegung bedacht. Alicia bot unsicher Kaffee oder Sherry an. In den unvergessenen Tagen, als ich zum Liebesspiel kam, wurde portugiesischer Rosé im Bett serviert. Sie hatte gewollt, daß ich in meiner hoffnungslosen

Magerkeit Fett ansetzte. Ich reckte mich pfauenhaft in meinem Sessel, lehnte alle Getränke ab und sagte: «Wie fändest du's, wenn du mal aus deinem Trott rauskämest?»

«Vielleicht gar nicht schlecht», sagte Alicia, die jetzt neben mir auf einem Fußschemel hockte, wobei ihre Kniescheiben fast durch den fadenscheinigen Stoff ihrer Hose stießen.

«Ist dir aufgefallen», sagte ich, «daß wir, du und ich, in letzter Zeit eine Menge Streit miteinander haben?» Über ihren Kopf hinweg (das große dunkle Kopftuch ließ nur einen von Sonne getroffenen Rand ihres Haares frei) konnte ich – in einem flacheren Winkel als von ihrem Schlafzimmer aus – durch den Hinterhof mit der Wäschestange und dem blauen herzförmigen Vogelbad zu ihrer Garage und einem im Seitenweg im Leerlauf tuckernden Tankwagen hinübersehen.

«Es *ist* mir aufgefallen», sagte sie, «und ich bin zu dem Schluß gekommen, daß du vielleicht recht hast; ich war zu ehrgeizig. Ich werde wieder zu den *Tabernacle Favorites* zurückkehren. Das ist auch weniger anstrengend für mich.»

Wie wunderbar sie die Doppelrolle spielte: meine Organistin und, eingeschlossen in ihr und atemlos ans Licht drängend, die Geliebte, die nur darauf wartete, daß ich den blinkenden Schlüssel zum Vorschein brachte. Aber: «Nein. Nein», sagte ich in einem affektiert schleppenden Tonfall wie mein Kurat und streckte meine Beine wieder in diesem absurden schläfrigen Behagen aus. «Ich glaube, dein Ehrgeiz ist gut, und dein Anschlag ist gut, und die Musik, die du machst, ist herrlich, und ehe du dich an der Entfaltung deiner Fähigkeiten hindern läßt, sähe ich dich lieber als Organistin an einer anderen Kirche.»

Sie rückte auf dem Schemel hin und her, brachte formell die Knie noch etwas dichter aneinander, ließ aber sonst keinerlei Anzeichen von Gekränktheit erkennen. «Das sähst du also lieber», wiederholte sie, und ihr Mund dehnte sich in seine etwas schiefe, gummikauende Stellung.

«Ist das nicht ein guter Vorschlag? Du brauchtest nicht mehr mit anzusehen, wie ich die Gemeinde verspotte. Du brauchtest dich nicht mehr mit einem Pastor rumzuschlagen, der so taub ist, daß er bei einer Pause von zwei Takten gleich loslegt. Und du würdest», sagte ich auf gut Glück in einem anderen Ton, «nicht mehr an – an uns erinnert.»

«Das hat mir nichts ausgemacht», sagte sie. «Das Erinnertwerden hat mir nichts ausgemacht.» Sie strich sich das Haar von der Schläfe zurück und sah mich an. «Ich bin also entlassen.»

«Ned und ich sind beide der Meinung, daß es für die Gemeinde das beste wäre.»

«Ned auch?» Sie hinderte mich daran, die zurechtgelegten Erklärungen über ihre Gratifikation, über die kommenden Übergangswochen abzugeben. «Und die Diakone?» fragte sie. «Müssen die nicht auch ihre Zustimmung geben?»

Kopfnicken. *Mein* Kopfnicken, obwohl es frei, frei von mir, zu schweben und sich an der Decke fortzusetzen schien, wo es meine Blicke auf sich zog. «Eine reine Formalität», sagte ich. «Bei der nächsten Sitzung.»

Alicia stand auf. Kinn hoch. Das Hemd hing ihr senkrecht von dem kühnen Vorsprung ihrer Brüste herab. Ich mußte auch aufstehen, obwohl ich noch nicht alles gesagt hatte: Ich hatte mich noch in Spekulationen über unser beider Zukunft und in Erinnerungen ergehen wollen. Mein Körper kam mir schwer vor, wie eine alte Sonne. «Danke, Tom», sagte meine Gastgeberin, und ich merkte, daß sie in Gedanken schon wieder zu ihren Malarbeiten im oberen Stockwerk zurückkehrte. «Vielen Dank, daß du's mir selbst gesagt hast. Statt es mir per Brief oder am Telefon mitzuteilen.»

Ich glaubte, daß sie das ehrlich meinte. Ich glaubte, daß es *tatsächlich* edelmütig von mir gewesen war, zu kommen und eine Szene zu riskieren, die gottlob ausgeblieben war. Ich war so voller Illusionen, wie ein Sonnenstrahl voller Staub ist. Ich überlegte, ob es nicht ein Versäumnis von mir wäre, wenn ich nicht jedenfalls versuchte, ihr einen Gutenachtkuß zu geben. Nichts an ihrer Haltung lud dazu ein, und so sagte ich statt dessen, leicht über sie gebeugt (bei unseren früheren Abschieden war sie immer über mir gewesen): «Du *siehst* doch, daß sich dahinter, hinter der äußeren Verkleidung, ein Segen verbirgt, nicht wahr?»

«Das werde ich sicher irgendwann», sagte sie, «wenn ich auch im Moment –» ihr Lächeln war ermutigend –«nur die Verkleidung sehe.»

Über ihre Schulter hinweg sah ich einen verblichenen geknüpften Bettvorleger. Ich hätte mich am liebsten wie eine Katze auf ihrem warmen Fußboden zusammengerollt. Machte ich einen

Versuch? In meiner Erinnerung scheint sie die Hand zu heben, wie um mich aufrecht zu halten. «Geh jetzt, Tom. Sag nichts mehr. Ich komme schon zurecht.»

Oder etwas dergleichen. Als ich hinaustrat ins Freie, wo es im Gegensatz zu drinnen eiskalt war wie im Wasser eines Sees, schnappte ihre Tür hinter mir zu (abgeschlossen?), und ich empfand eine unbestimmte Irritation wie ein Jahrmarktsbesucher, dem die Brieftasche aus der Hüfttasche gestohlen worden ist, der aber vorerst nur unbewußt ihren vertrauten Druck vermißt.

19

Wir meinten, ein Motel werde vielleicht helfen. Den ganzen August über war Frankie mit ihrer Familie in irgendeinem feuchtkalten Ferienort im Norden gewesen, hatte Seilball gespielt, war zwischen düsteren Tannen Kanu gefahren, hatte Moskitos mit dem Nektar ihrer Adern genährt und Harlows drachenartiges Geschick, Briketts in Brand zu setzen, bewundert. Im September gab es allerlei Unruhe durch den Beginn des neuen Schuljahrs, im Oktober durch meine Aufregung mit Alicia, und im übrigen waren aus der alten Glückseligkeitsdiät von Kirchenknutschereien und erlisteter Lust bei dieser neuen, einschüchternd köstlichen Liebe Hungerrationen geworden. Wir brauchten Zeit, wenn nicht die Ewigkeit selbst. Wir schusterten uns ein Stelldichein um Allerheiligen zusammen. Da auch außerhalb der Stadt mein Gesicht erkannt werden konnte (von der trauernden Witwe eines von mir bestatteten Toten, von einem erwachsen gewordenen Sonntagsschüler, von einem abtrünnigen Klosterbruder Liederlich, der mich vielleicht von einem ökumenischen Essen her wiedererkannte), erledigte Frankie das leidige Geschäft mit der Anmeldung und dem Schlüssel; sie kam in ihrem guten Tuchmantel so ruhig und gelassen aus dem rot-blinkenden Empfang («Empfange!» dachte ich die ganze Zeit), als käme sie vom Frühgottesdienst und hätte gerade ihre Opfergabe auf den Kollektenteller gelegt. Sie setzte sich ans Steuer ihres Wagens (mein schäbiger Dart trieb in den glitzernden Blechwogen des Parkplatzes eines Einkaufszentrums) und fuhr das kleine Stück – einen kurzen Golfschlag weit (halt die Handgelenke *steif*!) – zu der Tür mit unserer Nummer. Schnell, schnell, und vergiß nicht die Papiertüte mit unserem Lunch, *vin*, und den Plastikgabeln und Plastiklöffeln, Picknick im Schatten, wieder aufgesuchte bukolische Bräuche.

Das Zimmer war diesem hier eher den Umständen als dem Wesen nach unähnlich. Tatsächlich mag der Gewinnzuwachs aus dem Zoll, den wir damals zahlten, und von den zahlreichen Schecks christlicher Nächstenliebe, die meine Ferien hier ermöglichen, schließlich auf einem einzigen Bankkonto zusammentröpfeln, gerade so wie ein Nieselregen in Pittsburgh und eine plötzliche Überschwemmung in Casper, Wyoming, ihre Tropfen im Delta von New Orleans mischen. Es war ein Zimmer mit einem hellen Bad, und es gab darin ein großes Bett, ein oder zwei leere Kommoden, dichte Vorhänge, die man zuziehen konnte, einen Papierkorb zum Auffangen unserer Mandarinenschalen und einen Spiegel zum Auffangen unserer Leiber. Wir hatten alles; wir waren wie Astronauten; wir waren mehr als die Welt.

In einer der räumlichen Wahnvorstellungen, denen ich seit einiger Zeit oft erlag, schien Frankie unser Zimmer mit ihrer Zartheit auszufüllen, wie eine Spinne eine Ecke mit Fäden durchzieht; sie bewegte sich hierhin und dorthin, verstaute Papiertüten und Handtaschen, entledigte sich Flügel schlagend ihres Tuchmantels und enthüllte ein schwarzes Kleid, so schlicht und so stilvoll und so geschickt gewählt für die wenigen Momente, die es in einem Motel getragen wurde, daß ich am liebsten geweint hätte, als ich es herunterriß und in seiner Weichheit von ihr abstreifte – nur daß es zum Weinen zu früh war, mußte meine Impotenz sich doch erst noch erweisen. Ihre schwarzen Schuhe mit den hohen Absätzen, ihre bestrumpften Füße mit den flachen Fersen auf dem Teppich (so kindlich bei aller Wohlgeformtheit, und so kindlich auch der Druck ihrer Hände, mit denen sie sich auf meinen Kopf stützte, als ich ihr die schicken Schuhe auszog, daß Jahre aufgehoben wurden, die Jahre zwischen mir und der Zeit, als die Mädchen auf der Oberschule mich an meinen damals noch vorhandenen Haaren zogen, als es noch Ferien gab und Lakritzenketten und an die Fenster geklebte Schneemänner aus Papier, und als niemand uns sagte, daß Jesus nicht *wirklich* am Tag nach einem Schneesturm geboren worden war), ihre dann nackten Füße, entblößt durch meine Hände, die nach ihrer Taille hinaufgelangt hatten, um die Strumpfhose herunterzuziehen, die, so transparent an ihr, zu einer schwarzen Pfütze wurde, der ihre Füße schimmernd entstiegen, jeder Knochen ein Kleinod, die Zehen ein makelloses zartes Rosa: lieblich war sie, lieblich in jedem Stadium ihrer Entkleidung, so daß ich in jedem Moment hätte innehalten können und immer ein Geschöpf des Paradieses vor mir gehabt hätte, so bedachtsam hatte sie sich für die Entkleidung durch mich gekleidet, lieblich in ihrem Kleid, lieblich ohne ihr Kleid, lieblich mit der zierlich geschmiedeten Halskette und den Armreifen und der Armbanduhr, die sie unaufgefordert abnahm, lieblich sogar in ihrer fast knabenhaften Gestalt ohne ihren Büstenhalter, aber noch im Höschen, eine *Mignonette* oben ohne, wie für den Strand von Saint-Tropez gekleidet, und, als ich das Höschen (mit Rüschen und einem eingewebten Blumenmuster von der Zartheit eines Wasserzeichens) mit flinker Hand abgestreift hatte, lieblich mit nichts als ihrem Vlies und ihren Fingernägeln.

Sie stand belustigt da, betrachtete sich, über die Schulter hinweg, im Spiegel und wartete auf mich und meinen nächsten Schritt. Während ich auf ungestümere Weise mich selbst auszog, erkannte ich, daß ihr zögernder und vorsichtiger Ausdruck, als ginge sie mit etwas Zerbrechlichem um, nichts mit ihr selbst und ihrer Nacktheit zu tun hatte, die für sie nur durch meine ehrfurchtsvolle Scheu dem Gewöhnlichen enthoben wurde, sondern mit mir, ob ich wohl in dieser perfekten, käuflich erworbenen Abgeschlossenheit imstande sein würde, den Glorienschein um sie zu durchbrechen und sie auf irdische Weise zu vögeln. Und als ich diesen Zweifel ahnte, schwoll meine Schwäche und erlangte ihre vertraute, unüberwindliche Dimension.

Wir lagen beieinander, spielten miteinander und entzündeten uns aneinander; ich liebkoste sie und ließ mich liebkosen und brachte sie schließlich, da mein Stummel hartnäckig vor der Rolle des Helden zurückschreckte, mit dem Gesicht zwischen ihren Schenkeln zum Höhepunkt. Wie tigerinnenhaft, wie selbstvergessen sie sich in diese letzten, den Durchbruch eröffnenden Zungenschläge hineinstieß! Ich war zufrieden. Wir aßen. Der Wein war schon zur Hälfte getrunken. Unsere gestohlenen Stunden schwanden dahin. Ich versuchte mich zu erklären.

«Ich kann mir nur denken», sagte ich, «daß es etwas mit deinem unbeirrbaren Eifer als Anhängerin der Kirche zu tun hat.»

«Aber –» Sie hielt taktvoll inne.

«Das sind die anderen auch, willst du sagen? Jane und Alicia? Nun, Jane glaubt nicht an Gott, sie glaubt an das Rechte im Leben. Und Alicia noch weniger. Sie liebt Musik und Männer, und für mehr reicht ihr geistiges Budget auch nicht.»

«Und bin ich», fragte Frankie, ihre Schüchternheit ablegend, «die einzige andere –?»

«Nun, nicht ganz.»

Die Melancholie und die gedämpften einmaligen Schüsse hinter den Chorhemden wollte ich nicht verraten, auch ihr nicht. Das fiel unter die Schweigepflicht des Therapeuten. «Aber selbst wenn die Frau tatsächlich ein Glied der Kirche ist, verkörpert sie den Glauben nicht so, wie du es tust. Du scheinst regelrecht versessen darauf. Wenn ich daran denke, wie du durch deinen Schleier zu mir aufgeblickt hast.»

«Aber jetzt bin ich nicht verschleiert», sagte sie zutreffend und biß mit ihrem Lächeln in einen «Butter Nutter»-Keks. «Und bin ich wirklich –» sagte sie mit krümelndem Mund, die eine Hand unter dem Kinn aufgehalten, damit das Bettlaken nicht von den Krümeln piekste – «so versessen darauf?»

«Ich meine schon. Glaubst du an Gott den Vater, den Allmächtigen, Schöpfer Himmels und der Erden?»

Sie errötete und antwortete mit einer Stimme, so bescheiden wie möglich. «Ja.» Wut kam in mir auf, der Zorn eines Amateurklempners, der enttäuscht darüber war, daß er den Klumpen in mir nicht auflösen und nicht beseitigen konnte, was mich in meiner Fähigkeit behinderte, meiner scheußlich gewöhnlichen und, wie man so sagt, gottgegebenen Fähigkeit, mich in den Schoß dieser geliebten Frau zu ergießen.

«Sag, daß es nicht so ist», befahl ich ihr.

Frankie begriff nicht.

«Sag, daß du nicht an Gott glaubst. Sag, daß Gott für dich nichts als ein alter israelitischer Furz ist. Sag es!»

Sie war willig und holte sogar Luft, um irgend etwas hervorzubringen, schaffte es aber nicht.

Immer nur kleine Schrittchen, sagte ich mir. «Sag ‹Furz›.» Sie tat es. Ich ließ sie weitere Wörter nachsprechen. Sie brachte sie gehorsam über die Lippen, ohne sie zu schmecken, wie ein Kind im katechetischen Unterricht. Ihre Mundwinkel rundeten sich dabei; sie war amüsiert. Unsere Litanei erregte mich; sie bemerkte es und begann mit großen Buchstaben zu sprechen; aus einem neuen Blickwinkel bewunderte ich die Sequenz ihrer Wirbel und die symmetrischen Flächen ihrer flügelartigen Schulterblätter; ich stieß sie von mir und hob ihr Gesicht zu mir hoch und hielt es so fest, daß ihre Wangenknochen weiß und ihre Augen rund wurden.

«Wie bringst du es bloß fertig, zu glauben, Frankie? Wie bringt jemand mit gesundem Menschenverstand das fertig?»

«Das tun viele», antwortete sie mir. Dann verbesserte sie sich: «Manche.»

«Es ist *so* lächerlich», sagte ich. «Und es ist immer lächerlich gewesen. Da gab es einst diesen furchtbaren Stammes-Chauvinismus der Juden. Dann kam ein junger Größenwahnsinniger daher und sagte: ‹Seht mich an.› Und ungefähr ein Dutzend Leute taten es. Und dann . . . Wir wissen nicht, was geschah, keiner weiß es, wir wissen nur, daß zu der Zeit, als das Römische Reich verrottete, *ein* Mysterienkult stärker war als all die anderen. Die Leute waren damals ebensolche Wirrköpfe, wie sie es heute sind – es hätte jeder Kult sein können. Und die verdammte Sache ist bis heute unter uns lebendig. Es ist eine feste Einrichtung daraus geworden, ein Establishment, meine geliebte Frankie. Ein Riesenschwindel. Glaub mir. Die Worte sind leer. Das Brot ist nichts weiter als Brot. Die größte Vertriebsmacht in der Welt, und sie verkauft leere Kalorien – Jesus Christus. Was ist das, Frankie? Ein Detergens? Ein Desodorans? Und was bewirkt es, Frankie, dieses unsichtbare geruchlose Ding?»

«Es macht es den Menschen möglich zu leben . . .?» Zu spüren, wie ihr zerbrechlicher schmaler Unterkiefer sich unter meinen Fingern abmühte, war erregend. Mein Griff hatte ihre von feinen Falten gefurchte Gesichtshaut gestrafft.

«Es läßt sie sterben», korrigierte ich sie. «Es gefällt ihm, wenn sie sterben. In diesem Sommer sah ich – neben vielen anderen köstlichen Zerstreuungen – einen fünfzehnjährigen Jungen an Leukämie sterben. Es war ein Junge wie andere auch, ein bißchen schwerer von Begriff als die meisten; er konnte nicht verstehen, warum es gerade ihn traf, und ich konnte es auch nicht. Aber er war alt genug und auch helle genug, um zu begreifen, was für ein sinnloser fauler Trick es war; warum begreifst *du* das nicht? Stell dir vor, es wäre Julie gewesen. Sie ist fünfzehn, nicht wahr? Stell dir vor, sie würde, während wir hier liegen, von einem Auto überfahren. Wie würde dir dann zumute sein?»

«Furchtbar. Ich würde mich voll der Sünde fühlen.» Obwohl der Schmerz ihr das Wasser in die Augen trieb, versuchte sie noch immer in meinem Gesicht zu lesen, was ich wollte, damit sie es mir geben konnte.

Ich legte meine Hände um ihren Hals. Ein Bündel pulsierender Venen. Ich fragte sie: «Wenn jetzt ein Dämon in mich führe und mich zwänge, dich zu erdrosseln, glaubst du, Gott würde es verhindern?»

«Nein.» Sie war erschrocken und dennoch kicherte sie. Die plötzliche Berührung durch mich war ein angenehmer Kitzel gewesen.

Ich schlug sie. Erst ein Klaps mit der hohlen Hand, dann ein richtiger Schlag mit der flachen Hand und mit steifem Handgelenk, so daß unsere Kammer unter dem Geräusch splitterte und alle Altweibersommerfäden, die ihre Liebe gesponnen hatte, weggefegt wurden. «Du blöde Fotze», sagte ich, «wie kannst du so blöde sein, an Gott den Vater, Gott den Sohn und Gott den Heiligen Geist zu glauben? Sag mir, daß du es in Wirklichkeit nicht tust. Sag es mir, damit ich dich ficken kann. Sag mir, daß du weißt, daß da unten in der Tiefe *nichts* ist. Die Toten stinken, Frankie; eine Weile stinken sie, und dann sind sie nur noch Knochen, und dann nicht einmal mehr das. Nichts. Für immer und ewig. Habe ich nicht recht? Sag es!»

«Ich kann nicht.»

«Warum nicht, Süße? Warum nicht? Bitte.» Ich erhob mich auf die Knie und beugte mich über sie, ich wollte sie wegtragen, in Sicherheit, fort von mir. Eine paradoxe Anwandlung, nehme ich an.

«Ich kann nicht», wimmerte sie unter mir und wand sich.

Ich wischte die Haare beiseite, die ihr die Aufregung in die Augen geworfen hatte. «Warum kannst du nicht? Du weißt, daß da nichts ist. Sag mir, daß da nichts ist. Sag mir, es ist ein Schwindel, ich bin ein Schwindel, es ist alles in Ordnung, es gibt nur uns, und wir werden sterben, es gibt nur deine liebe Fotze, nur deinen lieben Arsch, deine Titten, deinen lieben Mund, deine lieben, lieben Augen.» Ich berührte ihre Lider und hatte den Gedanken, zuzudrücken.

Sie biß sich auf die Unterlippe, statt zu sprechen.

Ich kroch tiefer, drängte, machte den Clown. «Da ist Nobody, Frankie, mit seinem treuen Hund Nada. Da kann nur das Nichts sein. Du kannst nicht wirklich denken, daß da ein Gott ist. Du weißt, daß du es nicht kannst. Was für einen Grund hast du? Nenne mir einen einzigen Grund, Frankie.»

«Dich», sagte sie in einem halb feindseligen Ton, und diese Feindseligkeit brachte ihre Seele so nahe heran, daß ich stöhnte und den Kopf beugte, um meinen starren Blick von ihren Augen zu lösen; ich sah meinen Phallus bis zu meinem Nabel erigiert. Sie spreizte ihre Beine schnell, aber nicht schnell genug. Zwar drang ich in sie ein, doch überkam mich reuige Zärtlichkeit; ihr Beckenknochen stieß knirschend gegen den meinen, als ich in ihr schrumpfte; sie kam, weit und bereit, wofür auch immer, während ich nicht konnte und es wieder Zeit für mich wurde, zu weinen. Sie zog mein Gesicht so ungestüm zu sich herab, daß ich mich widersetzte; sie küßte durstig meine Tränen.

«Verzeih mir», sagte ich natürlich, «ich weiß nicht, was mit mir los ist. Aber wenigstens hast du etwas davon gehabt, diesmal, nicht wahr?»

Sie nickte bebend, noch immer meine Tränen schlürfend; ihre Zunge fühlte sich so groß und kräftig und isoliert an, daß ich an den Kuß denken mußte, bei dem ihr Mund so gewesen war, als bestünde er aus vielen Blütenblättern. Sie formte Wörter. «Du mußt», sagte sie zu mir, «daran auch als an etwas Heiliges denken.»

Ich rollte mich von ihr herunter. Ihr hübscher Körper sank in eine Mulde von Schweiß. Die frische Luft an meiner Haut stellte für mich die Welt wieder her. «Okay», sagte ich. «Das ist gute praktische Theologie. Ich werde es versuchen. Ich denke, daß nächste Mal komme ich soweit.»

Und die Ereignisse entlarvten mich nicht als falschen Propheten. Es gab kein nächstes Mal. Nehme ich meine Tätigkeit als Geistlicher unter die Lupe, finde ich nur diesen einen Makel: Nie bekam Frankie Harlow meinen Samen, glitzernd und brennend wie eine Prise Salz, in sich zu spüren.

Besorgt, mein Motel-Abenteuer habe mehr Zeit verschlungen, als selbst ein Besuch an einem Sterbebett rechtfertigen konnte, eilte ich den Ziegelweg entlang. Ich hätte mir keine Sorgen zu machen brauchen. In meiner Abwesenheit hatte die Welt sich über jedes Verlangen nach meinen Lügen hinaus weitergedreht. Ned war da, bei Jane. Sie saßen im Wohnzimmer, in den einander gegenüberstehenden Sesseln am Kamin, wie so oft, wenn ich von einem nächtlichen Weg zurückkehrte, damals in der Zeit der Irrfahrten, als ich irrtümlich hoffte, die beiden würden sich ineinander verlieben. Nur brannte jetzt kein Feuer im Kamin, sondern das schwache Tageslicht herbstlicher Abendbrotszeit entlockte der romantischen Szene fahle Schatten, und beide waren nüchtern. Als ich den Raum betrat, unter dem eichenen Bogen hindurch mit seinem göttlich gearbeiteten Tympanon (grausam wie eine Guillotine, falls er fiel) aus Knäufen und Spindeln, standen beide in absurder Einmütigkeit auf. Ich war in Sorge, die Jungen könnten mithören, was immer sie sich zu erzählen hatten, aber vom anderen Ende der Wohnung her tönte das elektrische Strudeln des Fernseh-Spülwassers.

Jane warf Ned einen Blick zu und trat einen Schritt vor, um das Wort zu ergreifen. «Tom, Alicia –»

«Hat es nicht gefallen, so rausgeschmissen zu werden», fiel Ned ihr ins Wort und bezog mit einem noch federnderen Schritt als Jane eine parallele Position auf dem Teppich. «Deshalb –» Er nickte respektvoll meiner besseren Hälfte zu.

«Deshalb ist sie zu Gerry Harlow in die Bank gegangen und hat ihm alles, was sie weiß, erzählt.»

«Was offenbar mehr als genug war», sagte Ned nörgelnd in seinem abstoßenden alten Tonfall.

Nachdem sie auf Antwort von mir gewartet hatte, fuhr Jane fort, rührend gequält, so daß ihre Stirn wie gehäutet aussah und ihr Mund so straff, als stimmte die Synchronisation nicht mehr. «Und nicht nur über dich und sie, sondern auch über –»

«Über dich und alle Welt», beendete Ned, dessen schimmernder Bart sich zu tausendfältigem Lächeln kräuselte, den Satz.

Jane sagte: «Er war heute nachmittag hier, eine ganze Stunde lang und sehr aufgeregt – Frankie war offenbar nicht zu Hause und auch sonst nirgendwo aufzutreiben –, und er will für heute abend eine Sitzung der Diakone bei sich zu Hause einberufen.»

«Ganz geheim – pscht!» sagte Ned.

«Er will natürlich, daß die Sache soweit wie möglich vertuscht wird – ein plötzlicher Urlaub, zum Beispiel. Wir könnten sagen, ein Nervenzusammenbruch oder wie immer man so etwas heutzutage nennt –»

«Gerry hat sich an unseren guten Bischof gewandt», sagte Ned, «und der hat zu ihm gesagt, daß es irgendwo, weit im Westen, sogar ein Heim gibt für Fälle wie deinen. Offenbar sind Fälle wie deiner im Kommen.»

Mein Bischof: ein ziegelroter Mann in schwarzer Sitzung in einer ziegelroten, mit schwarzer Industrie umrandeten Stadt. Für ihn war ich ein schwarzer Nadelkopf auf einer Karte christlicher Versorgungsstätten – Tankstellen, Raffinerien, Verkaufsbüros –

innerhalb der Region. Ein *Stich,* und ich war versetzt. Ich fühlte mich winzig in seinen Augen und stereoskopisch ins Riesenhafte vergrößert, eine bläßliche Ungeheuerlichkeit jenseits der Grenzen des Erlaubten, in den starrenden Augen dieser beiden, unter Neds von einer nicht unfreundlichen froschgrünen Genugtuung gewärmten Blicken und in Janes durch Güte und Mitleid und ein hoffnungslos melancholisches Gefühl der Distanz kühl gewordenem Blick. Ohne Beisein eines Zeugen hätte sie sich in meine rußig schwarzen Arme gestürzt und sich mit mir zu einem gleichmäßigen Grau vermischt. Neds Gegenwart ersparte ihr dies. Sie warteten darauf, daß ich etwas sagte.

Ich lachte und fragte: «Warum erinnert ihr zwei mich nur so sehr an ein Paar Hi-Fi-Lautsprecher?»

Eine überflüssige Frage. Sie konnten gar nicht anders, sie waren ein Paar, mein Instinkt hatte mich nicht getäuscht, ein gut zusammenpassendes Paar von Tugendbolden.

20

O Herr.

Wieder ist ein Sonntag über uns gekommen.

Unseren Text wollen wir dem 5. Buch Mose entnehmen, wo es im 32. Kapitel also lautet: «Er fand ihn in der Wüste.»

Moses spricht hier von Jakob, doch könnte ebensogut er selbst gemeint sein oder ein Dutzend anderer von Gott erwählter Männer des Alten Testaments. Der Vers geht, wenn ich mich auf mein Gedächtnis verlassen kann, folgendermaßen weiter: «Er fand ihn in der Wüste, in der dürren Einöde, da es heulet. Er umfing ihn und hatte acht auf ihn; er behütete ihn wie seinen Augapfel.»

Ich würde vorschlagen, meine lieben Brüder, die ihr die Welt verlassen habt und von ihr verlassen wurdet, heute morgen nicht über den verhaßten Gott des Alten Testaments zu meditieren, über Seine rachsüchtigen Plagen und Pestilenzen und Seine absurde Besessenheit in Fragen der Beschneidung und Seines eigenen Namens, noch über jene rätselhaften Unmenschen wie Mose selbst und David und Samson, auf denen unabänderlich und nicht übertragbar Sein Segen ruht, sondern über die Wüste, die Einöde oder Wildnis, wie sie oft genannt wird, welche die Welt der Bibel umschließt, wie dürrer Sand eine Oase umgürtet und wie die bittere Schwärze des Alls unseren freundlichen, dunstigen Planeten umgibt.

Zwar vollzieht sich das biblische Geschehen auf einer Insel im Meer der Geschichte, doch die Einöde ist immer da, vor der Zeit und die Zeit überdauernd. Adam und Eva werden ihres Ungehorsams wegen in sie hinausgeschickt, und unser Herr Jesus Christus zog sich vor Anbeginn Seines Wirkens in sie zurück und wurde in ihr vom Satan versucht. Dort war Er, wie Markus uns in seiner einprägsamen Art erzählt, «bei den Tieren, und die Engel dienten Ihm». Und für jeden der vierzig Tage Seines Fastens und Wachens dort wanderten die Kinder Israels eines von vierzig Jahren in der Wüste *Sin* oder *Zin* oder Sinai, wo sie oftmals Durst litten, so bitteren Durst, daß der Herr zumindest bei einer Gelegenheit davon abließ, Seine Kinder schrecklich zu schelten, und Mose zum Berge Horeb führte und ihm gebot, einen Schlag mit seinem Stab zu tun, der «den Fels wandelte in Wassersee und die Steine in Wasserbrunnen». Unsere Seele, sagt der Psalmist, *dürstet* nach Gott – dessen Lehre, so wird uns an anderer Stelle gesagt, wie der Regen herabtropft, «wie der Regen auf das Gras und wie die Tropfen auf das Kraut». «Er führet mich zum stillen Wasser, Er erquicket meine Seele» – die besondere Welt Gottes in der Bibel ist eine Welt der Oasen; die Welt jenseits, die Welt der allgemeineren Schöpfung der Herrn, ist eine Wüste.

Jetzt wohnen wir in der Wüste. Ihre Luft, rein und süß wie mythischer Äther, erstaunt unsere Gesichter, wenn wir aus dem Schutz dieser freundlichen Herberge hinaustreten; wir sehen auf dem Golfplatz die wilden Rasensprenger einen Derwisch-Tanz vollführen, um den Herzschlag des Grüns am Leben zu erhalten. Heben wir unsere Augen auf zu den Bergen oder begleiten wir unsere treffliche Ms. Prynne auf einem ihrer wohlbehirteten Wege durch die Natur, dann stoßen wir auf einen Kosmos aus fragiler Kieselerde, Felsgestein, flockig vom langen Backen und der Berührung ebenso abhold wie eine heiße Ofenplatte. Scheinbare Seen erweisen sich als flimmernde Luftspiegelungen oder als salzverkrustete glitzernde Playas – nicht die Antwort auf des Dürstenden Gebet, sondern seine Verhöhnung. Ungeachtet all der abschwächenden Touristikklischees und der Besucherzahlen, die ein mächtiges und frivoles Imperium durchzusetzen vermag, können uns einige wenige Schritte vom ausgetretenen Pfade ab, in die Einsamkeit unterhalb eines roten Felsens hinein, davon überzeugen, daß diese Größe voller Willkür ist; ihr Atem ist der eines Drachen, und ihre unzähligen Augen sind blind. Dankbar kehren wir in unseren Hafen der Kühle und des Schattens zurück und tummeln uns im Schwimmbecken, dessen Wasser, so gierig aus der Tiefe der dürren Erde heraufgepumpt, wie der Buschmann in der Kalahari durch einen Strohhalm Leben aus dem Sande saugt, den heiklen Grundwasserspiegel beeinträchtigt und auf tückische Weise die Wüste veranlaßt, sich anderswo auszudehnen.

Denn die Wüste wächst, da dürft ihr euch keiner Täuschung hingeben. Der Hirte ist räuberischer als der gescholtene Jäger. Ganze Hirtenländer in Nordafrika sind zu Wüsten abgeweidet worden, wo heutzutage Hungersnot herrscht. So manche grüne Gegend, durch die unser Heiland wandelte, und Eden selbst und die Saatstätten der Zivilisation in Sumerien sind bleiche Täler geworden, Heimstatt nur noch dem in Tücher gehüllten Araber. Den Geologen nach gibt es heute mehr Wüste als zu irgendeiner anderen Zeit in den Milliarden Jahren der Erdgeschichte. Utah war einst ein einziger See. Dinosaurier wateten durch Sümpfe, wo heute Eidechsen über das Geröll ihrer versteinerten Knochen huschen.

Und wächst die Wüste nicht auch in einem anderen Sinne? Die Straßen unserer Städte sind verlassen, leergefegt von Angst. Auf den Mittelstreifen unserer Highways blüht nichts als Abfall. In unseren öden Vorstädten sind die Häuser so gleichmäßig aneinandergereiht wie Kreosotbüsche, deren Wurzeln die Erde ringsum vergiften. Das Weiße Haus selbst, das nach dem Willen seiner Erbauer der Mittelpunkt der Rechtschaffenheit und das Zeichen der Reinheit sein sollte, ist offenbar eher eine Erdhöhle, aus welcher der Skorpion der Falschheit hervorkommt, um zu stechen, immer wieder zu stechen und sich wieder zu verkriechen.

Und in den Herzen der Gemeinde, die zu beschützen und zu nähren einst unsere Berufung war, lieben Brüder, gewahrten wir dort nicht eine erschreckende Wüste unfruchtbarer Apathie und versengender Verachtung, eine Wüste der Anorexie – um ein plötzlich zum Modebegriff gewordenes griechisches Wort zu benutzen, welches das Gegenteil von Appetit bedeutet? Jene barbarischen biblischen Helden, die Jahwe zu seinem Augapfel erkor – *welche* Sünden außer dieser einen haben sie *nicht* begangen? Zeugungskräftige Bräutigame, lüstern auf die Welt – wo sind sie heute? Und ist nicht selbst die Glaubenslosigkeit, die einst unsere Frömmigkeit mit der Kraft einer reineren Frömmigkeit bestürmte, heutzutage eine für immer verlorene Wüste, eine leere, langweilige Wildnis, wo nur noch die am meisten degenerierten Arten dämonischen Aberglaubens – Astrologie, Wahrsagerei, Hinduismus – in den Herzen der Jungen sprießen, bis sie allzubald aufhören, jung zu sein und in ihrer verfluchten Unreife nicht einmal mehr diese armseligen okkulten Kräuter hegen? Und unsere Technik, die so protzig das Paradies wiederaufzubauen versprach – was ist sie am Ende anderes als eine heimtückische Giftschleuder? Wohin hat sie uns zu ihrem Triumph und zum Zeichen ihrer Möglichkeiten gebracht außer zu der ödesten aller Wüsten hinauf, auf die Oberfläche des Mondes, wo nicht einmal eine Flechte oder eine Mikrobe lebt?

Und doch, und doch ... Für diejenigen unter uns, deren Köpfe Gott umgewendet hat, so daß sogar unsere Kragen wie ein Drehkranz geformt sind, muß es immer ein «und doch» geben. Und doch – wie dankbar inhalieren unsere Lungen diese dünne Wüstenluft! Wie voll ist für das eingewöhnte Auge diese von Gebäuden und Wäldern leere Landschaft! Wie leuchtend der seltene Regen! Wie kostbar die spärlichen Kaktusblüten!

Wir alle kennen den Namen Death Valley. Wie viele von uns haben von *La Palma de la Mano de Dios* gehört? So nannten die Spanier zu ihrer Zeit das rauheste Becken der amerikanischen Wüste. Der Handteller Gottes. Sind wir hier nicht alle in diesem Handteller Gottes? Und sehen wir nicht rings um uns (unter der kundigen Führung unserer lieben Ms. Prynne) den Josuabaum die Arme linkisch zum Gebet erheben, und hören wir nicht den Orgelpfeifenkaktus dröhnend seinen überirdischen Choral spielen? Welch ein Lobgesang entschwebt dem unsichtbaren strotzenden Leben der Wüste – da ist das Pekari und der Ozelot, die Krötenechse und der schwarzschwänzige Eselhase, die Känguruhratte, die niemals Wasser zu trinken braucht, und die Agave, die Jahrhundertpflanze, die nur einmal in Dekaden blüht. Wie erfinderisch und alles durchdringend ist doch das Leben! Living-stone-Kakteen ahmen die Steine nach, zwischen die sie sich schieben, Peitschenschlangen schleudern sich von Busch zu Busch, der Mesquitestrauch kann seine Pfahlwurzeln einhundert Fuß tief in die Erde hinabtreiben, der Kerzenstrauch wirft seine Blätter ab, um die Verdunstung zu verringern, und setzt die Photosynthese mit Hilfe des Grüns seiner Rinde fort. Vögel nisten in Dornsträuchern. Winzige Zahnkarpfen, transmutierte Abkommen von Fischbewohnern der einst riesigen Seen, leben noch immer in den übriggebliebenen salzgesättigten Teichen. Und noch wunderbarer sind die Quappenkrabben, die in den wenigen Stunden, die eine Überschwemmungspfütze überdauert, ausschlüpfen, wachsen, sich paaren und sterben, und in ihren vertrockneten Leichen Eier hinterlassen, aus denen, wenn die nächste Pfütze an dieser Stelle entsteht, und sei es viele Jahre später, wieder Junge ausschlüpfen. Die Samen von Wüstenpflanzen warten klug ab. Ein kurzes Besprenkeln bringt sie nicht in Versuchung, ihre Schalen zu sprengen; erst eine Säure aufrührende Überflutung löst sie auf. Und dann ist die Wüste mit einem Teppich von Primeln und Mohn und

Malven und Zinnien bedeckt, und das winzige Gänseblümchen und der Wüsten-Fünffleck und die Sandmyrte und die Felslevkoje vertrauen ihre zierlichen Blütenblätter der heißen Sonne an, und die Mariposalilie hängt ihren Erinnerungen nach, und die klebrige Yucca-Blüte lockt die Yucca-Motte an, und die zur Nachtzeit blühende Fackeldistel die brüderliche Mondfackel, und der winzige rote Becherkaktus hält seine Becher zum Trinken empor. Und wenn der König der Wüste stirbt – wenn der große Kandelaberkaktus stirbt –, hinterläßt er ein Skelett wie ein Mensch, und das weiche Fleisch fällt von den holzigen Rippen ab, die seine fünfzehn Tonnen Würde trugen.

Was lehrt uns diese unverzagt verschwenderische Fülle? Die Lektion ergibt sich von selbst. Lebt. Lebt, lieben Brüder, auch wenn eurem Leben hinfort nichts als Beschämung und Versagen beschieden ist. Denen unter euch, die ihre Stellung verloren haben, sage ich, daß die Zwergeule sich eine Heimstatt im Fruchtfleisch des Kandelaberkaktus bereitet. Denjenigen, die noch unter der erbarmungslosen Knute jüngst geschehener Ereignisse stehen, sage ich, daß der Steppenwolf das Tagesende im Schatten abwartet. Und denen unter euch, die keinen Glauben in sich finden, sage ich: kein Samenkorn ist so ausgedörrt, daß es nicht den Code des Lebens in sich enthielte, und es sei denn, daß das Weizenkorn in die Erde falle und ersterbe, so bleibt's allein; wo es aber erstirbet, so bringt's viel Früchte. Selig, selig sind, die da geistig arm sind.

Brüder, wir sind in eine Enge geraten. Verhalten wir uns denn wie der Leguan, der, wenn er bedroht wird, *freiwillig* an einen engen Ort läuft, zu einem Spalt im glühenden Wüstenfelsen hin. Dort angekommen, verkriecht er sich etwa beschämt? Nein! Er bläst sich auf, pumpt sich zu mehr als dem Anderthalbfachen seiner normalen Größe auf und füllt den Spalt aus, wie die lebendige Seele den lebendigen Körper ausfüllt, und kann dort nicht vertrieben werden, durch keines Feindes Fangzähne oder Krallen.

Wir *sind* an einem Wüstenort.

Wir *sind* in Gottes Handteller.

Wir *sind* Sein Augapfel.

Lasset uns *hier* dankbar sein und uns hier freuen. Amen.

21

Ist da nicht eine auffällige weiße Stelle, wie durch Radieren entstanden, in dem unbeschriebenen Raum unter dem Schluß meiner gestrigen Predigt? Und gewahre ich nicht, wenn ich den verdächtigen Fleck gegen das Licht halte, den schwachen linearen Eindruck eines mit Bleistift geschriebenen Wortes? Da scheint, in steifer Schülerschrift geschrieben, ein großes «N» zu stehen – war es vielleicht das Wort «Nett»? Bist etwa du es gewesen, idealer Leser? Und wenn es das Wort «Nett» war, warum dann das häßliche Radieren, das nachträgliche Zurücknehmen, das knauserige Indianergeschenk? Doch gesegnet seist du, wer immer du bist, falls du bist, für dieses wenn auch noch so zaghafte Eindringen in den Solipsismus auf diesen Seiten, für diesen blassen Fleck, der noch fahler ist als die andere Galaxie, die mit dem bloßen Auge im Sternbild der Andromeda flirtet.

Heute vor drei Wochen wurde ich an Bord des Silbervogels, des «feurigen Wagens», der mich hierherbrachte, geleitet – von einer kleinen windzerzausten Schar: Jane, meinen beiden Söhnen und Ned. Vom Wind zerzaust, denn es war Mitte November geworden in unserem flachen grünen Land, und der Flugplatz war flacher als flach, so daß selbst die ersten Schneewehen, dünn und harsch wie Salzkrusten am Ufer eines ausgetrockneten Sees, keine Ruhe hatten, sondern weiterwogten und gegen unsere eilenden Schuhe brandeten, und meine Zeugen hatten keine Zuflucht vor dem Wirbelwind meiner Versetzung. Stephen weinte vor lauter Verwirrung, Martin, weil er gelauscht und etwas zuviel mitbekommen hatte, Jane, weil Weinen die richtige Reaktion einer Ehefrau in dieser Situation war, und Ned wegen des Windes.

Frankie und ich hatten unsere Tränen bereits vergossen (und selbst dabei brachte ich kaum etwas zustande, so sehr ließ ihre Vollkommenheit mich den Kummer vergessen: meine Gänge förderten gerade nur ein paar Tropfen Blutwasser zutage unter dem Druck ihrer Kleidung und dem Schimmer des malvenfarbenen Corrèges-Schals im Halsausschnitt ihres kreideweiß gestreiften Kostüms und der Schüchternheit ihrer grau behandschuhten Hände, deren nackte Geister die Laube unserer verflochtenen Erinnerungen heimsuchten – ihre Hände, in meinem Büro gereizt in die Taschen ihres Nerzmantels geschoben, ihre Hand mit der feuchten Handfläche, die meine Hand nahm und mich in ihr Kellergeschoß führte, ihre liebliche, meine Schlaffheit liebkosende Hand, ihre hohle Hand, wachsam unter das Kinn geschoben, um die Kekskrümel aufzufangen in dem Motel), und zwar in einer engen Café-Nische in der Stadt, in deren Vorstadt wir wohnten. Ich stammelte: «Als wir uns das erste Mal küßten, hattest du mir Kaffee gemacht.»

«Es macht mich ganz verrückt, daran zu denken», sagte sie.

«Gerry weiß wirklich nichts?»

Sie schüttelte schweigend den Kopf; ihre Tränen hatten in der Glasur ihrer Wangen feine Kanäle gefunden, denen sie folgten.

Ratgeber bis zuletzt, sagte ich: «Vielleicht solltest du es ihm sagen. Du kannst nicht auf Sand wiederaufbauen. Auf Lügen.»

Frankie, die in schicklicher Haltung auf der anderen Seite des kleinen Plastiktisches saß, der schneeweiß und eisglatt war, mit einem verschwommenen rosa Fleck darauf, der Spiegelung ihres Gesichts, beugte sich ein klein wenig vor und sagte klar und deutlich, in jenem Garten der Stimme, dessen ferner Winkel von Magnolien beschattet wurde, Worte von alarmierender Heftigkeit: «Ich will nichts wiederaufbauen, ich will zerstören. Alles außer uns. Ich will nicht, daß dieser tyrannische Trottel sich suhlt in dem, was du und ich gehabt haben.»

«Viel war's nicht», bemerkte ich. «Womit ich natürlich nicht *dich* meine, sondern –»

Sie wußte, was ich meinte, und ihre behandschuhte Hand wischte es beiseite. «Es wäre dazu gekommen, und es wäre schön gewesen», bekannte meine liebe Verehrerin.

«Zerstöre nichts», bat ich sie. «Du hast so vieles. Das Haus, die Möbel –» Vielleicht lockte meine Sorge um ihre Möbel das feine listige Lächeln hervor, das sich da hinter ihrem Schleier erkennen ließ – nein, sie trug keinen Schleier. Wie meine Ehrfurcht vor ihren Möbeln eine Fehlleistung. «Denk an Julie», sagte ich.

Sie hob ihre weiten grauen Augen – weit wie der Horizont hier weit ist, zu weit, um mit einem einzigen Blick erfaßt werden zu können, was verwirrend ist, was vielleicht erklärt . . . aber lassen wir das. Ihre Stimme klang alarmiert wie damals, als sie zu mir gekommen war, um sich über Alicias Musik zu beschweren. Sie sagte: «Ich würde mit dir gehen, ja.»

«Das kannst du nicht tun. Das darfst du nicht tun. Ich würde es nicht zulassen. Nein, du bleibst hier.» An Zweideutigkeit von mir gewöhnt, senkte sie das Gesicht, als wäre sie geohrfeigt worden. Und da versuchte ich, mich zum Weinen zu bringen – mit den schwachen Ergebnissen, von denen du bereits weißt.

Alicia blieb in der peinlichen Woche zwischen ihren Enthüllungen und meiner Abreise unsichtbar. Das wäre nicht nötig gewesen: die sehr vulgäre Gründlichkeit dieses ihres zweiten Verrats – im Gegensatz zu den absichtlichen Unklarheiten bei ihrem ersten Treuebruch – hatte eine herrlich befreiende Wirkung auf mich; denn bis dahin hatte ich nicht ganz die Hoffnung aufgegeben, daß sie mich eines müßigen Nachmittages in ihr Bett mit seinem gesteppten Sonnendurchbruch zurückholen würde. Es wäre so leicht für sie gewesen und leicht auch für mich, dem triumphierenden trägen Körper, den sie aus der Krypta meines Alltags hervorgerufen hatte, wieder zugesellt zu werden. Jetzt, da sie mir meinen Verrat (nämlich daß ich bei Jane und im Amt und im Pfarrhaus geblieben war) voll heimgezahlt hatte, war ich quitt mit meiner Schuld und meiner Hoffnung. Was es nun noch an Schuld gab, konnte sie selbst auf die Schulter nehmen.

Ah, ich scheine in jenem verlorenen Weinland die Haltung eines hochmütigen weißen Jägers einzunehmen, der mit entbürdeten Händen durch den Dschungel streifen möchte; das Leben, das ich betrübt beschrieben habe, ist wie ein Aufbruchsort, an dem ich damit beschäftigt bin, verschiedene Frauen als Trägerinnen für die große Schuldenfracht anzuheuern, die mein Gepäck sind. Jane trug ein Stück der Last dafür, daß sie mich nicht so verehrte, wie eine Geliebte oder Maria Magdalena es getan haben würde. Frankie trug etwas dafür, daß ich durch ihre große Verehrung ein desexifizierter Engel geworden war. Und jetzt nahm Alicia, der gegenüber ich mich belastet fühlte, weil ich sie nicht zu meiner Ehefrau machte, während sie doch so sehr meine Frau war (siehe die etymologische Fußnote oben), das massige Bündel – das abgebrochene Zelt – meiner gescheiterten Laufbahn auf ihren Kopf. Nun, sie war dickhüftig und zäh und konnte es verkraften. Babies und Schuld – die Frauen sind zum Schleppen gebaut.

Die Zeit hatte für meinen Vater aufgehört – ob ich einen Monat fortblieb oder eine Stunde lang nicht da war, für ihn war es das gleiche. Ich war eine wiederkehrende Erscheinung, die einen Kurzschluß in seinem Hirn auslöste. «Ras, der rastlose Racker!» begrüßte er mich herzlich. «Immer noch auf sein Unglück aus. Wann war das, daß du Lena Horsmans dicken Zopf ins Tintenfaß tauchtest und sie den Kopf schüttelte, so daß die Tinte auf das ganze Leinhemd spritzte, das unsere Mutter für den Sonntagsstaat geflickt hatte? Los, lach! Wenn je der Gerechtigkeit Genüge getan wurde – sie hat uns erzählt, wie du sie nach Hundeart genommen hast, *comme les chiens*, ihren kleinen *derrière* hochgestreckt zur Demonstration wie eine doppelte Portion *glace vanille*, he? O nein, wir können nicht immer Heilige sein, der Herr würde sich sterblich langweilen. Die Überfahrt war eine einzige Kotzerei, und mir graut vor der Rückreise.»

«Daddy, bitte, hör dir an, was ich dir zu sagen habe.»

Er sah mich mit erschreckend winzigen Augen an. «Was kümmert *dich*», sagte er mit beginnender Empörung, «die Hauptstadt von Bangladesch? Was geht es dich an, ob Bebe Rebozo einen richtigen Namen hat? Diese falsche Fröhlichkeit unter so vielen Mitteln, was glaubst du, wen du damit täuschen kannst? Ich bat um saubere Wände und einen Blick auf den See, und du bietest mir unanständige Kohlezeichnungen und Vorhänge, die dichter zugezogen sind als eine Bärenfalle. Ich weiß, manche Leute nennen das Kunst. Ich nenne es Gotteslästerung und Insubordination; ich habe ein Recht auf meine Machtinstrumente.» Er beugte sich so erregt vor, daß sein großer wolliger Kopf nach vorn geschleudert wurde und ich Angst hatte, er würde ihm von den Schultern rollen. Zusammen mit solchen Vertraulichkeiten entströmte seinem Mund ein fleischiger Geruch von dem Mittagessen, das er gerade zu sich genommen hatte. «Ich habe einen Sohn», erklärte er mir, «dessen Pflicht es ist, Narren wie dich einzusperren.»

«Daddy, *ich* bin dein Sohn. Ich bin's, Tommy. Man schickt mich weg. Sie sagen, ich hätte das geistliche Amt entehrt.»

Seine kleinen Augen blinzelten wie von einer Flamme versengt und schienen dann klar zu werden. «Nun, das hast du ohne Zweifel», sagte er müde, mit einer dem Moment angemessenen Stimme, die den Versuch, ihre vielen anderen Sphären zu füllen, aufgegeben hatte. «Das ist ohne Zweifel das Blut deiner Mutter, es mußte sich bemerkbar machen. Sie war eine Hure, verstehst du? Ich vergoß Tränen, um sie zu bändigen; ich versuchte es mit Vernunft und Leidenschaft, mit Vertrauen und guten Taten, aber sie brauchte mehr weltliche Güter und Freuden, als ich ihr geben konnte, und so wandte sie sich von meinem Bett ab, dir und deinen indolenten Freunden zu, und versank im Schmutz ererbten Reichtums.»

«Nein», flehte ich, verzweifelt bemüht, ihn in der Wirklichkeit festzuhalten, meiner Wirklichkeit, die nur er vergeben konnte. «Ich bin dein Sohn. Irgend etwas ist schiefgegangen. Ich habe keinen Glauben. Oder vielmehr, ich habe zwar einen Glauben, aber er läßt sich offenbar nicht anwenden.»

Er hörte meinen Aufschrei, und innen in seinem hohlen Kopf rang etwas, um seinen Verstand am Davongleiten zu hindern. «Ich gab ihr alles», erklärte er mir langsam – und seine Stimme mißtraute den Worten, vermochte aber keine besseren zu bilden –, «was ich ihr an Annehmlichkeiten geben konnte. Wärst du nicht erschienen, hätte sie sich damit wohl zufriedengegeben.»

Er verteidigte sich mir gegenüber. Ich ging auf diese Andeutung einer Verbundenheit zwischen uns ein. «Was sollen wir *tun*», fragte ich, «damit sie bei uns bleibt?» Ich berührte seine Hand, seine alte, mit Altersflecken bedeckte Hand, mit der meinen, die weniger gefleckt war und erst alt wurde. Seine Haut war kalt. «Daddy, ich habe Angst. Sag mir, was ich tun soll. Was soll werden aus mir. Ich wollte besser werden als *du.*»

«So etwas gibt es nicht», sagte er mit einer Stimme, die in irgendeine sechste Sphäre, jenseits aller Empörung vorgedrungen war, und eisig durchzuckte mich der Gedanke – nicht ein dem Gehirn, sondern ein dem Blut entstammender Gedanke –, daß er nicht mehr leben würde, wenn ich das nächste Mal kam. Seine Hand glitt unter der meinen hervor und legte sich auf sie und tätschelte sie abwesend. «So etwas gibt es nicht», versicherte er mir, «ehe wir ein bißchen älter geworden sind.»

Auf dem Flugplatz hockte ich mich unvermittelt nieder und nahm so schnell, daß sie nicht zurückscheuen konnten, meine beiden Jungen in die Arme. Zu Martin, den ich fester gepackt hielt, da sein sehniger Körper angespannt war – vielleicht war er zornig auf mich, wegen der Dinge, die er über meinen Flug mitbekommen hatte –, sagte ich: «Sei nett zu deinem Bruder, während ich weg bin. Und nimm du selbst es nicht so schwer.» Zu Stephen sagte ich: «Laß dich nicht durch alles auf Hochtouren bringen.» Sein immer noch babyhaftes Gesicht blickte verwirrt und enttäuscht drein. Ich versuchte es ihm zu erklären. «Hör nicht Radio, statt Schularbeiten zu machen. Streite dich nicht mit deinem Bruder mehr als unbedingt nötig. Wenn ich zurückkomme, möchte ich gern von dir hören, daß du den Monat hinter dich gebracht hast, ohne Ärger zu machen.» Und ich ließ die beiden frei und stand auf und gab Jane einen Kuß. Sie war blaß, und da war eine kleine Kruste, aber die Kruste brach wie dünnes Spiegelglas zerbricht, und es gab nichts zu sagen, wie wenn man allein ist.

Nett?

22

Ach ja, noch ein Gespräch aus dem Tigerkäfig einer klaustrophobisch verbrachten Woche kommt mir wieder in den Sinn. Verschwommen. Zu viele flimmernde kaktoide Tage, zu viele Drives mit dem Eisen 8 knapp rechts neben dem Grün, zu viele verdeckte Straights, die nicht ganz reichten, liegen dazwischen. Gerry Harlow kam zu mir, in mein Büro in der Kirche. Unser offizielles Gespräch, das, bei dem er die Ultimaten bellte, mit denen Diakonat und Diözese zu vereintem Schlag ausholten (er brüllte nicht, um bei der Wahrheit zu bleiben; er «erteilte» sie, mit zusammengebissenen Zähnen oder, um noch genauer zu sein, aus langen grauen Kinnbacken heraus, deren Kaumuskeln sich fortwährend bauschten), hatte am zweiten Abend nach meinem Motel-Nachmittag im Pfarrhaus stattgefunden. Dieses hatten wir einige Tage später.

Dieses verlief anders. Er wollte etwas. Ich war dabeigewesen, meinen Schreibtisch aufzuräumen, damit Ned als amtierender Pastor ein paar freie Schubladen hatte. Ich forderte Harlow mit einer Handbewegung auf, sich auf den Stuhl der Ratsuchenden zu setzen, und nahm selber Platz. Er sah aus wie ein Mann, der zu lange draußen im Wind gewesen ist – auf seinem Gesicht lag ein empfindlicher Hochglanz, und er beugte sich vor auf dem Stuhl und zerrte die Lippen von den Zähnen zurück wie ein Skiläufer in einer engen Kurve. Er hoffte – so seine Einleitung –, ich wüßte, daß er als Sprecher der Kirche und der Gemeinde gehandelt habe, nicht in irgendeiner privaten Eigenschaft.

Ich sagte, selbstverständlich. Ich sagte, ich hätte seine Tüchtigkeit und die Klarheit seiner Entschlüsse bewundert.

Das steife und männliche Palaver ging noch einige Zeit so weiter. Ich war froh, daß ich nicht um ein Darlehen bitten mußte. Der Kerl wußte, wie man den Autoritäts-Raumanzug trägt. Ich stellte mir vor, wie Frankies Haut die seine berührte, und ein Schauder überlief mich. Auch den Astronauten-Jargon beherrschte er. Die meisten von Alicias Behauptungen waren «gecheckt» worden. (Die Teenagerbraut insbesondere hatte sich mit fröhlicher Ausführlichkeit geäußert, als wäre ihre Episode mit mir ein

Spiel im Fernsehen gewesen, das sie genau nacherzählte. Aber auch die hagere Geschiedene hatte sofort gestanden. Frauen können, wie ich auf diesen Seiten predigte, im Grunde nichts Unrechtes dabei finden. Ich war Harlow sogar dankbar dafür, daß er mich wieder mit einigen negativen Direktiven vom Kontrollzentrum der männlichen Mission in Kontakt gebracht hatte.) Da ich eingewilligt hätte, sagte er, in einen längeren Urlaub zu starten, sei diese «Operation», soweit er selbst betroffen sei, fürs erste ein «zugeklapptes Buch».

Ich schlug sechs oder acht Sekunden Schweigen heraus.

Eines aber, fuhr er fort, setze ihm offen gesagt «höllisch» zu. Harlow zögerte eine Mikrosekunde lang bei dem «höllisch», fand dann aber offenbar, daß ich es – Pastor hin, Pastor her – angesichts seiner Unterlagen verkraften könnte. Es ging darum: Alicia habe anfangs zusammen mit den anderen auch seine eigene Frau bezichtigt, Frankie. (Als ob ich ihren Namen nicht gewußt hätte! Als machte ein ordnungsgemäßes Verfahren es erforderlich, ganz von vorn zu beginnen.) Als er im Gespräch mit ihr darauf zurückgekommen sei, sagte Harlow, habe Alicia einen Rückzieher gemacht und ausweichend erklärt, das sei nur eine Vermutung gewesen.

«Und was sagt Ihre Frau dazu?» fragte ich.

Sein Gesicht brannte in dem Wind, in dem er war, und wurde noch eine Spur rötlicher. «Sie streitet es ab.»

«Und Sie zweifeln an ihrer Aufrichtigkeit?»

Angestrengt nach der Wahrheit tastend, sagte er, der in seinem Beruf, bei seiner Tätigkeit, Darlehen gewähren oder zu verweigern, gewöhnlich die Wahrheit schon im voraus hübsch griffbereit in der Schuldscheinkassette hinter seiner Grimasse hatte: «Gerade diese glatte Verneinung kommt mir komisch vor – höhnisch, ja geradezu schamlos. Es ist, als läge ihr gar nicht daran, daß ich ihr glaube und mich damit zufriedengebe. Es ist, als – haßte sie mich.»

«O nein.» Die Promptheit meiner Antwort war verdächtig, und auch seltsam, wenn man bedenkt, daß sie eben dies verschiedene Male zu mir gesagt hatte. Aber das Weibliche in mir erzitterte bei dem Gedanken, daß dieser Beschaffer der teuren neuen, mit viel Glas gearbeiteten, riesigen Möbel, zwischen denen Frankie lebte, gehaßt werden könnte. Er war ein lebendiger Gott. Ich sagte: «Bei ihren Besuchen hier nahm ich nur sehr wenige un-ambivalente Zeichen dafür wahr, daß dies der Fall sein könnte, auch wenn sie sich, und das müssen Sie wissen, in einer Phase ihres Lebens befindet, in der sie wieder mit ihren eigenen Bedürfnissen vertraut werden sollte, nach all den Jahren einer auf andere ausgerichteten Tätigkeit – wobei die anderen natürlich in erster Linie Sie selbst und Ihre Kinder sind.» Außer Julie, der schmalen, Blockflöte spielenden Julie, hatten sie einen Jungen, Harry, eine dreizehn Jahre alte Kopie seines Vaters, erschreckend erfolgreich in der Schule und ein altkluger Spötter im Kinderchor, ein gewitzter kleiner Gauner, ein Bankier im Werden.

Gerry Harlow sagte: «Eine Nachbarin erzählte mir, sie hätte Sie eines Tages aus dem Haus kommen sehen.»

Dieser Anklagepunkt brachte mich aus der Fassung, so sehr ging mein maskulines Ego in dem christlichen Bemühen auf, seinen Zweifel zu beschwichtigen und seine Ehe zu retten. Eine witzige Ausrede fiel mir ein. «Das muß Jane gewesen sein, in Hosen», sagte ich. «Wir sehen uns sehr ähnlich, wissen Sie.»

Seine Antwort kam direkt aus dem Weltraum: «Das können Sie anderen erzählen.»

Ich nahm seinen metallischen Ton auf und sagte zu ihm: «Es gibt keinen Grund für Sie, meinen Worten zu glauben – außer, daß ich, wie Sie bemerkt haben werden, in dieser Woche nichts abgeleugnet und folglich zu diesem speziellen Zeitpunkt nichts zu verlieren habe. Stimmt das?»

«Ja.»

«Also schwöre ich Ihnen feierlich, daß ich Ihre gute Frau –» es kam auf das richtige Wort an – «nie gefickt habe.»

Er wartete seine prüfende Sekunde ab, dann schoß ein Bolzen in seinem Gehirn zur Seite, die Grimasse löste sich, die Lippen schoben sich zurück, die Goldkronen seiner Backenzähne schimmerten. Ich hatte das Darlehen. Er sagte: «Immerhin, Sie kennen sie von einer Seite, von der ich sie nicht kenne. Sie hat freimütig mit Ihnen gesprochen.»

Wie herablassend! Ich hatte mich in seinen Augen gedemütigt. Ich hatte es darauf angelegt, doch jetzt juckte es mich, ihm die Wahrheit zu sagen, ihm von den sexuellen Akten zu erzählen, die stattgefunden *hatten*, von Frankies schamlosen sklavischen Akolythendiensten. Ich sagte nichts.

Er fuhr gelöst fort, erging sich in Einzelheiten: «Was soll ich mit ihr machen? Soll ich ihr den Stuhl vor die Tür setzen? Irgendwie will sie es, aber ganz abgesehen von den Kindern – ich täte es furchtbar ungern, sie ist so verdammt präsentabel. Und wir kennen uns so genau. Bei irgendeiner anderen Person hat man das nicht.» Mir wurde klar, daß die «Nachbarin», die mich erspäht und es ihm hinterbracht hatte, einen Grund und eine Gelegenheit dazu gehabt haben mußte. So blieb also die Plage, unser Totentanz, selbst dem Vorsitzenden des Rates der Diakone nicht erspart. Er kam zum Schluß. «Andererseits bin ich nicht gewillt, den Rest meiner Zeit mit einer Frau zu verbringen, die mich nicht ausstehen kann. In Frankie steckt etwas von einer Nonne, schon immer – die kann hart sein.»

Ich seufzte. Meine Schreibtischplatte, jetzt leergeräumt von meinen Papieren, meinen Bildern, meinen Briefbeschwerern, ächzte leicht, wie sie es am Rande der Erschöpfung tat oder wenn vor einer Beratung meine Gedanken auf ihr lasteten. «Nach dem wenigen, was ich von Ihnen beiden weiß», sagte ich zu Harlow, «sind Sie *verheiratet*. Sie hat die Erfahrung gemacht, daß sie das Schlimmste, was sie fühlt, aussprechen kann, ohne daß die Welt deswegen untergeht. Sie wird sich beruhigen. Wen hat sie schon, außer Ihnen? Was sie auch tut oder sich von einem anderen Mann oder von der Freiheit selbst erträumt, es ist alles nichts *Ernstes*, verglichen mit ihrer Verbindung zu Ihnen. Sie weiß das. Sie ist Christin; sie weiß, wo die Mitte ist. Sie sind die Mitte. Lassen Sie sie um Sie kreisen, einerlei wie weit sie ausschwingt. Lieben Sie sie, hören Sie ihr zu. Sie liebt Sie – womit ich nichts weiter meine, als daß Sie, und sonst niemand von uns, Schwerkraft für sie haben.»

Trotz all meiner Müdigkeit wurde mir klar, daß ich mit diesem letzten Satz meine so sorgfältig erfundene Unschuld halbwegs Lügen gestraft hatte; doch dann merkte ich daran, wie er mir bewegt und verschwörerisch und schmerzhaft zum Abschied die Hand schüttelte, daß er meine Behauptung als fachmännische Regelung akzeptiert hatte, daß Frankie ihm mit Sicherheit ihre Liebe zu mir verraten hatte, daß er nicht auf irgendeine Absolution, sondern auf eine Arbeitsbasis ausgewesen war, die er nun hatte, und daß er mir dafür danken wollte. Und ich hatte das Gefühl, daß durch diesen kameradschaftlichen Händedruck die Auslieferung seiner Frau und der Verrat an ihr besiegelt wurde; und ich hatte sie an ihren Ehemann verkauft, während sie um

Flucht gefleht hatte, um Befreiung von Schwerkraft und Ehrbarkeit und Pflicht. Es war meine Pflicht, so zu handeln. Wie traurig war mir zumute, als ich Harlow davongehen sah, mit den breiten Schultern eines jungen Soldaten, der sich soeben bei einer einfachen und über die Erfordernisse ihres Gewerbes zärtlichen Hure wacker gehalten hat.

Gerry, Frankie, Julie, Barry – zu wie kleinen Gestalten hat die Entfernung sie zusammengestutzt! Sie kommen mir wie Puppen vor, mit denen ich spielen, die ich bald in dieser, bald in jener obszönen Stellung aufbauen kann. Ich stecke die Frankie-Puppe in ein Nachthemd, lege sie ins Bett, spreize ihre dicht aneinander liegenden Beine und setze die Gerry-Puppe auf sie, während die Julie-Puppe und die Barry-Puppe den traumlosen Schlaf der gesicherten, anorganischen Materie schlafen. Ich kann auf die kopulierenden Puppen hinabblicken, indem ich ein Stück des Daches, nicht größer als ein Schachbrett, abhebe. Die gemalten Augen der Frankie-Puppe starren blind zu mir auf. Ich bin zu groß, um sie genau sehen zu können. Ist es unmöglich, ideale und streng geprüfte Leserin, daß ich, indem ich mich in diesen riesigen viereckigen Staat begab, aus meinem kleineren, geschäftigeren kommend, ein Riese unter Riesenhunden und Wolken und Kandelaberkakteen wurde? Daß selbst Briefe, wenn sie im Postsack die Staatengrenze überqueren, sich ausdehnen, bis sie unseren Größenverhältnissen entsprechen? Und daß jenes ominöse Klopfen zu meinen Füßen in der Boeing 707, das ich einen Herzschlag lang für den Beginn eines unaufhaltsamen Sturzfluges hielt, nur der schartige Paß unserer Umwandlung war, meine Quantensprung-Geburt als Titan?

Ms. Prynne, im Namen von uns Jungen in dieser besonderen Jungenstadt möchte ich Ihnen für den gestrigen Ausflug zu der Dinosaurierknochen-Fundstelle danken. Die Busfahrt war ein großer Spaß mit dem Gesinge und den Neckereien, aber schon die Ankunft hatte etwas von der beabsichtigten erzieherischen Wirkung. Wer hätte gedacht, daß die Grundmasse, die Matrix, härter wäre als die Knochen selbst, und daß das Verfahren so aussieht, als bohrte man den Zahn weg, um die Füllung freizulegen. Und das Gewirr dieser mächtigen Knochen! – so schwer zu entziffern wie die in unseren Herzen aufgehäuften Spaghetti von Beweggründen und Empfindungen!

Sandkörner, eines ums andere, machen am Ende einen Äon aus. Doch der feierliche und unerträglich weite Ausblick in die Zeit, der sich vor dem Panoramafenster dieser Fossilien auftat, wurde getrübt durch die geräuschvolle Betriebsamkeit der jungen Paläontologen, die Laborkittel über Jeans trugen. Eine Münze, dicht vor das Auge gehalten, verfinstert die Sonne. Auf wie vielfältige Weise uns auch demonstriert wird, daß unser Leben bedeutungslos ist – wir können es nur leben, als wäre es nicht da. Erlauben Sie denn, daß ich den bröckligen Zehengliedern der Thekodonten und dem verzerrten Knochenkamm des Korythosaurus im Interesse der Wissenschaft einige aus diesem sedimentären Bericht herausgezogene Knochen hinzufüge.

Alicias Patellae, die sich bleich und kantig vorschoben, wenn sie auf der Lehne der Kirchenbank saß und ebenso wenn sie auf dem Schemel in ihrem Wohnzimmer saß.

Frankies Scapulae, die hell schimmerten, als sie im Motel anbot, auf mir hinabzugleiten, um mich zu liebkosen.

Neds Humerus, den ich flüchtig im Hoff* des Pfarrhauses ergriff.

Gerrys Mandibel, die sich in meinem Büro verkrampfte und entkrampfte.

Janes Pubis, das sich über ihrem in seinem Arbeitszimmer sitzenden Vater an meinem rieb. («Möge Deine Liebe meine Knochen betauen», fällt mir dabei ein, einer der erregteren Schlußsätze des heiligen Augustin, wenn ich mich recht erinnere.)

Meines Vaters Schädel, größer und seltsamer geformt als der eines Baluchitheriums.

Meines ältesten Sohn Rückgrat (im übertragenen Sinne).

Und meinen eigenen lästigen, sterblichen «Knochen», der kommt und geht. Wer oder was tut das nicht, nicht wahr. Ms. Prynne? Oh, Sie sind unser aller Matrix. Faser um Faser schwächen Sie uns und spotten zu Recht über das Getöse windiger Bluffer, wie ich einer bin.

* Mein erster Tippfehler in einer Woche aus lauter langen Sonntagen. Mein Hof, mein Hoffen?

23

Schlief nicht gut letzte Nacht. Brennen bereits heimwärts gerichtete Gedanken in mir? In der ersten Woche schlief ich so gut wie überhaupt nicht, wie mir schien. Ich legte mein Haupt in einem einsamen Plastik-Summen nieder, das sich in einer Flughöhe von 34000 Fuß mit 550 Meilen in der Stunde westwärts bewegte. Dann hörte, Körnchen um Körnchen, dieser Ort auf, sich zu bewegen, wurde ein *Ort*, und jetzt besteht die Gefahr, daß er der einzige Ort geworden ist. Und dieser Bericht der einzige Bericht, und du, mein Leser, meine einzige Liebe.

Laß mich dir ein paar Golfgeschichten erzählen. In der ersten Woche meines Aufenthalts, als die Konturen des Golfplatzes noch nicht hell in mein Hirn getüpfelt waren (ich habe in diesen Tagen viel über Liebe nachgedacht, darüber, wie ich das Wort haßte und es ständig wieder gebrauchte, und mir fällt ein – eine der vergänglichen Offenbarungen der Schlaflosigkeit –, daß wir, ehe wir etwas lieben, uns so etwas wie eine Nachbildung davon machen müssen, ein Erinnerungsgebilde aus flüchtigen Eindrücken und Augenblicken, das alsdann seine äußere, ziemlich langweilige Erscheinung durch eine sternbildhafte Verinnerlichung ersetzt, phosphoreszierend, bequem tragbar und am Ende unempfindlich gegen den rüden Raubbau der Wirklichkeit), spielte ich, ganz allein, die ersten neun Löcher, während meine Gefährten in ihre Zimmer gingen, zu ihren Pillen, ihren Gewissensbissen um ein Nickerchen zu halten, und auf dem siebenten Fair, als die unermeßliche Musikmuschel des Wüstenhimmels auf der einen Seite des Orchesters von gedämpftem Lila widertönte und auf der anderen Seite ein rosa Wolkentupfen-Pizzikato auf Zehenspitzen dem Beckengetöse eines feurigen Sonnenuntergangs entgegenging (gib nicht auf, es geht um meine Therapie, nicht um deine), kam ich vom Hügel ab mit einem soliden, aber zu kräftigen Drive und, aus einer mißlichen Lage heraus, durch einen Schlag mit dem Eisen 5, der nach dem unerwartet guten Schlag glatt über die Fahne ging und vom Grün sprang. Du erinnerst dich gewiß, wie die Böschung auf dieser Seite eine kleine Schulter bildet und oben mit einer harten, steinigen Bodenkruste überzogen ist, die jedesmal zu einem schrammenden Schlag einlädt. Aber eine Macht, die stärker war als ich, nahm mit meinen Händen ein Eisen 7 aus dem Golfsack, stellte sich munter den kurzen Schlag aus dem Handgelenk vor, schwang munter und sah zu, wie der Ball vom Schlägerkopf abschnellte; er hüpfte über einige von Regenwürmern aufgeworfene Erdhäufchen (das Platzkomitee läßt die Würmer unter hohen Kosten eigens aus Brasilien einfliegen), traf den Fahnenstock mit einem himmlischen *dong* und fiel ins Loch. Ein Birdie drei. Freude, fast zum erstenmal seit ich Frankies Fuß nackt auf dem Teppich im Motel erblickt hatte, entlastete mein Herz. Das nächste Loch ist dann ja dieses sehr kurze Par drei, nur 100 Meter nach der Scorekarte. Ich nahm ein Eisen 8, und als ich den Ball gelöst anstieß, sah ich ihn in Gedanken an der Fahne aufschimmern. In Wirklichkeit sah ich ihn dann seitwärts in das undurchdringliche Rough von Salbei und Kreosotbüschen zur Rechten fliegen. Und *der nächste Schuß nahm den gleichen Lauf*. Ein ganz neuer Meister! ich schrieb mir selbst eine 0 an für das Loch und schleppte mich zurück zum Clubhaus. Mein Gesicht fühlte sich versengt an; ich war dem Teufel begegnet. Ich hatte mich gegen eine furchtbare Wahrheit gesträubt: Es sind die sicheren Schüsse, die uns erledigen.

Oder, um die Moral in eine nützlichere Form zu kleiden: Auch ein Schlag mit halber Kraft erfordert eine Schulterdrehung.

Und volle Aufmerksamkeit: Lau speie ich dich aus.

Golf ist eine Knochenmühle, ein sofort strafender Zuchtmeister und Lehrer; Lehren, wohlproportioniert wie die Darstellungen binomischer Gleichungen, schimmern durch, die sonst auf immer zwischen dem das Wirrwarr gelebten Lebens umhüllenden Muskel verborgen blieben.

Hier eine menschlichere Geschichte, die zudem glücklicher für deinen Helden ausging. Es war letzte Woche. Wir waren wie gewöhnlich zu viert zusammen – ich, Jamie Ray, Amos und Woody. Woody und ich spielten unser übliches Dollar-Wettspiel, und wie üblich war er mir um fünfzehn Meter voraus. Ich weiß nicht, wie er mit seinen Schultern jemals in eine Soutane gepaßt hat, und ich wundere mich nicht, daß der Vatikan zu dem Schluß kam, er bedürfe einer Abkühlung. Jedesmal wenn er an die lateinische Messe denkt, wird er im Gesicht krebsrot und seine Scheren beginnen zu rasseln. Als Partner bekam er heute Jamie Ray, was hieß, daß er beim Teamspiel mit Sicherheit kassieren konnte. Jamie Ray schlägt miserabel, aber er puttet wie ein Engel; ich frage mich manchmal, ob ihm von der Arschfickerei her das Loch relativ groß erscheint. Während wir armen Fotzenmänner immer nach der Seite hin abgleiten, ängstlich vornüber gekrümmt wie Fötusse, die plötzlich merken, daß sie niemals ihre Schädel durch eine neun Zentimeter breite Beckenöffnung hindurchzwängen können. Amos muß einst Frauenschänder gewesen sein, denn er versucht mit solcher Wucht, in die Tiefe des Loches zu treffen, daß ein Fehlschuß (und das sind die meisten) um zwei bis drei Meter vorbeigeht. Ich weiß natürlich, liebe Direktrice, daß Amos' Krise asexual war. Wer von uns hat nicht seine Geheimnisse ausgeplaudert, obwohl es verboten ist? Er war der Pastor einer glücklichen kleinen Gemeinde am Rand der Innenstadt mit einer Holzkirche im Kolonialstil, alles Säulen und Bänke, Jahresbudget um zwanzig Mille, zweihundert eingetragene Familien und davon vielleicht fünfzig aktiv. Eine fröhlich sterbende kleine Angelegenheit, keine große Belastung für einen Mann von sechzig, Kopf kahl wie eine Zwiebel, schleichende Arthritis in den Gelenken, die Kinder aus dem Haus, in Teheran und Caracas für die Regierung oder die Ölgesellschaften tätig, ein arthritischer evangelischer Glaube, der durch die vereinzelten Schwarzen in der Gemeinde und eine Menge Bürgerinitiativen «auf allgemeiner kommunaler Ebene» noch etwas gelenkig erhalten wird. Plötzlich brennt die Kirche ab. Ein Defekt im Leitungsnetz? Schwarze Panther oder Moslem-Vandalen aus dem Getto in der Nähe? Ein Blitzstrahl? Wie dem auch sei, in einer großen Versammlung beschlossen sie unter Bekundungen ihrer Gemeinsamkeit und ihres Ist-Gott-für-uns-Vertrauens, die Kirche wiederaufzubauen. Und so geschah es, und es entstand ein schicker kleiner Rundbau, ein sahnefarbenes Preßmüll-Ziegel-Gebilde, das aussah wie eine Hutschachtel mit einer herausragenden und nach oben weisenden Hutnadel. Das Schlimme war nur, daß kein Mensch kam. Die Schwarzen waren der Meinung, das Geld wäre besser für Sozialarbeit ausgegeben worden, die älteren Gläubigen konnten sich mit dem neumodischen Gebäude nicht abfinden, die jüngeren gingen dazu über, sich reihum in den Kellern ihrer Häuser zu verlustieren, und nannten es Andachten, und die reichen Familien, die ihre Spenden aus Prinzip gegeben hatten, kamen ohnehin nie – sie hatten hier schon gelebt, als jenes Stadtrandgebiet noch Weideland am Ende der Straßenbahnschienen war, und glaubten nach wie vor, den religiösen Pflichten von Landjunkern wie ihnen sei vollauf Genüge getan, wenn man an Weihnachten in der Kirche erschien. Amos' Frau und ihr koreanisches Pflegekind besuchten die Gottesdienste, und einige der in der Gegend wohnenden Teenager, die die beiden für besessen hielten, brachen mehrmals nachts in der Kirche ein und verrichteten Dinge auf dem Altar, die feuchte Flecken hinterließen, und mit den Volleyball- und Yoga-Gruppen ging es bergauf. Aber das alles nahm er noch geduldig hin. Die Leere, die Stille, die Hypothekentilgungsraten, die Pfuscherei, die sich die Handwerker geleistet, und das minderwertige Material, das sie beim Bau der neuen Kirche verwendet hatten, der komische Geruch bei Regen – das reichte ihm dann. Sein Küster überraschte ihn eines Samstagabends im Heizungskeller dabei, wie er Zeitungspapier mit Heizöl tränkte, und nun ist er hier unter uns.

Aber du kennst diese Geschichte, und ich hatte ja auch eine andere erzählen wollen. Golf. Golf, Gold, Sold, Soul, Sous, *nous*, Gnus, Anus, Amos. Acht Schläge mit ein bißchen Mogelei und einem Einer-Putt. Das Eigenartige daran, wie Amos Golf spielte, war, daß, welchen Schläger er auch benutzte, vom Driver bis zur Wedge, die Flugbahn des Balles immer gleich war – flach und gleichsam wie eine Schädeldecke gewölbt. Aber er war zuverlässig, man konnte immer bei ihm auf ein normales Bogey rechnen, was mir die Freiheit gab (*Freiheit!* – ein Wort, das man zusammen mit dem Wort *Liebe* in den Block schließen sollte: das eine ein Anarchist, das andere ein Wüstling), jeweils auf Par zu spielen. Trotzdem, was für Chancen hatte man gegen einen scharfen Putter und einen großen Schläger? Ziemlich geringe! Ein kümmerlicher – rettender? – Rest. Woodey war mir drei Löcher voraus und hatte noch vier vor sich. Beim fünfzehnten verzog er den Ball nach links in den Tümpel. *«Unum baptisma in remissionem peccatorum»*, sagte ich zu ihm und schlug kurz mit einem Eisen zu einer sicheren Fünf. Blieben noch drei, und zwei Abstand. Ein schönes Polster, schien sein Nacken zu sagen, in dem meine kleine Latein-Banderilla immer noch ungespürt wippte. Oder vielleicht gefühlt als nicht benötigtes Aufwallen göttlicher Eingebung, denn er schwang sein Fairwayholz zu stark auf dem breiten sechzehnten

Fairway und toppte den Ball schwer: er kullerte in ein Präriehund-Erdloch. Jedenfalls verschwand er in den Erdfalten am Rand des kleinen Wasserlaufs. Zu viert liefen zehn Minuten suchend im Kreis herum, wie alte Frauen, würdest du sagen, die auf unbebauten Grundstücken Brennmaterial sammeln, ehe wir aufgaben. «*Qui tollis peccata mundi*», tröstete ich meinen priesterlichen Gegner, und selbstgefällig (ich gestehe es) schlug ich meinen eigenen Ball mit einem gleichgültigen, aber sicheren, kurzen Holzschlag aufs Grün, zu einem weiteren siegreichen Bogey. Jamie Ray war in einem Bunker in Schwierigkeiten geraten, und Amos traf genau den hinteren Teil des Lochs, so daß wir auch um einige Vierteldollar von unseren Teamschulden herunterkamen. Für Woody geriet die Welt ins Wanken. Als wir den Ball für das siebzehnte Loch (Par drei) aufteeten, gewahrte ich, wie zum erstenmal der Gedanke über ihn hereinbrach, daß er seine Führung womöglich noch ganz verlieren würde. Er war verwirrt; er war erregt; das Latein hatte Schleusen des *excessus* in ihm aufgetan. Er überraschte mich unangenehm, indem er mit einem Eisen 6 den Ball genau in die Mitte des Grüns schlug, das sich dem Sonnenuntergang, Kalifornien und dem Pazifik entgegenneigt, dem Mare Pacis, das sich wie ein Augapfel ohne Scheuklappe dem Unendlichen entgegenwölbt. Meinem eigenen Eisen 5 gelang ein glücklicher Schlag, und der Ball schien dem grellen Glanz entgegen zum rechten Rand des Grüns zu trudeln. Weder Amos noch Jamie Ray hatten Schwierigkeiten. Hosianna.

Man muß hier einige Stufen aus orangefarbenem Schieferton hinuntergehen. Das Licht war so schön, unsere abendlichen Drinks waren so nahe, und unser Wettspiel war so lustig – ein lockeres Hin und Her, schwankend wie ein glückliches Kind in einer Decke, die jeder von uns an einer Ecke hielt –, daß wir in unserer Freude laut redeten, und als wir auf dem Grün waren, hob ich, der ich als erster zu putten hatte, die Arme und psalmodierte: «*Pleni sunt coeli et terra gloria tua.*» Es wird Sie überraschen oder auch nicht, meine mysteriöse Ms., zu erfahren, daß man mich zum Clown der Gruppe ernannt hat.

Ohne jede Clownerie jedoch stellte ich mir die Linie meines langen Putts so genau vor, daß sie in meinem Geist zu einem platonischen Eidos wurde, so überwirklich wie es ein Kubikzoll des Sirius in der Sekunde auf Erden sein würde, ehe unter seinem

Gewicht der Labortisch zusammenbräche und er einen sauberen viereckigen Tunnel querdurch bis nach China brennen würde. Und ich schlug zu, und wenn der Ball auch nicht ins Loch traf, so rollte er doch nahe genug zum Einlochen heran, was aus fünfzehn Meter Entfernung eine recht ordentliche Leistung ist. Woody, rot im Gesicht von der Sonnenuntergangsglut und der Erinnerung an die Messe, wie sie nach Gottes Willen gelesen werden sollte, donnerte nicht unvorhersehbar seinen Fünf-Meter-Putt halb so viele Meter an der Hangseite vorbei, und in jäher Verwirrung puttete er zu kurz zurück und brauchte so verschwenderische vier gegenüber meinen beherrschten drei Schlägen. Ein Punkt noch, und wir würden alle square stehen. Unsere Freunde staunten. Ich war ein Wuntertäter, selbst falls ich verlieren sollte.

Und natürlich verlor ich nicht. Rein, schwebend, geläutert von aller Schlacke, trieb mein Schwung den Ball das sirrende Siebtel einer Meile dem Rand der Sonne entgegen. Woody, in Not, aber nicht vernichtet, schlug seinen Ball eine Mulde weniger weit, aber ganz gerade. Er erreichte das Loch (Amos und Jamie Ray trödelten neben uns her wie Männer, die Erdnüsse mit der Nase vor sich herschieben) als erster, und eine Wolke trübte vorübergehend mein Gefühl der Transzendenz, als ich sah, daß sein Schlag wunderbar gelungen war und der Ball so heftig hinter der Fahne auftraf, daß er zurückrollte. Doch aus Liebe zu Ihnen, Ms. Prynne – unter anderen –, nahm ich ein Eisen 7 und starrte aus der Höhe meines knappen, nicht zu hastigen Rückschwungs auf den Ball auf seiner kristallischen Fläche von funkelndem Sand und Gras, bis er schneller als eine schmelzende Schneeflocke verschwand. Unter mir sprang ein Rasenstückchen weg, was gewöhnlich bei mir nicht vorkommt. Für einen erklärten Liebhaber von *unten* (sein, liegen, verharren) habe ich einen seltsamen Widerwillen dagegen, den Ball unten zu treffen; ich kann nicht glauben, daß der Ball sich von selbst erhebt. Ich kann nicht glauben, daß die Welt sich ohne mich weiterdreht. Ich kann nicht glauben, daß irgendeine Frau ohne mich je glücklich sein wird. Ich kann nicht glauben, daß ich nicht in Wirklichkeit fünfzehn Milliarden Lichtjahre im Durchmesser und wie ein Sattel geformt bin etc.

Ich behielt den Kopf oben. Oh, mit was für einer erhabenen Kometenkurve senkte sich jener Schuß sanft vom Rande der halb untergegangenen Sonne zu dem schräg stehenden Fahnenstock.

Ich verlor den Ball auf dem schimmernden Grün aus den Augen, doch meine frohen Glieder ahnten, daß er dort sicher und gut gelandet war. Und so war es. Eine Überprüfung an Ort und Stelle ergab, daß die Bälle auf einer Linie mit dem Loch lagen, seiner drei Meter dahinter, meiner anderthalb Meter davor. Und dennoch gab der priesterliche Teufel, der Günstling der babylonischen Hurenmutter, nicht auf. Sein Putt, mit jesuitischer Genauigkeit geschlagen, bog in der allerersten Sekunde ab, weil sein Verbündeter, der schniefende Päderast aus Dixieland, grunzte. Während mein problematischer Anderthalb-Meter-Putt, im traumwandlerischen Glauben an die sichere Gnade allzu zuversichtlich geschlagen, an der hohen Seite vorbeigesaust wäre, hätte nicht eine gütige Beugung der göttlichen Klarheit ihn abgelenkt; er kullerte halb um den Rand des Loches herum, aber das kehlige Klappern schließlich ließ keinen Zweifel mehr. Mein Spielpartner, der stämmige Amos, klatschte in die Hände. Mein Gegner sah mich spinnwebig durch die gesprungene Windschutzscheibe seines erschütterten Glaubens an. *«O salutaris hostia»*, rief ich ihm zum Gruße zu und fühlte mich verklärt von der göttlichen Freude, einen Feind besiegt – nein, zermalmt und ausgelöscht – zu haben.

Morgen würden wir alle auferstanden sein und wieder spielen.

24

Wieder Ärger mit dem Einschlafen und Anfälle von Wachsein zwischen Träumen, die von irgendeinem in die Lehre gehenden Unterbewußtsein ausgedacht und zusammengeflickt werden. Der Körper fügt sich diesen Gewohnheiten. Das Bett streckt sich unter mir, wird straff wie ein Trampolin. Ich bereite mich auf einen Sprung vor. Ist es die rückwärts gerichtete Version des Sprunges, der mich hierhergebracht hat?

Doch mir gefällt das Fliegen. Mir gefällt es, wie einem das Essen, ohne daß man darum gebeten hat, von hinten gebracht wird. Mir gefällt das Klirren des näher kommenden Servierwagens, auf das der Speichel wie ein Echo antwortet, und mir gefällt das gewaltige Summen. Mir gefallen die blauen und grünen Kinderzimmerfarben der Plastik-Inneneinrichtung, und mir gefällt es, wie sich unten in der Tiefe das gewürfelte Zwerchfell unseres Landes entrollt. Nichts zu tun, nur beobachten und ausharren. In *la palma de la mano de Dios.*

Es fällt mir auf, daß ich mich schon mindestens dreimal in diesen mir abgenötigten Bekenntnissen dabei ertappte, wie ich von oben, erhöht, exaltiert, *raptus*, herabblickte, ähnlich wie auf den Golfball, ehe ich ihn so triumphierend in das Herz des achtzehnten Grüns schoß. Einmal, als ich bei der Rückkehr von einem nächtlichen Liebesdienst Ned und Jane in betrunkener Menschenfreundlichkeit an meinem Kamin herumhängen sah. Das zweite Mal, als ich aus der Erhabenheit meines priesterlichen Amtes einer vor mir knienden Frau, die ich noch nicht lange zuvor als Fellatrice erlebt hatte, das Abendmahl spendete. Das dritte Mal, als ich meiner alles überwölbenden Verkörperung als Autor durch das abgehobene Dach auf das häusliche Glück der Harlows, ihr Haus und seine in der Erinnerung zu puppengroßen, greifbaren Gestalten geschrumpften Bewohner hinabsah. Vielleicht zeigen diese Momente nackter Größenfreude das wahre Gesicht meines Wühlens, meiner komischen gewundenen Bewegungen im Schlamm der Erniedrigung. Was ist ein Masochist anderes als ein Sadist, den Schwäche zwingt, sich mit nachempfundenen Befriedigungen zu begnügen? Und umgekehrt – der Marquis selbst wollte, wie bei genauer Lektüre offenbar wird, lediglich in Frieden Kot mampfen. Insassen von Konzentrationslagern imitierten Kleidung und Gebaren ihrer SS-Wärter. Gefangene des Schmerzes, sie alle; Gefangene ein und derselben Kategorie. Freuds finsterer Gemeinplatz: Gegensätze sind eins. Licht birgt in sich die Möglichkeit des Dunkels. Gott ist der Teufel, schrecklich genug. Ich, ich bin alles, ich bin Gott und throne auf dem einzigen Ich, das für mich existiert, und ich bin Staub, und mir gefällt der Geschmack. Diese Reduktion, die ich hier beschrieben habe, diese Entkleidung meiner selbst, bei der ich Würde, Rechtschaffenheit, Ansehen, Vaterschaft, meinen Status als Ehemann und sogar den heimlichen Stolz des Ehebrechers auf die vollbrachte Tat abstreifte – was ist das alles anderes als eine Form der Erhebung, eine aktive Reaktion in einem starren senkrechten Rohr? Selbst mein Sieg über Woody: ist nicht der Kern der Freude daran ein Nichts, das Nichts, das der Vernichtende beim Anblick des Vernichteten empfindet?

Es ist etwas Mißliches in alldem, aber es fiel von mir ab, als eines Ihrer Apachen-Zimmermädchen mit klappernden Absätzen durch den Flur ging und irgendein faszinierendes Stück populärer elektronischer Musik vor sich hinsummte. Sie selber zweifellos auch ein faszinierendes Stück.

Gefiel dir das gestrige Wörtergolf? Spielen wir noch einmal, versuchen wir, ob wir von «Liebe» zu «Freiheit» kommen – zwei subversive Wörter, die enttäuschten Amerikanern so teuer sind. Lieb, Blei (in den Gliedern), Brei (der heiße, um den man wie die Katze geht), frei. Nur drei geschickte Schläge, ein Birdie! Die beiden Wörter sind sich auf der Unterseite gleich, und freie Liebe ist kein Skandal, sondern eine Tautologie.

Klarheit, Durchsichtigkeit. Mein nicht sehbares Thema. So wie ein Golfschlag mehr über einen Mann offenbart als Jahrzehnte gemeinsamer Gespräche. Woodys Ausfall bei einem herzhaften Grunzen und die entschärfte Eleganz seiner kurzen Schläge, bei denen der hoppelnde Ball vorzeitig am Rand des Loches ausrollt; Amos' sommersprossiger kahler Schädel, der unweigerlich seine fünfzehn Zentimeter nach links ruckt, wenn sein flach abgeschlagener Ball auf seiner sanften Kurvenbahn einer schnellen Wiedervereinigung mit dem Erdboden entgegenschießt; die alles wettmachende Überlegenheit des kleinen Jamie Ray, der sich seiner geschluderten Bälle schämt, auf den Grüns, die Art, wie er die rechte Hüfte zurückreißt und seinen rechten Ellbogen hineinstößt und wie der Rücken seiner behandschuhten Linken sich in Richtung des Loches bewegt, wie ein über dem Schlägerkopf schwebender Wächter, und wie sein schmuddeliges schmales Gesicht dem Durchschwingen folgt, als spähte er unter eine Veranda, und dann von einem beginnenden Lächeln zerteilt wird, wenn der Ball auf halber Strecke wissentlich den Weg zum Loch nimmt, das vor Erwartung übersprudelt, einem trinkenden Becher gleich – so sehen wir einander gleichsam nackt; auf dem Golfplatz durchdringen wir einander, schwimmen wie Fische einer in des andern Adern.

Was wir kennen, durchdringen wir: es ist nicht undurchlässig, ist weder Hindernis noch Feind; wir selbst sind es und doch nicht wir. Panovsky weist darauf hin, daß das Zeitalter des Glaubens die *manifestatio* verkündete, in seiner scholastischen Argumentation und in der sichtbaren Artikulation seiner Kathedralen. Der Querschnitt des Mittelschiffs kann an der Fassade abgelesen werden, der Aufbau der Gesellschaftsordnung am Querschnitt eines Pfeilers. Meines Vaters Tischlerarbeiten erschlossen mir die Möbel, die mich in meiner Kindheit umgaben, und verliehen ihnen etwas Religiöses. Die Frauen, die als dunkle Bündel und wirre Knäuel zu mir kamen, wurden hell und klar, wenn sie gefickt wurden. Ich kenne sie – man kann nicht etwas kennen und es nicht lieben.* In dieser Beziehung waren die Griechen gar nicht so naiv, wenn sie annahmen, das Gute kennen, bedeute, das Gute tun.

Indem wir sie kennen, lösen wir die Welt hinreichend auf, um uns frei in ihr bewegen zu können. Wir vertreiben die Klaustrophobie. Denk an den Automechaniker – wie geschmiert-geschmeidig sein konsequentes Hinabsteigen in das Problem, im Gegensatz zu dem Dummkopf (wie mir), der ärgerlich auf die Haube über dem widerspenstigen Rätsel seines nicht anspringenden Motors schlägt und sich den Daumen verletzt. Indem wir sie kennen, lösen wir die Kruste auf, mit der unsere animalische Düsterkeit alles überzieht, und fühlen uns in Gottes Kunstfertigkeit ein.

Trifft das auch für den Pathologen zu, der Tag um Tag in die

* Kennen, keinen, reinen, neiden, leiden, lieben.

gekritzelten Mikrogebilde von Dysfunktion und Krankheit hinabsteigt?

Trifft das auch für den Perlentaucher zu, dessen Atemschlauch einreißt und der inmitten der Milliarden lebender Korallen ertrinkt?

Und – schlimmer noch – hat eine solche Auflösung nicht etwas Dämonisches? Kann es sein, daß der Teufel uns in immer weitere Klarheit hineintreibt, bis wir nichts mehr sehen, worüber wir staunen können, und nichts mehr fühlen als die klebrigen Fäden unserer Analyse und eine Leere erkennen, wo einst die Schöpfung war?

Der gute Tillich, diese große liebevolle Qualle! Sein Glaube war ein Rückgang des Jenseitigen, mit zwei Farbflecken auf der einen oder der anderen Scheibe, nämlich der Vorstellung von der Welt als «theonom» und der Vorstellung von etwas «Unbedingtem» im Geist. Kants rettender Sims schnitt schärfer ins Fleisch als ein Fingernagel. Besser Barth, der uns triumphierend Dunkelheit anbietet und uns auffordert, anzubeten; wir beten an, und was wir außerdem lieben in der Welt, ist ihr Rest an Widerstand – diese Motelwände, die uns hier in der Einsamkeit festhalten, die Frau, die sich nicht herumrollen, nicht überrollen lassen will, die *sie selbst* ist.

Ms. Prynne, verzeihen Sie mir, ich glaube, ich bin zur Unzeit ins Predigen geraten. Ich bitte um Entschuldigung. Wie Sie gesehen haben, bin ich nicht nur ein Sünder, sondern noch dazu ein ziemlich fröhlicher Sünder, auch wenn mein Clownskostüm nur noch aus Fetzen besteht. Ein Clown überdies, der grausam sein kann – zumindest gegen die Seite von mir, die dem Anstand sklavisch ergeben ist; ich bin grausam gewesen gegen Jane.

Das Rechte tun, ist in allzu hohem Maße eine Sache der Details, des Flickwerks. Jene mächtige Flut von himmlischem *excessus* versickert in einer Wüste von lauter verschiedenen winzigen Wasserläufen. Wann ist es richtig für einen Mann, seine Frau zu verlassen? Wenn die Summe seines verleugneten Lebens alles andere übersteigt, den kalkulierten Verlust der Kinder, der Großeltern, falls sie noch leben, des Hundes und der hundszähen, als Fido bekannten ux., soweit noch in ihm vorhanden. Wann ist es gut, Krieg zu führen? Wenn Pearl Harbor angegriffen wird. Wann beginnt der Untergang des Imperiums? Wenn seine privilegierten Bürger anfangen, den Krieg zu verachten. Ethik ist Klempnerarbeit, notwendig, aber schmutzig. Ethische Leidenschaft das Schreckgespenst oberflächlicher Gemüter. Was uns interessiert, ist nicht das Gute, sondern das Göttliche. Nicht gut leben, sondern ewig leben.

Ich mißtraue diesen Behauptungen, obwohl ich ihnen doch anscheinend Glauben schenke. Wahrheit erwächst eher aus kleinen, schwierigen, der Form nach zweikeimblättrigen Wahrnehmungen, zum Beispiel der Übereinstimmung, die zwischen dem Tischlern und der körperlichen Liebe besteht. Der Moschusgeruch der Späne, die ekstatische *ratio* des Zerlegens, die Konzentration inmitten der auseinanderliegenden Glieder, die Notwendigkeit einer Bank oder eines Bettes, worauf sich das Werk verrichten läßt, der Stolz des Meisters, wenn alles sich gut zusammenfügt.

Versuche ich hier, Sie zu verführen, Ms. Prynne? Helfen Sie mir.

Meine Liebe zu meinen Golffreunden hat mir geholfen, Alicia zu verstehen, ihre Flirts, ihre vielen Liebhaber. Eine Frau unter Männern zu sein, heißt sexuellem Druck ausgesetzt zu sein; die leichteste Berührung lädt ein, das kleinste Nachgeben setzt frei. Man braucht nur eine Taste niederzudrücken, nur ein Register zu ziehen, und was für heiße Töne, was für ein hungriger Luftdruck. Sie machte mit uns Musik, die nur sie selber hören konnte. Sie war Organistin, Kirche und Gemeinde. Wie herrlich, eine Frau zu sein. In der Bar hinterher lasse ich mich zeitweilig von der geilen Männlichkeit meiner Gefährten durchwehen und versuche, mir ihre gerunzelten, bärtigen Kinnbacken, ihre herben Ausdünstungen und ihre aufdringlichen und mit üblem Mundgeruch versetzten Banalitäten als Bestandteile einer Art Stendhalscher Kristallisation vorzustellen. Es gelingt mir nicht recht, ich bin weniger als halbschwul. Aber ich liebe diese Verrückten, hartnäckig wie ich bin. Und eine Frau zu sein – was für ein beständiges, beglückendes Ausströmen von Vergebung muß das sein, wenn man auf solche Art umgeben ist! Wie das Gefühl des Schwitzens an einem frischen Sommertag. Einmal geschah es mir, daß ich betroffen war vom Anblick männlicher Schönheit. Ich fuhr zu einer Schule, um einen sechzehnjährigen Jungen abzuholen. Als er aus dem Eingang hervorsprang, nachdem er meinen Wagen erspäht hatte, strich er mit einer raschen Bewegung sein Haar zurück, das jedoch weiter auf und ab wippte, als er – größer, als ich ihn in Erinnerung hatte – die Stufen heruntergelaufen kam. Ich sah ihn aus einer ungewöhnlichen Perspektive, abgetrennt von mir, als einen jungen Mann in der Welt. Er war plötzlich, ganz ohne Absicht, schön. Es war mein Sohn Martin.

Amos brachte eines Tages eine Polaroid-Kamera mit und machte ein paar Fotos von uns am elften Abschlag. Mir ist deutlich bewußt, daß ich fotografiert werde, doch gebe ich mir gleichzeitig ehrlich Mühe, den Ball zu treffen. Ich habe ihn gerade getroffen. Mein Kopf ist bemüht, unten zu bleiben, obwohl ich abgeschlagen habe. Ich sehe, lachhaft, das linke Knie leicht gebeugt, den rechten Fuß gegen die Regel noch von einigem Körpergewicht belastet, die Arme häßlich erschlafft, wie mein Bauch, der Nabel entblößt, mit komischer einäugiger Ernsthaftigkeit dem unsichtbaren Fairway entgegendrängt. Ich weiß noch, es war ein kräftiger Schlag, bei dem der Ball im Flug nach rechts abbog, ein Schlag, der zu einer sechs führte. Hinter mir ist eine Böschung mit Kakteen und Mesquitesträuchern zu sehen, darüber ein keilförmiger, scharf umrissener Felsvorsprung und ein Dreieck Himmel. Zu meinen Füßen die hufeisenförmigen Markierungen der Abschlagstelle und die Gummi-Abschlagmatte, die einen verrückt macht, und das Konfetti aus zerbrochenen *Tees*. Ich fühle, wie in der Entfernung, aus der ich mich betrachte, wenn ich diesen Schnappschuß in den Händen halte, Amos die Kamera hält, und ich fühle außerhalb des Rechtecks dieses Bildes das Schweigen unserer beiden wartenden und beobachtenden Mitspieler. Ich sehe, nicht ganz im Brennpunkt, einen sozusagen mesomorphen Geistlichen mittleren Alters, der unter einer exotischen Wüstensonne und umgeben von Urlaubsattrappen in einem harmlosen Moment der Muße mit plumpen, aber feierlichen Gebärden einen Athleten imitiert. Ich möchte lachen, aber meine Kehle ist verschlossen, ausgedörrt von einer jähen Erkenntnis: dies ist ein Bild von mir im Paradies.

25

Poker erfordert eine größere Runde von Spielern, sieben, und nicht immer sind es dieselben sieben. Woody spielt, Amos jedoch regt sich über das Geld auf, und Jamie Ray zieht den finessenreicheren Mikrokosmos des Bridge-Spiels vor. Ich selbst hatte seit dem College nicht mehr gespielt und mußte die Regeln der verrückten Variationen lernen, die hier, unter den pokersüchtigen Pfarrern, hauptsächlich von Fred eingeführt wurden, dem einzigen Geistlichen, den ich je kennengelernt habe, der stottert, und außerdem bemerkenswert wegen der erschöpfenden Rotskala seiner Haare – aprikosenfarben auf dem Schädel, die Augenbrauen ein helles Kastanienbraun und die Wimpern von einem ausgewachsenen, fast dottergelben Rot. Er hat eine laute Stimme, trotz seines Stotterns, und er wettet gern. Er sorgt ständig für Wirbel, er hält uns alle immer in Schwung. Und ich habe nicht herausbekommen – womit ich nicht den Eindruck erwecken möchte, ich klatsche oder spioniere herum –, weshalb er eigentlich hier ist und welcher Konfession er angehört.

Die Transparenz des Pokerspiels unterscheidet sich natürlich von den durchsichtigen Schlägen und Strecken beim Golf: wir schlittern unmittelbar auf der glasartigen Oberfläche göttlicher Fügungen. Tatsächlich war das Renkontre anfangs zu turbulent und zu schwindelerregend, zu sehr belastet nicht nur durch die unterschiedliche psychische Verfassung meiner Mitspieler, sondern auch durch die unwiderleglichen Launen des Gebers aller Gaben selbst, so daß mir in meiner Benommenheit, an der auch das Bier seinen Anteil hatte, ganz wirr im Kopf wurde. Wirrheit äußert sich in zwei Formen: man wird in bustrophedoner Folge setzender Verlierer und passender Gewinner. Aber zum Glück widersteht es den Freunden, die wissen, daß du leicht die Fassung verlierst, gegen dich zu passen, wo ein nüchternerer Spieler sie überzeugen und veranlassen würde, sich vorsorglich zurückzuziehen. So kommt mancher der Verluste wieder herein, vorausgesetzt, man hat gelegentlich (wie es in einem vom mathematischen Zufall bestimmten Universum der Fall sein muß) die Karten. Wenn die anderen dich für einen Narren halten, glauben sie nicht:

sie halten den Einsatz, und du kassierst. Der Glauben, so abstrakt und unwesentlich im wirklichen Leben, wird beim Pokern zum täglichen Brot. Außerdem gehört wie in den internationalen Beziehungen ein seltsames Prinzip der Unbestimmtheit dazu: stets muß man sich eine Aura der Unberechenbarkeit erhalten. So wird das stupide Verhalten obligatorisch, wenn man sich eine Präsenz verschaffen will. Als ich nach meinen ersten wirren Abenden zu mir kam und feststellte, daß ich eine Poker-Präsenz hatte, war das ebenso herzerfrischend wie damals bei Alicia die Entdeckung, daß ich eine sexuelle Präsenz hatte. Ich habe mich darauf eingestellt, daß ich bald gewinne, bald verliere, versuche den Überblick über meine Karten zu behalten, versuche meinen thomistischen Optimismus zu zügeln – gib mir zwei Vieren, und in der frohlockenden Gewißheit, daß sich das zweite Paar als *donum superadditum* einstellen wird, erhöhe ich. So sitzt unser Held jeden Abend von neun bis zwölf auf seinen hart gewordenen Gesäßbacken an einem achteckigen Tisch, in seligen Stupor entrückt durch Wüstenratten-Bier und so etwas wie eine Origami-Eschatologie (klitorale Eschatologie möchte ich, weiß der Himmel warum, sagen, irgend etwas darüber, wie erregend die Ecken eines Kartenpacks sind, wenn sie angeblättert werden), und beobachtet, wie der Atem des Herrn über die Karten, die Gesichter und das Spielerglück seiner neu gefundenen Freunde weht.

Möchten Sie eine Poker-Geschichte hören, Ms. Prynne? Das muß Ihnen guttun, so wie eine Stippvisite in der Mädchentoilette (keine Urinbecken!) jedem amerikanischen Jungen guttut. Wir saßen bei einem Spiel zusammen, das Eighty-five heißt. Jeder erhält fünf Karten, die erste verdeckt; dann kann man nacheinander, jeweils nach einer Runde Bieten, drei Karten kaufen und legt dabei jedesmal ab. Es ist ein High–Low Poker: die bestmögliche niedrige Reihenfolge ist As, 2, 3, 4 und, von einer anderen Farbe 6. Von der gleichen Farbe wäre es ein Flush, und As, 2, 3, 3, 4, 5 würde ein Straight sein; beides Spitzenkombinationen; kapiert? Obwohl ein As als 1 verwandelt werden kann, kann es zugleich auch höher als ein König bewertet werden, und zwei Asse sind das höchste Paar. Fred war Geber; ich saß rechts neben ihm. Beim dritten Kauf hatten die anderen entweder gepaßt oder waren allem Anschein nach entschlossen, weiter zu erhöhen. Ich hatte As, 2, 4 und 6 aufliegen: eine super-niedrige Reihenfolge. Das Ärgerliche war, daß ich verdeckt noch eine zweite 6 hatte. Die einzige ‹Hand›, die noch blieb, Freds, war der reine Müll, mit einem Buben als höchstem Wert. Meine Intuition sagte mir, daß auch er ein Paar hatte. Dennoch, um sicherzugehen, und weil ich dachte, ich würde zumindest etwas Besseres zustande bringen als ein Paar, zwei niedrige Sechsen, warf ich die verdeckte Karte ab und zog – uff! – ein As, womit ich nun zwei Asse hatte. Die Vorsehung hatte wirklich alles getan, um mich zu entmutigen, denn die beiden anderen Asse lagen auf dem Tisch. Fred verkündete: «G-g-g-geber nimmt sich eine K-k-karte», warf seinen Buben ab und bekam eine 8. Nicht schlecht für einen Low, jetzt, aber meine Karten sahen so unschlagbar aus, daß ich das sichere Gefühl hatte, ich könnte Fred ausmanövrieren. Ich erhöhte; er zog nach. Ich erhöhte wieder; ich dachte, er hätte mich nur auf die Probe gestellt und würde jetzt passen. Er paßte nicht. Ich erhöhte, wenn auch mit sinkendem Mut, ein drittes Mal, und er zog wieder nach, was zusammen mit den steigenden Einsätzen für die Highs (vier Karten eines Flush gegen ein mögliches Full House) einen ganz schönen *Pot* ergab. Nach dem Bieten rief ich *Low!*, wie auch Fred es tat, und sagte zu ihm: «Verdammter Kerl. Ich habe ein Paar.»

«Wie h-h-h-hoch?» fragte er.

«Asse», gestand ich und wunderte mich, daß er fragte.

Er hatte die schlechtesten niedrigen Karten für seine ‹Hand› aufliegen, zwei Achten. Fred hatte also mitgehalten, als nur eine einzige Karte im Talon, das versteckte As, mich ihm gegenüber zum Verlierer hatte machen können. Zweierlei ging mir auf:

Er war verrückt.

Er hatte gewonnen.

Er hatte, als er erhöhte, nicht auf einen vernünftigen Glauben, sondern auf eine praktische Unmöglichkeit gesetzt, und er hatte recht behalten. «M-m-m-mir k-k-kam es nicht so vor, als ob du's in der T-t-t-tasche hättest», sagte er, als er das Geld zusammenscharrte.

Und ich spürte die Verrücktheit in ihm wie einen brennenden Tumor, den ich hätte berühren und heilen mögen; ich hätte am liebsten in seinen Kopf hineingegriffen wie in einen großen rothaarigen Abgrund und dieses pulsierende Wunder an Verrücktheit befingert, das ihn veranlaßte durchzuhalten, auch wenn die Chancen schlechter standen als bei Pascals berühmter Wette.

Ich wollte ihm, ja, so ist es, geistlichen Beistand leisten.

Und all den anderen hier auch; unmerklich haben diese sündigen und bankrotten Geistlichen die Phantome verdrängt, die mich hierhergejagt haben, Phantome, wie es jetzt scheint, die mein Herz in seinen Fieberschauern beschworen, die es wie Pilze in einem lichtlosen feuchtkalten Keller der Selbstbeobachtung hatte gedeihen lassen. In der Wüstensonne hier sind sie verglüht. Die Wüstensonne hat alte Leiber in Skelette verwandelt und mir statt dessen diese gebeutelten, beherzten, jungenhaften, sterblichen Geistlichen gegeben. In den letzten Tagen habe ich mich dabei überrascht, wie ich Amos und seiner Geschichte von der teuren leeren Kirche zuhörte und ihn darauf hinwies, daß diese Leere beredt und selbst das Wort sei, wenn er nur daran glaubte, daß Gott kein rührender dahinsiechender alter Herr, sondern eine Allmacht sei, die sich überall rege und schöpferisch tätig sei, die «machtvoll ein jeglich Ding in allem, was ist, bewirkt», um Luther zu zitieren, der Gottes Macht sogar in den Türken und Vandalen gepriesen habe – einander befehdenden Straßenbanden, wie sich hier zeige, in Amos' Nachbarschaft. Der Kirche sei nie ein quantitativer Erfolg bestimmt gewesen; das Christentum sei keine Industrie, die mit anderen Industrien im Wettbewerb stehe. Amos und so viele andere gebrochene und durch das Verebben des Glaubens gestrandete Kollegen schienen mir auf die Streckfolter der sonderbaren Brückenkonstruktion Calvins gespannt, die von der absoluten Majestät und Ferne Gottes zu der Möglichkeit führe, daß Geschick und Erfolg im Umgang mit Kapital ein irdisches Zeichen göttlicher Erwähltheit seien. Das habe unseren amerikanischen Glauben so brüchig werden lassen. Es habe ihn grobschlächtig gemacht. Amos' Aufgabe sei es, auszuharren und Zeugnis abzulegen, nicht, einen Raum zu füllen oder ein Unternehmen in Betrieb zu halten. So versuche ich ihm gut zuzureden, mit Scherzen und stillschweigender Zuneigung.

Woodys Lateinwut, sein Zorn auf die Bischöfe und die Berrigans und alle, welche die heiligen festen Formen des *einen* wahren Glaubens befleckt und entstellt und aufgegeben haben, versuche ich in der Weise zu erdulden, daß ich ihm im Schweigen meiner Aufmerksamkeit ein Echo ungebührlicher Bitterkeit zu Gehör bringe, eine Andeutung von unangebrachter Entrüstung, die von einer mehr persönlichen Angst vor dem Verhalten herrührt, von einem priesterlich-hierarchischen Neid vielleicht, einem unsäglichen Verdacht, daß nämlich, wenn derartige oberflächlichen Anpassungen wie eine Übersetzung in die Vulgärsprache, das Abtun des heiligen Christophorus und die Verehelichung von ein paar Jesuiten einen so massiven «Abfall» bewirken können, dasjenige, wovon abgefallen wird, längst gestorben sein mußte und nur noch seine eigene Hülle war, eine mit Blattgold verzierte Hülle. Woody glaubt alles, weil er nichts glaubt, und sein Zorn ist Angst und seine Angst Mangel an Vertrauen, an Glauben.

Und Jamie Ray habe ich sogar noch aufmerksamer zugehört, wenn auch lächelnd über seine köstlichen Südstaatler-Redensarten («Arschloch, schlüpfriger als eine Butterblume», fällt mir gerade ein – eine von vielen) und gegen die mich beschleichende Furcht ankämpfend, die jeder erklärte Homosexuelle mir einflößt. Für mich selbst und um seinetwillen versuchte ich herauszufinden, was das Heilige sein mag, das Männer ineinander sehen, welche Angst sie dazu treibt, sich nur an das eigene Geschlecht zu halten, obwohl sie dabei nicht männlich wirken, sondern, oft mit fanatischem Geschick, die verachteten weiblichen Gebärden kopieren. Was für ein tiefgründiger Kommentar zu unserer *conditio*, unserer unbestimmten Seele in ihrem palastartigen, aber verfallenden Gefängnis verbirgt sich hier? Es wirkt fast normal, abgesehen von einer unterschwelligen Tendenz zu Raubgier und Brutalität – zum Beispiel dem Mißbrauch sinnlich noch unschuldiger, stummer Knabenkörper. Was ist, fragte in mir der alte Professor Chillingworth, das Gute, das hier auf einem Irrweg angestrebt wird? Daß der Irrtum in einem tieferen Bereich entsteht als der bewußte Wille, hielt ich Jamie Ray selbstverständlich zugute, und er wußte, daß ich sein Putten bewunderte, und er bewunderte meine Schläge mit dem leichten Eisen, und so wurden wir, tappend und tastend, allmählich etwas weniger undurchsichtig füreinander. Ich gestattete mir das Vergnügen einer Beichte und erzählte Jamie Ray, wie ich in meiner Verzweiflung und Verwirrung angesichts meines Unvermögens, Frankie zu ficken, Gott um die Kraft gebeten hatte, eine Erektion zu haben, wie ich Ihn angefleht hatte, mein Komplice beim Ehebruch zu sein, und daß ich glaubte, meine Gebete wären, hätten die Dinge nicht einen anderen Lauf genommen, erhört worden. Unser Gott ist ein Fruchtbarkeitsgott.

Auch Fred, der den intensiven Blick, den ich in seine Verrücktheit tat, und mein verwundertes Staunen darüber bemerkt hat, ist mir gegenüber jetzt viel gelöster und stottert weniger.

Natürlich ist es schwer, professionelle Berater und Tröster zu trösten und zu beraten; mechanisch dahin geredete Phrasen, berufsmäßige Anteilnahme und selbst betonte Geduld werden brüsk beiseite geschoben. Bei einer Tagung von Masseuren kehrt keiner den andern den Rücken zu. So lernen wir, nichts zu sagen, als eine Möglichkeit, alles zu sagen. Das erhabene Schweigen der Wüste setzt uns ein Beispiel.

Wie das Schweigen auch mich ansteckt und mich drängt, kurze Absätze zu schreiben.

Du möchtest wissen, was ich über meinen eigenen Fall denke? Ein ganz gewöhnlicher Fall, der meine, ein Sturz in die abgrundtiefe Verwirrung der amerikanischen Frau. Ich habe jedoch das Gefühl, nicht nur gefallen, sondern auch besessen zu sein, und die Dämonologie sagt nun einmal, daß es zur Heilung in einem solchen Fall einer anderen Frau bedarf – und die einzige Frau hier, in diesem Grenzgebiet, sind Sie, Ms.

26

Noth * weniger Schlaf als in der gestrigen Nacht. Ein schäumendes Verlangen, etwas zuwege zu bringen. Eine echte Furcht vor der Rückkehr in die Welt. In meinem linken Handteller kribbelt es, wenn ich daran denke; nachts, wenn ich liege, fühle ich mich in eine tiefere Tonart transponiert; die existentielle Feierlichkeit meines einmaligen Ichs und Schicksals kommt schweißnaß über mich wie der Tod durch die Pest. Mein früherer, herausfordernd gedrechselter Stil ist mir abhanden gekommen; ich schleppe mich lahm und wirrköpfig von einem verschwommenen Gedanken zum andern.

Ich habe gerade eine Stunde damit zugebracht, noch einmal, nicht ohne häufig verlegen zusammenzuzucken, die Seiten zu lesen, die wir (du und ich, mein Leser: ohne dich gäbe es nur das Nicht-Geräusch eines Baumes, der in dem unmenschlichen Wald niederkracht) angehäuft haben. Nicht gerade, sagst du, eine sehr erbauliche oder überzeugende Geschichte. Ein Mann, in der Öffentlichkeit zu Tugend und Treue verpflichtet, verschmäht seine Frau, betrügt seine Geliebte, ist imnipotent ** bei einer anderen, nutzt das Vertrauen und das Unglück derer aus, die Rat bei ihm suchen, betrachtet seinen Vater und seine Söhne als bedrohliche fremde Objekte, und bei alledem bekundet er nie ein deutliches Schuldgefühl, sondern eher eine Art scharrender, suchender Unruhe, so als wären Ereignisse für ihn eine Geröllhalde, auf der nach irgendeinem mysteriösen Schatz zu suchen er bevollmächtigt ist.

Wie vieles ist ausgelassen worden – rückblickend sehe ich es –,

* Und ein Rückfall in diese verdächtigen Zehnfinger-Blindschreib-Fehler. Dieser ist schwer zu enträtseln – wollte ich mit «Noch» beginnen? Mit «Nicht»? Bin ich in Not, hoffe ich, daß Schlaf die Not wendet?

** Meine Güte. Meine Vermutung, daß sich Omnipotenz in Impotenz verbirgt, erinnert mich an Meister Eckhart mit seinen zyklischen Behauptungen, daß Alles Gott ist, daß alle Dinge verschmelzen, so daß alles nichts und Gott das Nichts ist. Der triumphierende Atheismus des Mystik. Man gebe mir statt dessen thomistische Normen. Da hat man doch *etwas*, verdammt. Es verdammen?

sogar in Sachen der mit Eifer behandelten sexuellen Details. Die bestürzend festen Brüste der Teenagerbraut zum Beispiel und ihre unangenehme Vorliebe, sie mir ganz in den Mund zu stopfen, so daß meine alten Kinnbacken schmerzten. Und die hagere Geschiedene, deren buschiges Schamhaar das einzig Vorstehende an ihr war und, von der Seite betrachtet, aussah wie der kecke Pompon eines Pudels. Wohingegen Frankies Haar in flachen säuberlichen kleinen Spiralen lag, so flach und säuberlich, daß es fast aussah, als wären sie auf das geschmeidige Pergament ihres Leibes gemalt. Und noch viele andere Einzelheiten dieser Art, die meiner verstohlenen Schaustellung geschmuggelter Ikonen womöglich Plausibilität und moralisch überzeugende Substanz verliehen hätten.

Auch ist das Ende noch ungewiß. Ich rechne nicht damit, eine auf mich wartende Gemeinde vorzufinden, wenn ich zurückkehre. Ned ist im Amt; die androgynen, homogenisierenden Liberalen der Welt sind im Amt, und unser amerikanisches Imperium gibt höflich nach, um zu demonstrieren, wie recht sie haben. Der Osten, der Staub zwischen den Sternen, wird die Oberhand gewinnen. Alicia wird, schätze ich, nicht da sein; Ned wird sie – aus eigenen, vorweggenommenen Gründen – nicht wieder eingestellt haben, und so wird es bei der Entlassung, bei meiner klaren Entscheidung für das Wort, das eine hübsche Liturgie ausschließt, bleiben. Mein letzter Barthscher Akt. Alicia, sehe ich jetzt, war wie jene überfließenden goldenen Nachmittage der Jugend, die wir dennoch nicht noch einmal erleben möchten, weil wir nicht wieder der Knirps, der von Allergien geplagte, machtlose junge Mann sein möchten, der sie genoß.

Mit Frankie und Jane ist es weniger klar. Ich strebe in beiden Frauen empor, so wie auf einem surrealen, in Punktiermanier ausgeführten Bild von Doré ein faunischer Leidender sich in einem durchsichtigen Höllenkatarakt von verschlungenen Falten und treppengeländerartigen Windungen emporzukämpfen versucht. Die eine ganz Ethik, die andere ganz Glauben – und ich dazwischen. Nein. Die Formulierung erweist der Wirklichkeit einen schlechten Dienst: es gibt da etwas Entschlossenes, Praktisches, fest Verbundenes, Zweckmäßiges in unserem Leben, etwas Olfaktorisches und Stummes, das sich den binomischen Formulierungen unseres Verstandes entzieht. Ich kann kaum glauben, daß irgendeine Frau auf mich wartet. Es ist, als sei das überbevölkerte grüne Land, das ich verließ, verdorrt und Wüste geworden – durch den gleichen Prozeß, der die nackte Einöde hier für mich angefüllt hat mit Gewohnheiten und Vergnügungen, Zuneigungen und Namen und interessanten Blumen.

Und doch ... Es ist in wenigen Minuten Mittag. Ein Golfspiel erwartet mich, wenn auch nicht mit der Unschuld und dem Anschein unbegrenzten Entkommens, die es für mich hatte, ehe ich vor einigen Tagen jene Seiten schrieb, auf denen ich das Spiel und meine Gefährten (nicht ganz überzeugend, fürchte ich – noch immer reizt Altruismus meine Hohlorgane mit einem schrecklichen Most der Vergeblichkeit) in diesen entstellten und traurig stimmenden Rechenschaftsbericht hineinnahm. In wenigen Tagen werde ich sie verlassen. Zu Hause wird es kalt sein. Mein Vater wird mich mit einem anderen Namen begrüßen, und meine Kinder werden nach ihren Mitbringseln fragen. Jane – ihr Gesicht ist leer. Frankie ist fortgezogen, ihre Liebe zu mir ist Selbstbefriedigung geworden, Selbstbetrachtung, Liebe in Liebe verliebt.

Schwindlig und krank im Kopf trat ich gestern abend nach einem Pokerspiel, das – aus Rache für meinen morgendlichen Versuch, den Reiz des Pokerns zu beschreiben – quälend langweilig gewesen war, aus dem Omega dieser Zuflucht in die Nacht hinaus, um meine drohend bevorstehende Freiheit zu proben. Ich sah zu den Sternen auf – so nahe und milde glänzend in dieser Himmelsgegend und doch so starr und fest in ihrem Nachtgewölbe –, und ich fühlte einen Augenblick lang – als wäre die Drehung der Erde einen Augenblick lang spürbar geworden – jenes unbegreifliche Partikelchen oder Quäntchen in mir, das mich hier, in diesem Universum, zu einem Fremden macht. Ein Quäntchen, nicht größer als eines Grades Bogenmaß, doch lebendig, und mein, mein Schatz.

O Herr, wie ist die Schöpfung von Trauer umfangen! Ist es unsre oder Deine?

27

Meine Brüder, unser heutiger Text stammt von dem Predigerfürsten, der «unzeitigen Geburt», Saulus von Tarsus, aus dem der heilige Paulus wurde, und zwar aus dem fünfzehnten Kapitel seines Briefes an die Korinther: «Wir sind die elendesten unter allen Menschen.»

Wir? Wer sind diese wir? Wir, die wir den auferstandenen Christus predigen: «Ist aber Christus nicht auferstanden, so ist unsre Predigt vergeblich, so ist auch euer Glaube vergeblich.»

Euer? Wer ist damit gemeint? Ihr von Korinth, die ihr euch zu dem ungeheuerlichen neuen Glauben bekennt, die ihr das Evangelium empfangen habt, die aus den Berichten geschöpfte frohe Botschaft, daß der tote Jesus, auferstanden aus dem Grab, von Kephas gesehen wurde und darnach von den Zwölfen und darnach «von mehr denn fünfhundert Brüdern auf einmal, deren –», wie Paulus in jenem packenden Beiseite sagt, das dieser Epistel den Atem erlebter Geschichte, die diaphane Dringlichkeit einer gestrigen Zeitungsmeldung verleiht – «noch viel leben, etliche aber sind entschlafen».

Und nun sind wir alle entschlafen, und das schon seit langem. Doch bis zu diesem Tage gegen Ende des Jahres 1973 ist das Gerücht lebendig geblieben, daß etwas Linderndes geschehen ist, als wäre es erst gestern gewesen, um einem Magneten gleich, der unter einem Blatt Papier mit darauf aufgehäuften Feilspänen entlanggeführt wird, die Scherben, die unsere Verwirrung, unsere Habsucht, unser Ausnutzen der Verwirrung anderer, unsere schlaflose Angst und unsere wandelnde Verweslichkeit verursacht haben, aneinanderzufügen. «Wenn aber dies Verwesliche wird anziehen die Unverweslichkeit, und dies Sterbliche wird anziehen die Unsterblichkeit, dann wird erfüllt werden das Wort, das geschrieben stehet: ‹Der Tod ist verschlungen in den Sieg.›»

Wann? Etwas ist noch nicht geschehen. Paulus erwartet, daß es bald geschieht: «Siehe, ich sage euch ein Geheimnis: Wir werden nicht alle entschlafen, wir werden aber alle verwandelt werden; und dasselbe plötzlich in einem Augenblick, zur Zeit der letzten Posaune.» Die letzte Posaune schallte nicht, ehe Paulus entschlief, noch in den langen Jahrhunderten seither, Jahrhunderte, erfüllt von Begierde und Kampf, von Lust, die noch schneller Leben aussäte, als Krankheit es ernten konnte, Jahrhunderte, deren jedes ein von Menschentränen und Menschenblut überlaufender Kelch ist, der dem über alles Flehen erhabenen Gott als Huldigung und Opfer dargebracht wurde.

Und doch warten noch immer Menschen auf jene letzte Posaune; gestern gerade, bei dem herrlichen Busausflug nach Sandstone, den unsere tüchtige Ms. Prynne arrangiert hatte, damit wir uns auf den Wiedereintritt in die Welt vorbereiteten und für unsere Kinder und Ehefrauen Lederarbeiten als Mitbringsel kauften, überreichte mir ein großgewachsender, anmutiger Jüngling, ein wahres Ebenbild des jungen Jesus – außer daß der historische Jesus zweifellos dunkler und kleiner war –, ein Dritt-Weltler bis zu seinen schmutzigen Fingernägeln – dieser Jüngling überreichte mir eine Broschüre, die illustriert ist mit Karikaturen eines unter einem «Schild der Unglaubwürdigkeit» zusammengebrochenen Richard Nixon und mit komplizierten graphischen Darstellungen des Sonnen-Perihels und der Umlaufbahn des Kometen Kohoutek in ihrer Beziehung zu der Feuereinstellung im November und des Winteräquinoktiums. Diese Broschüre, in Dallas gedruckt und abstoßend in ihren verrückten Vorausberechnungen und ihrer Frömmigkeit im Gewand der Alltagssprache, sagt das Ende der Welt in achtzig Tagen voraus und macht viel her von dem unbiblischen Slogan: «In achtzig Tagen um die Welt.»

Darf ich euch mit einem Absatz dieser schwachsinnigen Prophezeiung vertraut machen?

«Begreifst du jetzt, was Jesus mir zeigt? Einfach toll, wie Gott Seinem Volk zeigt, was los ist! Fängt an am 12. (November), dem Tag nach dem *Frieden, Frieden,* und dann weiter am 31. (Januar) mit Krieg, Krieg! Alles klar? – Und plötzlich Verderben! Ihr Leute in den *U.S.* habt nur bis *Januar* Zeit, wenn ihr abhauen wollt aus den Staaten vor irgendeiner Katastrophe, denn Verderben wird herabfallen als Strafe Gottes für Amerikas Bosheit!»

Nun, wir weichen zurück vor diesem Kauderwelsch mit seinem teuflischen Beigeschmack von Astrologie und drogengesättigtem Radikalismus; aber legen wir uns selbst die Frage vor: Ist nicht der Inhalt dieser elenden, von der hoffnungslosesten Leere einer innerlich hoffnungslos leeren Generation hervorgebrachten Flugschrift, ist nicht der Inhalt, im Unterschied zum Stil, der Inhalt des an uns ergangenen Rufes und des tiefsten Gelöbnisses unserer Herzen?

Betrachten wir noch eine andere Broschüre, die mir von demselben schlaksigen Jesus in die Hand gedrückt wurde – er suchte mich aus unserer herumalbernden Meute aus, als denjenigen, der am augenfälligsten der Erlösung bedurfte. Unter abscheulich grellen Illustrationen und in einer derben, an puerile Gemüter appellierenden Druckschrift finden wir die folgende Travestie des heiligen Mysteriums vom Sühneopfer Christi: «Gott ist unser großer Vater im Himmel, und wir sind seine Kinder auf Erden. Wir sind alle unartig gewesen und verdienen eine Tracht Prügel, oder etwa nicht? *Aber Jesus, unser großer Bruder,* liebte uns und den Vater so sehr, daß er wußte, die Prügel würden beiden weh tun. Also war er bereit, sie für uns auf sich zu nehmen!»

Nun, wennschon, doch haben wir einmal unseren eigenen Sonntagsschullehrern zugehört oder unseren eigenen Singsang-Predigten im Kindergottesdienst? Ist nicht unsere Abneigung ästhetischer Natur, wo doch Ästhetik eine teuflische Kategorie ist? Ist nicht unsere Liebe zum Christentum eine altertümliche und elitäre Liebedienerei, ein dunkles, geheimnisvolles Getue, wo ein lebendiger Glaube für die einfachen Menschen not täte? Zeugt nicht diese Glaubens-Pornographie genau wie die in derselben finsteren Druckerei hergestellte Kopulations-Pornographie von dem Bedürfnis nach einem Wunder, einem wahren Wunder, nach einer wunderbaren, unverfälschten Wahrheit, die zu unterdrükken eines der verschwörerischen Ziele der Zivilisation ist? Und sind wir, insofern als wir zivilisierte Menschen sind, Menschen von natürlicher Freundlichkeit und verantwortungsbewußte Bürger, tolerant, vernünftig und maßvoll, sind wir nicht Teilnehmer an dieser Verschwörung, unterscheidbar, aber doch deutlich dazugehörend, wie die wenigen und extra köstlichen schwarzen Kugeln in dem sphärischen Glaskörper der Kaugummiautomaten des edlen Zielen dienenden Kiwanis Clubs?

«Hoffen wir allein in diesem Leben auf Christum, so sind wir die elendesten unter allen Menschen.» Die elendesten, denn was für andere Menschen nur eine Hoffnung ist, ein Beiwerk ihres Lebens gleich einer Feder an einem Hut, das ist für uns der Hut selbst und mehr als der Hut: das Hemd und die Hose und die Schuhe.

Wir sind nackt, sagt uns Paulus, wenn Christus nicht auferstanden ist – wenn «die Auferstehung der Toten nichts ist». Doch wie schwer, wie schwer damals und wieviel schwerer heute, ist es, die Toten in unsere Herzen zu heben! Wie steinern und fahl liegen sie auf den Krankenhauswagen! Wie unwiderruflich der mit Hilfe von Röntgenaufnahmen und Biopsien verfolgte Prozeß des Ablebens! Und wie willkommen für die Lebenden, der Tod der Toten, wie schnell ist der Platz, den sie einnahmen, wieder ausgefüllt, wie dankbar sind wir insgeheim für das bißchen zusätzlichen Raum, den sie uns vermachen! Wir würden vor ihnen zurückschrecken, wenn sie wiederkehrten. Eine unserer tiefsten Ängste ist eben die, daß die Toten zurückkommen *könnten*; die Auferstehung der Toten ist eine Schauergeschichte. Als Kind, laßt es mich frei bekennen, hatte ich eine Heidenangst, ich könnte zu innig beten und Jesus würde mir aus der Finsternis heraus antworten, und er würde zu mir ins Zimmer kommen und mir mein Lieblingsspielzeug abverlangen.

Und doch, wieviel weiser ist, von einem anderen Standpunkt aus, dem Standpunkt des unzerbrechlichen, unablässig in uns *sum* schreienden *Ego* aus, die von Paulus versprochene leibhaftige Auferstehung als jenes neoplatonische Nachleben des Geistes, das bis in unsere Zeit fortbesteht, hauptsächlich als *mise en scène* für Cartoons im *New Yorker*. Denn wir wollen nicht als Engel im Äther leben; unsere *Körper* sind wir, wir, und unser Sehnen nach Unsterblichkeit ist, wie des Todes großer Philosoph Miguel de Unamuno so treffend und niederschmetternd bemerkt, nicht Sehnsucht nach Verwandlung in eine Lebensform, die sich unserer Vorstellungskraft entzieht, sondern Verlangen nach unserem *gewöhnlichen* Leben, dem irdischen Leben, das, so ziellos und stumpf wir es auch leben, immer und ewig so weitergehen soll. Das einzige Paradies, das wir uns vorstellen können, ist diese Erde. Das einzige Leben, das wir begehren, ist unser diesseitiges Leben. Paulus hat recht mit seiner schauerlichen Hoffnung, und alle, die statt dessen irgendein gasartiges Fortbestehen eines persönlichen Wesens oder ein Fortleben in Kindern oder guten Taten oder in Kunstwerken anbieten oder die völlige Identifizierung mit dem Menschengeschlecht oder den Segen endgültiger und absoluter Ruhe, sind Versucher und Verräter des Herrn. Ist denn die Situation in unseren Kirchen nicht tatsächlich die, daß wir von der Kanzel aus mit unserem guten Willen und unserem wortreichen Humanismus alles tun, um unsere armen Schafe von diesen Überbleibseln einer barbarischen Lehre, die sich im Glauben erhalten haben wie Iguanodon-Spuren im Kalkstein und die das einzige sind, was sie sonntags morgens aus ihren warmen Betten treibt, fortzulocken?

Doch die Auferstehung des Leibes ist unmöglich. Genauso unmöglich, wie man um der Gerechtigkeit willen sagen muß, für Paulus und seine Korinther wie für uns; denn wenn es in deren Welt auch mehr chemische und astronomische Geheimnisse gab als in der unseren, so gab es doch auch mehr Leichen und mehr miterlebtes Sterben, mehr verwesende Wirklichkeit.

Kein Mensch, es sei denn Jesus selbst, hat je geglaubt. Wir können nur *bekennen*, daß wir glauben. Wir stehen, lieben Brüder, dort, wo wir stehen, in unseren unmöglichen und oft unheilvoll müßigen Berufen, an einer Grenze zwischen einander entgegengesetzten Dringlichkeiten, wo oft nicht einmal Raum genug ist, um den Fuß auf den Boden zu setzen – wir stehen deshalb so, wie Türme stehen, wie Symbole. Es ist unsere Stellung – auf daß wir zu sehen sind und den Menschen zu der Möglichkeit verhelfen, das Unmögliche zu bekennen, das es ihnen möglich macht, ihr Leben zu leben. In einem zumindest hatte die katholische Kirche recht: ein Priester ist mehr als ein Mann, und obwohl der Mann sich in seinen Gewändern auflöst und erniedrigt wird, bis er geringer ist als das lässigste Mitglied seiner Gemeinde, kann der Priester fortfahren, seine Funktionen auszuüben, so wie eine Vogelscheuche ihre Funktionen erfüllt.

Meine Brüder. Eure Gesichter, gebräunt von der Sonne, fett von einem Monat Spiel und Alkohol, Sandwiches und Maispasteten, blicken in meiner Vorstellung zu mir auf, und ich kenne eure Gesichter jetzt, wie ich einst die Gesichter und Schleier meiner verlorenen Vorstadtgemeinde kannte. Als Blitzableiter für die Ängste der Menschen, freigelassen, damit wir in unseren Gemeinwesen umhergehen als eher lachhafte «Entstörer», nehmen wir natürlich Angst und Unruhe in uns auf. Vielleicht sind wir das letzte Salz, ehe die Welt endgültig «dumm» wird. Vielleicht aber auch wird sich jetzt – es wäre eine Sünde, wenn wir diese Möglichkeit leugneten – die von Paulus als so unmittelbar bevorstehend erwartete Wiederkunft Christi ereignen, und die zwei dazwischenliegenden Jahrtausende erweisen sich als das geistesabwesende Zögern eines huldvollen Gastgebers, die Hand zu heben und nach dem Dessert zu klingeln oder mit dem Messer ans Weinglas zu schlagen, um so die Tischrunde zum Aufmerken zu veranlassen.

Schöpfen wir in diesen Zwischenzeiten Trost zumindest aus der Steifheit unserer Rollen, die immer noch stehen, auch wenn wir darin zerbröckeln. Wir erfinden uns ja nicht selbst und überreden dann Menschen, Raum für uns zu suchen. Es ist vielmehr so, daß Menschen unser Amt erfinden und uns überreden, es auszufüllen.

Bald muß ich euch verlassen, so wie ihr mich verlassen müßt. Wir haben seltsame Ferien miteinander verbracht – sie lassen sich am besten mit den Trauerferien vergleichen, die konfuzianischer Brauch einem Mandarin auferlegte, der, wenn in der Mitte seines Lebens ein Elternteil von ihm starb, eine Zeit der Einkehr in den Bergen verbrachte, fern von den Forderungen der Verantwortung und des Konkubinats. Und auf solche Weise abgeschieden, bereitete er sich innerlich auf den ihm verbleibenden Rest seiner Lebensreise vor. *Qui m'y a mis?* Wer hat mich hier hingestellt? Dieser Aufschrei ertönt in einem Abschnitt von Pascal, der mich in den fernen Tagen – verloren, wie so vieles andere! – beeindruckte, als ich das Predigerseminar besuchte und der blütenblassen Tochter des Professors für Ethik den Hof machte. Auf derselben Seite, auf welcher der *Penseur* sein Erschrecken angesichts des ewigen Schweigens der unendlichen Räume gesteht, bekennt er noch eine andere Angst: *Je m'effraie et m'étonne de me voir ici plutôt que là, car il n'y a point de raison pourquoi ici plutôt que là, pourquoi à present plutôt que loin? Qui m'y a mis?*

Qui m'y a mis? Kann das erschreckende und verwunderliche Mysterium unseres Daseins klarer aufgezeigt werden? Die alten Mysterien erodieren; Henri Bergson, dieser reizende Sympathisant unseres harschen Glaubens, sprach von drei quietschenden Angeln oder nicht zu erklärenden Lücken im Kontinuum des Materialismus: zwischen dem Nichts und dem Etwas, zwischen Materie und Leben, zwischen Leben und Geist. Die letzten beiden sind inzwischen mit den Rückständen atomaren Wissens verstopft worden, und selbst hinter der eindrucksvollen ersten Lücke mag eines Tages ein Zusammenhang offenbar werden: Schon haben Radioteleskope ein kosmisches Summen aufgefangen, das allem Anschein nach am äußersten Rande der Zeit seinen Ursprung hat.

Was aber könnte das tiefste und schlichteste Mysterium erklären und banalisieren, nämlich daß ich mich hier befinde und nicht dort, in der Gegenwart und nicht in der Vergangenheit oder der Zukunft? *Il n'y a point de raison pourquoi;* es gibt nicht den geringsten Grund, warum es so ist. So mögen denn jene unter uns, die vom Irrationalen leben, unsere Scham lindern. Wer hat uns hier hingestellt, in diesen Beruf, zu diesem späten Zeitpunkt, zur Unzeit? Die Frage stellen heißt, eine Antwort implizieren: es gibt ein *qui,* einen Wer, der uns hingestellt hat; wir sind nicht zufällig dahin geraten, wo wir sind. Wir sind an unseren Platz gestellt worden. Wie wir es im Grunde unseres Herzens natürlich längst wissen. Der Herr segne euch und behüte euch alle. Amen.

[mit Bleistift, in der schrägen Handschrift eines anderen Menschen:]

Ja – endlich, ein Sermon, der gepredigt werden könnte.

28

Du hast gesprochen. Du existierst. Im Handteller meiner Linken kribbelt es wie in der Hand eines Mannes, der in einer Stunde auf den elektrischen Stuhl muß. Ich habe gestern abend, zwischen Golf und Abendessen, keinen Blick mehr auf diese Seiten geworfen. Ich hatte mir unerlaubterweise, ich gestehe es, aus der hintersten Ecke eines Souvenir- und Ramschladens (Wüsten-Segeltuchtaschen, Miniatursättel, Stetson-Hüte, 30 Zentimeter lange Stükke alten Stacheldrahts zu hohen Preisen) ein kleines verstaubtes grünes Buch gekauft, eine Anleitung für Sonntagsschullehrer mit dem Titel *Was Jungen und Mädchen fragen* und sog den verbotenen Inhalt in mich auf. So kam es, daß ich deine Bemerkung erst heute morgen sah, als ich mich an die Schreibmaschine setzte, die wie eine stumpfe Ehefrau nur noch widerwillig auf meine Berührungen reagiert, über dem gänsemistfarbenen Teppich, in den meine ruckenden Füße zwei faserige längliche Rechtecke gerieben haben. Es war Ihre Handschrift – so wie ich sie mir immer vorgestellt habe: hastig und doch lesbar, nüchtern und doch eine Spur selbstgefällig in der Gestaltung der Großbuchstaben.

Halten Sie es wirklich für ein gutes Zeichen, meine Liebe, daß dieser letzte Sermon, klumpig von Zitaten und mit Pensée-Spänen durchsetzt (Tatsache ist doch, daß wir, selbst wenn der Himmel eine von Neonlicht erleuchtete 3-D-Reklamefläche wäre, auf der vierundzwanzig Stunden am Tag die Worte GOTT EXISTIERT aufblitzten, Mittel und Wege finden würden, daran zu zweifeln) und beklemmend bar des neurotischen, spöttischen Feuers der anderen, früheren, in einer richtigen Kirche gepredigt werden könnte, einer Kirche mit Bänken, blauen Gesangbüchern, mit Treuebrüchen und Aufbrüchen in buntem Glas und mit *bona fide*-Gemeindegliedern, die prall mit Watte ausgestopft sind? Haben Sie mich wirklich die ganze Zeit auf eine Rückkehr in die Welt vorbereitet und nicht auf eine Abberufung in eine bessere? Ist dies das Ende der Therapie, ein erneutes Schultern der Ambiguität, der mechanischen Pflichterfüllung, des täglichen Kleinkrams, der leeren Versprechen, der schalen Befriedigungen, der schwindenden Illusionen?

Ja, lautet Ihre Antwort streng.

Und ich nicke, willige mutlos ein. Ich bin bereit. Aber nur um einen Preis. Ein Ritual, ein Gral steht zwischen mir und einer wiederaufgenommenen Wirklichkeit. Sie, Ms. Prynne. Sie mit Ihrer Erscheinung von ziemlich vollendeter Eleganz, Ihrem dunklen, üppigen Haar und Ihren noch dunkleren Augen unter Augenbrauen, die so prononciert und fliehend sind in ihrer Wölbung wie zwei ärgerliche, mit ungespitztem Kohlestift gezogene Striche. Kann ich glauben, daß die anmutige Breite Ihres Nackens und der großzügige Schwung Ihres Mundes mich einmal an eine, wenn auch große und weiße Schildkröte erinnerten? Daß ich Ihr Verhalten, stets damenhaft und würdevoll, einst barsch, ja klobig und tyrannisch fand? Daß Ihr absolut bewundernswertes energisches Auftreten, gerecht gegen alle und allen einleuchtend, mich einmal an die betriebsame, gehetzte, leicht aus der Fassung geratene Empfangsdame eines Restaurants erinnerte, in dem die voll bekränzten Mitglieder zweier gegnerischer Vorstadt-Gartenvereine gleichzeitig zum Dienstags-Lunch erscheinen? Verzeihen Sie mir. Ich schwöre, ich bin in Sie verliebt seit dem Moment, da das Jet-Summen in meinen Ohren aufhörte. Ihre stets gleichbleibende Höflichkeit gegenüber Ihren rothäutigen Faktotums, Ihr schöner, glänzender Haarknoten mit dem einfach nur so hineingesteckten goldenen Kugelschreiber, Ihre mit Bergkristallen gestirnte Lesebrille, deren Gläser sich so prompt tönen und dunkel werden wie Pilotenbrillen, wenn Ihre Aufgaben Sie zwingen, tapp-tapp die grünen Zementwege entlangzugehen, die sich bröckelnd zwischen Sand und Kakteen durch unseren Garten winden – dieser Eindruck mobilisierter Körperlichkeit und gegürteter Zielstrebigkeit, die es dennoch nie verschmäht, innezuhalten und mit der mit Babyöl eingeriebenen, sich sonnenden Hülle eines in Ungnade gefallenen Geistlichen munter zu flirten – die reizende Art, wie Sie Ihre Assistentin, Mrs. Leonora Givingly, bevollmächtigen und anweisen, deren knisternde Schüchternheit sich im Nu zu Tyrannei verfestigen würde, teilten Sie ihr nicht so meisterhaft Ihre präzisen täglichen Doppel von Instruktionen zu – Ihre leicht schwankende und geradezu tragödinnenhaft stürmische Art, sich fortzubewegen und dabei Ihr Haar glattzustreichen mit einer straff durchgedrückten, mehr als nur flachen Hand, und Ihre schwarzen Augen (von jener Dunkelheit, die zu glühen scheint) zu heben, mit dem unbekümmerten, nicht ganz echten, ein wenig aufgesetzten Mut der alleinstehenden Frau: all das hat mich beeindruckt. Und ist mir durch und durch gegangen. Warum tragen Sie keinen Ring an Ihrer linken Hand? Wie kommt es, daß Sie berufen wurden, dieses Haus in der Wüste zu führen, diese amerikanische, nach Disneyland-Manier abgewandelte Version eines Klosters der alten Welt? *Qui t'y a mis?*

Einmal, als ich in der Abenddämmerung aus dem Schwimmbassin kam, sah ich mit meinen vom Chlor brennenden Augen, die gut zum Sonnenuntergang paßten, wie Sie herrisch durch eine zweiflügelige Glastür rauschten, nachdem Sie ein rebellisches Zimmermädchen in Jeans gezüchtet hatten, und ich dachte, daß Ihr Hintern, der sich mir bis dahin immer nur fern und erhaben gezeigt hatte wie eine Mesa, begreifbar war. Ja, daß er bei all seiner autoritären Majestät und scheinbaren Unzugänglichkeit gepackt, umarmt, liebkost, geküßt werden konnte. Und das auch von sich wußte. Und sich so in meinen Sonnenuntergangsaugen sah.

Warum bilde ich mir ein, daß ich stillschweigend, unauffällig begünstigt werde? Ist irgendein unschickliches Eingehen Ihrerseits auf meine zunehmende Bewunderung die Ursache, ein verstecktes Lächeln, ein kokettes Erröten, ein kesses Wort oder ein Erschlaffen der straffen Zügel Ihres Managements? Nein. Für den Fall, daß diese Seiten heimlich xerographiert und Ihren und meinen Vorgesetzten zugeleitet werden, bestehe ich auf dieser entlastenden Verneinung. Sie sind immer unnachgiebig und zurückhaltend gewesen. Wunderbare Stärke und Großmut eines Frauenherzens!

Und doch, mit der gleichen, nicht abzutötenden Intuition, die mich veranlaßt, den äußerst *absconditus Deus* zu preisen, fühle ich, daß in Ihnen ein Platz für mich ist. Eingeräumt bereits bei dem ersten hochmütigen Blick, mit dem Sie mich musterten. Wenn wir uns im Flur begegnen, dann ist da jedesmal eine seltsame Zeit-Raum-Krümmung, in der unsere kurze Begrüßung schwellend aufsteigt und sich senkt. Wenn Sie einen Augenblick an meinem Tisch stehen, um wie üblich zu fragen, ob das «Futter genießbar» sei, dann gewahre ich Ihr, wie ich meine, bewußt in mein Gesichtsfeld gerücktes Becken, obwohl Sie auch ohne diese erniedrigende Pose keine andere Haltung einnehmen könnten. Nachts, wenn ich, mit immer geringerem Erfolg, zu schlafen versuche (die schlaffördernde Wirkung des fremden Klimas hat seit langem aufgehört), spüre ich, wie Sie sich irgendwo jenseits dieser vielen Trennwände zu mir hertasten und an irgendeiner nach innen gebogenen Rundung des Erbarmens zögern.

Wie bezaubernd Sie waren, am Samstag in Sandstone, als der betrunkene Indianer Ihnen in den Weg trat! In einem Anzug von dem Schwarz eines ascheverschmierten Ofens hielt er Sie an, dort auf dem verwirrenden breiten, von Bars, Läden für Ranch-Bedarf und Postkartenständern mit Cañon-Ansichten gesäumten Gehsteig, während Sie mit Hilfe Ihrer fahrigen Begleiterin gerade versuchten, Ihre lärmende, rosige, auffallende Meute unvollkommener Geistlicher zum Bus zurückzuführen. Es war ungeheuer aufregend für uns, draußen zu sein, in einem Dorf am Highway, das wie eine richtige Stadt aussah, wo Lieferwagen von Aktivität und Landwirtschaft zeugten und wo, gänzlich unpassend, verblichene, trocken knisternde Weihnachtsgirlanden die heißen Laternenpfähle zierten. Unser aufgeregtes Lärmen hatte den Eingeborenen aufgestört, war in seine Entrücktheit gedrungen und hatte ihn bewogen, Staub aufwirbelnd vorwärtszutaumeln in seinem schmutzigen schwarzen Anzug. Es war, als wären Sie in Ihrem mausgrauen Leinenkleid plötzlich ein Schatten geworden. Wir blieben stehen, verwirrt, verstummt. Von hinten kommend, schritt Mrs. Givingly auf die vorderste Linie zu, vor sich hinglucksend und betont geschäftig. Aber mit einer göttlich brüsken, ausladenden Handbewegung geboten Sie uns Einhalt und neigten den Kopf – und strichen dabei mit allzu straffer Hand das Haar auf jener Kopfseite zurück –, um dem undeutlichen Gemurmel des Indianers Ihr Ohr zu leihen. Wahrhaftig, war nicht seine Trunksucht ein ständiges Emportasten durch Feuerwasser hindurch zu Ekstase und Wahrheit (denn kein anderes Volk wird so hemmungslos betrunken wie dieses), und war sie daher nicht auch eine der amerikanischen religiösen Dislokationen, die zu reparieren Ihre Aufgabe ist? Er torkelte in der unnachahmlichen Art betrunkener Indianer, ein anmutiges Wanken, dem ein Hauch von Bedrohlichkeit anhaftet, und deutete die ganze Zeit auf etwas, während er Ihnen ins Ohr babbelte. Er zeigte auf Woody – aus reaktionärem Stolz trug Woody Priesterkragen und Beffchen, während wir anderen alle Sporthemden anhatten. Der Indianer stieß sich daran oder interessierte sich dafür, und Sie, zur Bekräftigung Ihrer in klarem Englisch vorgebrachten Erklärung, legten die Hände wie zum Gebet aneinander, um einen heiligen Mann zu mimen, und machten dann eine uns alle umschließende Gebärde. Der Indianer verstand; er sah zum Himmel auf, er lachte, und seine Knie beugten sich plötzlich, und Sie streckten die Hand aus, um sie unter seinen Ellbogen zu legen. Und ich, der ich dabeistand und zusah, fühlte mit Ihnen Ihr vorausempfindendes Wimpernzucken, Ihren Wunsch, ihn zur Seite zu ziehen, damit Ihre Schutzbefohlenen in den Bus einsteigen könnten, Ihren tiefen Wunsch, diesem Indianer – Ihrem Landsmann hier im Wilden Westen – ein wenig Würde zu belassen. Oh, ich bewegte mich durch Sie, verstand all dies und noch anderes mehr, und es kam mir in den Sinn, daß Liebe nicht eine E-motion ist, nicht ein anmaßendes Herausstellen, sondern eine *Trans*-motion, ein willfähriges Sich-*Hindurch*-bewegen.

Ich sah durch Sie, mit Ihnen, Ms. Prynne, bei Ihrer Straßenseelsorge, jenen in der Sonne gefangenen Schatten mit seinen vom Trinken geschlitzten Katzenaugen und wage es daher, Sie als mein eigen zu beanspruchen. Da mein Ende naht, wird alles nebelhaft, meine Zukunft und meine Vergangenheit sind eine einzige grüne Wolke, und nur Sie haben Festigkeit, nur Sie haben Substanz. Ich falle auf Sie zu, wie ein Meteorit der Erde, wie ein Komet der Sonne entgegenstürzt.

Sie, die Sie freundlich waren zu einem betrunkenen Indianer, seien Sie freundlich zu mir, einer armen protestantischen Wespe, angestachelt von der neuen Arbeitsmoral vom ausreichenden Sex: Sex als das äußere Zeichen innerer Gnade, Sex als die letzte Freistatt für Gewalt, Eroberung und Verzückung in einer Welt, die so überfüllt ist mit gefügigen Menschen wie ein nach der Mittagszeit aufwärts gleitender Fahrstuhl.

Als ich gestern nachmittag um fünf auf der Toilette saß (neunzig Golfschläge haben eine begrüßenswert lockernde Wirkung auf den Darm – eine zweite Lieferung wird produziert, beschaulicher als die drängende und vergiftete morgendliche Ausgabe), kam mir der Gedanke, daß mein Verhältnis zu meiner Gehilfin Jane mit seiner hartnäckigen Verquickung von Ebenbildlichkeit und barmherziger Güte ganz in den Bereich der guten Werke gehört, und Arbeit ohne Glauben ist Verstopfung. Ich muß aufhören, so meinte ich, während meine glücklich knurrenden Därme ihren scheinbar endlosen Entleerungsprozeß fortsetzten, ich muß aufhören, das Leben irgendwelcher anderen Menschen als meiner Obhut anvertraut zu sehen – sie und ich sind in Gottes Hut. Das meiste von dem, was wir haben, ist nicht erworben, sondern uns gegeben worden. Dankbares Annehmen ist unsere Aufgabe und ein halbbewußtes Verfolgen der Erzadern im umschließenden Gestein.

Die abscheulichen Übel dieses Jahrhunderts haben ihren Ursprung in der Glorifizierung des Willens im Jahrhundert davor.

Meine Impotenz bei Frankie erscheint mir jetzt als ein Ergebnis von Über-Kontrolle, als eine Folge meines Wunsches, die Vollkommenheit zu erlangen, die sie leicht wie ein Federkleid umgab. Wenn sie mich wirklich geliebt hätte, hätte sie sich selbst verstümmelt. Ich versuchte, sie zu verstümmeln, aber die Zeit reichte nicht aus.

In meiner Schlaflosigkeit jetzt, zwischen masturbatorischen, Sie, Ms. Prynne, umkreisenden Phantasiespurts (Ihre Scham muß ein Häufchen glimmender Kohlen sein, und um Ihre Brustwarzen werden ein paar dunkle, kitzelnde Haare stehen), bete ich, und meine Gebete schweben in die Luft empor wie lauter Riffelwellen, wie das Geläute von Worten, die über einen durchsichtigen Knüppelweg dahingleiten oder über ein riesiges übernatürliches Xylophon, das sich diagonal vor mir erhebt wie eine Folge sanfter Brandungswellen, und meine Worte werden davongetragen in den Räumen dazwischen und werden beantwortet, nicht stetig, sondern in Freudenausbrüchen, die mich fast aus meinen Rippen reißen und mir meine frühmorgendlichen Kerkerstunden in diesen graugrünen vier Wänden zu kostbar machen, als daß ich sie verschlafen wollte. Golf spiele ich am nächsten Tag schlampig, und mein Pokern ist flatterhaft, zerstreut. Sogar meine Sonnenbräune schwindet.

Aber es ist Jahre her, daß ich körperlich meine Gebete erhört fühlte. Wer unten ist, sagt uns Bunyan, braucht den Fall nicht zu fürchten. Wer unten ist, sagt das Es, ist oben.

Ich erwarte hochachtungsvoll Ihren Kommentar.

29

Nichts. Kein Wort. Sie lesen mich nur an langweiligen Sonntagen. Sie fühlen sich durch meine Annäherungsversuche abgestoßen. Sie haben aufgehört zu existieren. Ich habe eine Stunde damit verschwendet, meine armselige Laboratoriumsratte von Hirn in diesem Labyrinth von Möglichkeiten herumzujagen und die früheren Seiten durchzublättern auf der Suche nach Worten von Ihnen, die ich übersehen haben könnte. Nichts. Nicht ein Wort.

Heute ist Dienstag. Am Donnerstag reise ich ab. Sehen Sie mich in Ihrer Vorstellung im Himmel; sehen Sie mich als Himmelsgott, als Uranus Ihrer Gäa gegenüber, als Regentropfen, die auf Ihre Wüste fallen, als frohe Botschaft für Ihre Verzweiflung, als Geplapper in Ihr Schweigen hinein. Woher nehme ich das Recht, fragen Sie, zu erwarten, daß Sie, die Sie mit dieser heiklen Stellung nicht zuletzt (neben anderen Tugenden, Fähigkeiten, Diplomen als Fachkraft für Hotel- und Krankenhausmanagement, Lebensrettungskursen bei der YMCA) Ihrer entschiedenen Unverführbarkeit wegen betraut wurden, daß Sie sich herablassen würden zu mir, einem Wurm, einem Wurm von jener Sorte, die Sie in Schüben hier verarzten. Soviel ich weiß, wurden Sie wegen Ihrer Unzugänglichkeit gegenüber Geistlichen auserwählt, wegen Ihrer Antipathie gegenüber Kirchenmännern, die in Ihren Augen ekelhafte Parasiten sind, Benzin und Heizmaterial für nutzlose Missionen und Riten vergeuden, sich einmischen, wo immer jemand sich zu Tode keucht oder sich verheiratet, das Recht für sich in Anspruch nehmen, beim feierlichen Lunch der Rotarier das Tischgebet zu sprechen etc. Und Sie erleben die schlimmsten von ihnen, die Nieten, eine monatliche Bande von aussätzigen und sich in Bitternis verbeißenden Versagern.

Doch noch habe ich das Senfkorn. Und Sie haben noch die schwache Stelle in Ihrer Rüstung. Da war die Luftblase, wenn wir uns in der Halle begegneten. Und sogar die Seltenheit ermutigender, hilfreicher Kommentare auf meinen Blättern gewinnt eine positive, erotische Bedeutung. Ja, Sie sind eine unstete Ephemeride, die an meinen Rändern entlanghuscht. Und Sie sind dennoch das Ende, das *intelligens entis* meines Seins, soweit ich auf Papier existiere. Geben Sie mir einen Körper. Sonst falle ich auf immer durch den Raum. Halten Sie mich an.

Irgend etwas reißt mich immer wieder aus meinen Träumen heraus, und ich liege stundenlang wach, hysterisch wie eine Gitarrensaite. Letzte Nacht träumte ich, ich brächte meinem Sohn das Gehen bei. Welchem Sohn, war nicht klar. Wenn ich ihn hochhob, machte er sich in meinen Armen steif und wand sich, um wieder heruntergelassen zu werden. Wir gingen, er mit seinen kleinen Füßen zwischen den meinen, auf roten, nassen Fliesen. Unsere Füße waren bloß und naß, als kämen wir aus dem Schwimmbekken. Mit einer merkwürdig erwachsen klingenden, festen, wenn auch hohen Stimme erklärte er aus Dankbarkeit für den Unterricht, ich hätte «tolle» Beine. Ich war so angenehm überrascht, daß ich aufwachte. Irgendwoanders in der Nacht lief ich mit einer Schar anderer über eine Straße; wir kletterten über einen jener niedrigen Schutzzäune, die aus zwei Drähten an kurzen, dicken, oben schräg geschnittenen Pfosten bestehen; wir rannten einen langen, mit Gras bewachsenen und mit Gänseblümchen und Löwenzahn getüpfelten Hang hinunter; wir waren wieder zu Hause. Die anderen rannten weiter, zum See, und Frankie blieb zurück, bei mir. Mit einer sanften kleinen Handbewegung zog sie den Reißverschluß ihrer Jeans auf und zeigte mir ihr Höschen. Es war mit blaßgelben und rosa Blumen gemustert. Was sie da tat, war etwas, wie es vielleicht ein Kind für ein anderes tut. Das Höschen war allerliebst. Die Schräge des Wiesenhangs und das jähe Liebesverlangen ließen mich vornüberfallen, so daß ich aufwachte.

Sie war scheu; ich hatte so etwas Hübsches wie ihre Höschen noch nie gesehen; blieb mir Zeit genug, es ihr zu sagen? In meinen Träumen sind wir alle Kinder geworden, wie wir es, so heißt es, werden müssen, um in das Reich Gottes zu kommen.

Was die Menschen so alles treiben! Die kleinen Geschöpfe in den UFOs dürften mittlerweile den Sex begriffen haben und unsere Autos, aber nicht das Träumen und das Beten und das Singen ... Wie könnte man ihnen Musik erklären?

Mein stärkstes *körperliches* religiöses Erlebnis hatte ich im College, und zwar in jenen ersten nervösen Jahren, als mein armer heranreifender Körper, eben im Begriff, sich zu straffen und seine Akne und seine Magenkrämpfe abzuschütteln, grausam mit dem Wissen der Jahrhunderte und den Sprachen der Welt beladen wurde. Ich war oft erkältet, ich litt an Schlaflosigkeit, ich hatte Zahnschmerzen, und dann war ich konstitpiert *.

Ein Tag nach dem andern verging; sechsmal am Tag saß ich auf dem hoffnungsvollen Porzellanoval und wartete; nichts. Mein überreizter Anus schmerzte; mein Unterleib wurde hart wie ein Ziegelstein; wie betäubt von Ungläubigkeit trottete ich auf den laubigen Wegen von Klasse zu Klasse; mein Christentum, nie sehr markig gewesen, kam mir jetzt wie eine unsinnige Fieberphantasie vor. Und dann preßte ich eines Morgens, über und über in Schweiß gebadet, ein paar Zentimeter trockenen, kompakten Kot hervor, wulstig wie das Horn eines Narwals – und konnte nicht weiter; meine Augen füllten sich mit Tränen; wie sollte ich mit diesem Preßstrang, dieser Extrusion zur Vorlesung wanken? In dieser höchsten Not zu improvisierten Yogaübungen getrieben, beugte ich meinen Oberkörper so weit wie irgend möglich vor, und meine Seele bekannte allen Mächten, die es geben mochte, meine Verzweiflung. Und eine große Kraft ergriff wie mit Händen mein Gedärm, und mein Körper, jetzt wie ein herrliches, seinem Hüter entsprungenes Tier, stieß wild und so schnell, daß der Schmerz der Dehnung im Nu verging, eine große Last Abfall aus sich heraus. Es war eine jenseitige Kraft, eine Erlösung ins *trans*: ein wahrhaft lutherisches und doch ureigenes Erlebnis. Seither habe ich, auch bei Stress und Anstrengung, Prüfungen und Plagen, stets regelmäßig Verdauung gehabt, womit ich mich, glaube ich, schon ziemlich am Anfang dieser Seiten gebrüstet habe.

Ich nehme an, meine Vertreibung aus diesem glücklichen Gefilde wird ein ähnliches Gefühl sein. Falls Sie nicht kommen und mich lieben.

* In Gedanken an meine Konstitution – oder an Ihre Titten. Ich habe bemerkt, daß Ihr Vorbau nicht so eindrucksvoll ist wie Ihr Hintern, aber halten Sie sich deswegen nicht zurück. Flachbrüstige Frauen sind, unter uns gesagt, mit die besten. Eine Brust ist wie ein Penis; die Erregung hat nur sekundär mit der Größe zu tun; primär mit dem Umstand, daß sie *da* ist. Das Existieren ist wichtiger als alles andere – *esse est deus.*

Ich werde Sie auch bestens behandeln, Ms. Prynne. Vögeln nur auf Wunsch, ich schwör's; kommen Sie einfach und setzen Sie sich, erzählen Sie mir von Ihrer Arbeit und Ihren Schwierigkeiten, Ihrem Leben und Ihren Plänen, von der hiesigen Flora, von Ihren Ansichten über mich und über die Rolle der verwalteten Religion im nächsten Jahrtausend – wenn die Chemie hilft, stehen wir es bis ans Ende durch. Andernfalls haben wir eine erholsame Stunde verbracht und sind nett zueinander gewesen. Kein Gerangel, wirklich nicht. Ich fühle einfach nur, daß da eine Möglichkeit in uns ruht: es ist etwas zwischen uns, und es wäre eine Sünde, es nicht geschehen zu lassen. Bin ich Ihnen ein schlechter Gast gewesen? Habe ich mich je über das Essen beschwert, Postkarten hinausgeschmuggelt, versucht, die Laufjungen zu mißbrauchen? Habe ich Privatmessen in meinem Zimmer abgehalten, mich geweigert, Karten zu spielen, weil der Teufel in ihnen steckt? Habe ich schlechtes Befinden vorgetäuscht und den Arzt bestochen, mir einen Entlassungsschein auszuschreiben? Habe ich Ihnen gegenüber den Geistlichen herausgekehrt, habe ich die Nerven verloren und meine Schreibmaschine zertrümmert wie manche andere, von denen wir wissen? Nein. Ich bin ein Spaßvogel gewesen, ich habe mich getreulich an mein Gehorsamsgelübde gehalten, habe den rechten Kameradschaftsgeist bewiesen, war willig, zu lernen, und bei all meiner Schamlosigkeit bestrebt, als gutes ‹Exemplar› in die Welt zurückzukehren, wenn nicht gar als gutes *exemplum*. Ich möchte meinen Verdienstorden haben. Und Sie, Ms., pynnen ihn mir an. Bei Nacht, wenn Sie es wünschen, aber frischer und phallischer bin ich am Morgen. Neigen Sie sich über mich und hören Sie meinen Schrei.

Ich liebe dich, weil (a) du da bist, (b) diese Zufluchtsstätte so trefflich leitest, (c) dich nie beklagst, (d) allein zu sein scheinst und (e) liest, was ich schreibe.

Du liebst mich, weil ich (a) hier bin, (b) dich brauche.

Oh, nichts für ungut. Plötzlich ist es Mittag, und das Universum ist für mich zu einem einzigen kleinen Kreis weißer Bläschen geschrumpft, dem kühlen galaktischen Schaum auf einem Daiquiri.

30

Dann bleib doch weg, du Hure. Du schassierende Schlampe, du. Ich habe die ganze Nacht kaum ein Auge zugetan, so angestrengt horchte ich auf deine Schritte, auf deine Finger an der Klinke, das Rascheln deiner Seide, das kleine, tränenvolle, zwiefache Sauggeräusch, wenn du die Kontaktlinsen entfernst, die du aus Eitelkeit zu tragen pflegst, wenn du zu einem deiner schrecklichen «Termine» in diesem Quadratstaat das Haus verläßt. Das hast du nicht gewußt, daß ich das über dich wußte, oder? Der alte Tom Marshfield, er hat seine Spitzel, um Lear zu paraphrasieren.

Im Ernst. Lebe wohl. Ich kann kaum eine Seite heute schreiben; ich habe alles, was mir einfällt zu meinem beklagenswerten Fall, mindestens zweimal gesagt, und ich habe den Vormittag damit verschwendet, zu packen und zu horchen, ob ich deine Schritte hörte. Gepackt habe ich, nehme ich an, auf die geringe Chance, die Pascalsche Wahrscheinlichkeit hin, daß du dich erbarmst und morgen vormittag zu mir kommst. Das Flugzeug geht erst um zwei, es wäre Zeit genug. Zeit, um der Zeit ein Schnippchen zu schlagen.

Der Schlafmangel raubt mir den Verstand. Es wird eine Wohltat sein, ins Bett zu kriechen neben Janes steinernem Schlummer und selbst ein Stein zu werden. Hier ruhet Thomas nebst seiner Gemahlin Jane, versteinert im Dienste des Herrn, hier belassen als Monument und Mahnung an Vorübergehende.

Was erwarte ich sonst von der Zukunft? Der froschäugige Ned hockt breit auf meinem alten Seerosenblatt; ich vermute, man wird mich in ein entlegenes Dorf verbannen, wo einst an jedem Mittsommerabend die Bewohner mir wie einem Minotaurus eine Jungfrau darbringen werden, und ich werde dafür bei jeder Frühlingssonnenwende mit Hilfe eines Spritzers von meinem Blut ein Wunder vollbringen, damit die Feldfrüchte wachsen und gedeihen und die Dörfler weiterhin in heiterer Unschuld leben. So sei es. Ich füge mich.

Die ärgste Mühe machte es mir, mit Hilfe einer Gabel, die ich aus deinem glühendheißen Speisezimmer mit den langen, zugezogenen, vanillefarbenen Vorhängen stibitzt hatte, all den Dreck zwischen den Nägeln meiner Golfschuhe herauszuklauben, damit meine Sommersachen (so adrett gereinigt und gebügelt in der Chemischen Reinigung Peyote) nicht davon schmutzig würden, wenn sie im Bauch des großen Aluminiumvogels bibberten. Ich habe elf Rasierklingen und zwei Tuben Zahnpasta in dieser aufgelaufenen Zeitspanne eines Monats verbraucht. In dem Lande meiner Gemeinde nähert sich der kürzeste Tag des Jahres und jemandes Geburtstag – ich glaube, es ist das kleine Kerlchen, dem es nie gelingt, die Kerzen alle auszupusten.

Die eschatologische Befriedigung, Dinge zurückzulassen – zwei Paar abgetragene Socken, ein kurzärmeliges Sporthemd, dessen Naht bei einem überzogenen Schlag mit dem Eisen 3 platzte, eine Flasche Coppertone, knochentrocken. Äußere Dunkelheit. Der Überwelt zur Ver-Fügung. Unser mürbe gewordenes Gewissen zuckt zusammen, aber es mag eine Gnade darin liegen.

Soll ich *Was Jungen und Mädchen fragen* mitnehmen? Ich schlage es an einer beliebigen Stelle auf und lese:

> In dem Bemühen, eine Antwort auf die Frage zu geben: «Was können wir aus dem Leben rings um uns herum an Erkenntnissen über die Existenz und die Natur Gottes gewinnen?», benutzte Doktor Gilkey zur Erläuterung das Beispiel des schiffbrüchigen Seemanns, der eine verlassene Hütte auf einer Insel entdeckt.

> Eine andere Frage, über die Jungen und Mädchen sich oft den Kopf zerbrechen, wurde von einem Jungen einmal so ausgedrückt: «Warum ließ Gott Jesus am Kreuz sterben?» Wenn ein Lehrer eine eigene christlich-philosophische Anschauung über Christi Kreuzestod hat, mag er mit Jungen und Mädchen eine nützliche Betrachtung darüber anstellen.

> Die helle Morgensonne brannte auf das kleine chinesische Dorf herab. Schon seit Wochen blickten die Leute hoffnungsvoll zum Himmel auf und hielten nach Regenwolken Ausschau. Allein Regen konnte die Ernte noch retten. Aber es kam kein Regen, und die Reisfelder verdorrten in der sengenden Hitze.
> Das Herz des Pfarrers Lu Cheng-sun war schwer, als er die kleine Kirche betrat.

Ich glaube, ich muß es mitnehmen. Als Souvenir.

Das nahe Bevorstehen meiner Abreise macht mir dieses freundliche Zimmer so fremd, wie es mir bei meiner Ankunft war. Ich hinterlasse keine Spur, keine Narbe. Habe ich dies alles geträumt? Meister Eckart, wenn ich mich recht erinnere, spricht von der Göttlichkeit als dem «einfachen Grund, der stillen Wüste» und von einem Prozeß, auf daß Gott in der Seele geboren werden kann – vom Entwerden, dem Gegenteil des Werdens, dem Fortreisen des Menschen von sich selbst. Übermorgen mag mein Monat hier als eine Metapher erscheinen, als eine Pause, kürzer noch als Alicias Pause damals, die ich auf so tadelnswerte Weise unterbrach.

In der letzten Nacht trat ich nach dem Pokern hinaus unter das Gewölbe der Wüstensterne und hatte Angst – nicht einfach nur Angst, sondern Angst davor, noch einmal geboren zu werden.

Und wennschon – komm.

31

Die Koffer stehen, wie zur Parade angetreten, vor der Schranktür. Ihre zugerissenen Reißverschlüsse und zugeschnappten Schnappschlösser sehen wie die mißbilligenden Münder alter Jungfern aus. Ich habe Angst. Alles ist in der Schwebe. Mein Leben hier, genau wie mein Leben von Geburt an, gänzlich im Ungewissen. Ist da wirklich nicht *mehr* Sinn? Der Flug hat sich mir schon auf den Magen gelegt und ihn zum Vibrieren gebracht. Ich kann es nicht fassen. Ich kann nicht

Sei gesegnet.

Welch eine Überraschung! Dein Klopfen war also doch nicht das Pochen des Schicksals. Was bleibt, in diesem Moment, einem Moment dieser meiner letzten Stunde, das war die tapfere Art und Weise, wie du dich wortlos auszogst, wie du ohne ein entschuldigendes Wimpernzucken enthülltest, daß du dick warst, nicht fett, aber doch unbestreitbar dick, so daß meine erschreckten Arme, als sie dich umfingen, den Stamm eines festen, jedoch warmen Baumes zu umfassen meinten. Und die Ruhe, die von dir ausging, als du auf dem Rücken lagst! Erlaubtest, daß deine Brüste immer aufs neue modelliert wurden – erstaunliche Brüste, so fest, daß sie fast klein wirkten, die Warzen aufrecht auf kleinen Hügeln weiteren Schwellgewebes und so der gewölbten Spitze auf einer Kuppel gleichend, ein Ansteigen in mehreren Etappen, eine architektonische Folge. Schwer, an deinem Profil abzulesen, welches Vergnügen du empfandest. Du schienst in Gedanken verloren, nur deine Hand sprach zu mir, richtete mühelos meinen Penis auf zu seiner idealen Gestalt, so daß er sich abermals in der fast – nein, wahrhaft – beunruhigend flüssigen Fülle im Gang zum Innern deines Schoßes von seiner Qual befreien konnte. Und das Ganze gelassen, ausdauernd, ruhig. Wie viele Male? Ich zählte nicht mehr. Ich fühle mich ausgeleert, leicht; ich habe Fieber, ein wenig Kopfschmerzen. War ich würdig? Du hast mich an einen Rand gebracht, einen schlüpfrigen Rand. Und nichts blieb mir zu tun, mein lieber idealer Leser, als auszugleiten und kopfüber hinabzustürzen, voller Dankbarkeit.

Was ist das, diese menschliche Berührung, diese ringsum von Leere umgrenzte Sache, die wir füreinander tun? Es gab, als ich in dich eindrang und groß war und du schon feucht, einen Moment, in dem du dich nicht hättest sehen können, in dem deine Augen ganz für einen andern da waren und aufblickten in meine, mit einem Ausdruck, für den es keinen Namen gibt, einem Ausdruck des Eintretens und Erschreckens – und der Begrüßung. Ich bete, daß mein Gesicht, mir selbst ein Fremdling, den Gruß zurückgab.